아트
메이지

*Art Mage* ③

기천검 판타지 장편소설

FUSION FANTASY STORY & ADVENTURE

dream books
드림북스

# 아트 메이지 3
문화 전쟁의 시작

초판 1쇄 인쇄 / 2008년 7월 5일
초판 1쇄 발행 / 2008년 7월 15일

지은이 / 기천검

발행인 / 오영배
편집장 / 김경인
펴낸 곳 / (주)삼양출판사 · 드림북스

주소 / 서울특별시 강북구 미아8동 322-10호
대표 전화 / 02-980-2112~4  팩스 / 02-983-0660
편집부 전화 / 02-980-2116  팩스 / 02-983-8201
홈페이지 / www.sydreambooks.com

등록번호 / 제9-00046호
등록일자 / 1999년 3월 11일

ⓒ 기천검, 2008

값 8,000원

(주)삼양출판사 · 드림북스의 서면 허락 없이는 어떠한
형태나 수단으로도 이 책의 내용을 이용하지 못합니다.

ISBN 978-89-542-2737-7    04810
ISBN 978-89-542-2631-8    (세트)

* 지은이와 협의하에 인지는 생략합니다.
* 잘못된 책은 구입한 곳에서 바꾸어 드립니다.

# 아트메이지

기천검 판타지 장편 소설 ③
FUSION FANTASY STORY & ADVENTURE

문화 전쟁의 시작

*Art of Mage*

제1화 빛을 잃은 곳 · *007*

제2화 로즈 클럽의 도발 · *051*

제3화 어둠의 습격 · *101*

제4화 술법 vs 마법 · *143*

제5화 타협과 진행 · *191*

제6화 음란 수정구의 유통 · *227*

제7화 룬드그란 전기 · *271*

제8화 대륙의 변화 · *309*

 인간이 도덕과 윤리를 거스르는 가장 큰 이유는 두 가지가 있다.

 사회적 소외감과 경제적 빈곤이다. 이 두 가지가 결합되는 경우도 있다. 대도시의 빈민가에서 흔히 나타나곤 하는 소외계층의 상대적 박탈감이 바로 그것이다.

 부는 인간을 부패시키지만 가난은 인간을 망가뜨린다. 어느 쪽이든 마음먹기 나름이겠으나, 아무래도 가진 쪽보다 없는 쪽이 더 견디기 힘든 법이다.

 하루스는 대륙 전체에서도 가장 손꼽히는 도시 중 하나다. 예술의 도시이기도 하지만 상업의 도시이기도 하다. 대륙 전체에서 손꼽히는 물동량을 가진 상업의 요지로써 부자가 많은 곳이다. 당장 하루스의 시장인 켈타이어 남작만 하더라도 대륙 100대 상단에 속할 정도의 재력을 가졌다.

그러나 어느 곳이든 빛이 있으면 어둠이 있는 법이다. 아무리 부자가 많은 도시라도 빈민이 없을 리 없다. 아니 어떤 의미에서 부자가 많기 때문에 상대적으로 빈민들도 많았다.

대륙 각지의 빈민들은 구걸이라도 해서 먹고 살려고 하루스로 몰려들었다. 개중 몇몇은 가난을 극복하고 훌륭하게 성공하는 이들도 있었지만, 모두가 그런 것은 아니었다.

갈수록 많은 빈민들이 몰려들었고 마침내 빈민촌을 형성하게 되었다.

하루스 대부분의 사람들은 돈이 많다. 적어도 먹고사는 걱정은 하지 않는다. 그러나 빈민들은 달랐다. 남들이 싫어하고 꺼리는 일을 도맡아 하는데도 간신히 굶주림만 면할 정도였다. 세상은 빈부의 차이에 따라 또 다른 계급을 만들었다.

가난한 이들이 노력하지 않는 것은 아니었다. 어떻게든 빈민촌을 벗어나기 위해 몸부림을 쳤다.

늙어 죽기까지 수고하고 노력했지만 자식에게 물려줄 것은 가난뿐이었다. 그로 인한 상대적 박탈감은 당연히 클 수밖에 없었다.

늘 패배감과 열등의식에 사로잡힌 이들은 자포자기식으로 살아갔다. 덕분에 빈민가의 범죄율은 심각할 정도로 커질 수밖에 없었다. 그곳에 살아가는 사람들은 자조적으로 세상의 빛으로부터 외면받은 곳이라 불렀다.

그 때문인지 언젠가부터 본래의 이름은 잊혀졌다. 사람들 사이에 오르내리던 레이아웃(ray-out)이라는 명칭만 남았을 뿐이다.

하루스의 암흑계를 지배하는 벨루프가 살아가는 곳도 바로 그런 곳이었다. 그는 교묘한 혀놀림으로 사람들을 선동했다. 그나마도 성공할 수 있는 방법은 편법밖에 없다고 했다.

돈이 부족하면 있는 사람 것을 빼앗으면 된다고 말했다. 부자에게 1골드는 없어도 그만이지만 빈민들에게는 새로운 기회를 제공할 재물이었다.

딱 한 번만 저지르면 된다고 꼬드겼다. 대부분의 사람들은 그 말을 믿었다. 가난과 굶주림은 '한 번만'이라는 유혹을 넘기기 어려웠다. '한 번만'이라는 유혹에 넘어간 이들은 다시 되풀이하여 '한 번만 더'라고 말했고, 마침내 빠져 나올 수 없는 수렁에 들어갔다.

"정말 여러 가지로 나쁜 놈이군."

세온이 켈타이어 남작에게 받은 자료를 들춰보며 말했다. 벨루프는 각종 범죄의 제안자이며 불법적인 단체의 수장이었다. 그럼에도 불구하고 한 번도 감옥에 갇히거나 벌을 받은 적이 없었다. 심증은 충분한데 증거를 잡지 못한 것이다.

간혹 정황증거에 의거하여 체포한 적이 있지만 다른 사람이 자신이 범인이라며 자수하는 바람에 무산된 적도 부지기수였다.

곁에서 함께 자료를 보던 에그리앙이 말했다.

"나쁜 놈이 확실한데 잡히지 않을 정도라면 조직의 규모도 무시할 수 없다는 거네."

"그렇겠지. 증거인멸 방식도 그렇고 다른 사람이 범인을 자처하는 부분도 그렇고."

"최악의 상황이 벌어지면 무력충돌도 감수해야겠는걸."

세온과 에그리앙은 험악한 범죄자들과 부딪쳐야 할지도 모른다는 이야기를 나눴다. 그렇다고 걱정이 되는 건 아니었다. 벨루프의 전력이 얼마나 되는지 모르지만 무력이라면 충분했다.

자신만 하더라도 4대 정령 모두를 다스리는 대정령사가 아닌가. 더하여 술법의 힘까지 사용한다면 평범한 인간은 감히 상대가 아니었다. 요괴도 상대하던 몸인데 하물며 인간의 힘 정도는 우습기까지 했다.

그뿐인가. 유난히 화를 내며 의욕을 불태우는 에그리앙도 불의 정령사다. 다른 건 몰라도 정령에 대한 컨트롤은 세온보다 뛰어났다. 정령만으로 싸운다면 세온도 쉽게 생각할 수 없는 존재였다.

두 사람의 무력만으로도 상당한데 켈타이어 남작은 50명이나 되는 병사를 붙여주었다. 이만하면 레이아웃의 범죄자들을 완전히 쓸어버리는 것은 문제가 없었다. 더하여 응원군도 있었다.

"류텐은 왜 따라오는 거야?"

"여자들을 괴롭힌다는데 가만둘 수 없잖아. 가서 혼내 주는 게 당연하지."

"이봐, 용병이 그렇게 대가 없이 움직여도 되냐? 그보다 우리가 레이아웃으로 간다는 정보는 어디서 얻은 거야?"

세온은 언제 나타난 건지 일행에 합류한 류텐을 보며 말을 걸었다.

세온이 남작을 만나며 동행한 것은 에그리앙뿐이었다. 그나마도 에그리앙이 노리터의 재무담당이기 때문에 함께 온 것이었다. 처음엔 대륙 각지에 팔고 있는 영화 수입의 배분 때문에 부른 것으로 생각했었으니.

류텐이 당당하게 가슴을 펴고 대답했다.

"그야 물론 켈타이어 남작님의 의뢰를 받았지."

"뭐?"

류텐의 대답을 세온은 얼른 이해할 수 없었다. 류텐의 합류가 반갑지 않다는 건 아니었다. 류텐의 무력은 일반 병사나 범죄자들이 감당할 수준이 아니니 말이다.

어지간한 불량배 정도로는 덤비지도 못할 것이 뻔했다. 그러나 불과 얼마 전, 용병이 아닌 음악가로 살겠다는 선언을 한 것을 생각하면 이해하기 어려웠다.

"그럼 다시 용병으로 돌아온 거냐?"

"틀린 말은 아니군. 대가를 받고 싸우는 셈이니까."

"얼마나 대단한 대가이기에 용병 노릇을 하게 된 거야?"

"듣게 되면 깜짝 놀랄걸."

세온이 반쯤은 농담을 실어 물었다. 자신과 에그리앙이 레이아웃으로 간다니까 경험 많은 류텐이 따라붙은 것으로 생각했기 때문이다.

아마 류텐도 비슷한 대답을 하리라고 생각했다. 그러나 세온의 예상은 빗나가고 말았다.

"지금까지 내가 만든 음악은 연극 공연 도중이나 영화를 빛내기 위해 사용됐잖아. 어쩌다 퀼러츠 영지의 일로 명성을 얻었지만 그것도 엄밀히 따지면 다 세온의 덕분이었지."

"난 기회를 만들어 줬을 뿐이야. 류텐에게 재능이 없었다면 퀼러츠 영애를 구하지 못했을 거야."

"그래, 그렇지."

류텐이 굳은 결의를 한 듯 주먹을 불끈 쥐며 말했다.

"기회를 잡는 것도 재능이지. 그래, 네 말대로 내게는 재능이 있어. 그렇지만 나만의 음악으로 이름을 떨친 것도 아니야. 연극, 영화에 내 음악이 함께하며 덩달아 유명해졌을 뿐이지."

"……."

"남작님께서 약속해 주셨다. 내가 이 일에 동참하면 음악가로서 명성을 떨칠 기회를 주기로 하셨지."

류텐의 말에 세온과 에그리앙은 남작의 약속이 뭔지 궁금해졌다. 에그리앙이 먼저 물었다.
  "무슨 약속을 했는데?"
  "남작님이 영화를 보고 아이디어를 얻은 모양이야. 내 음악을 수정구에 담아 퍼뜨리기로 했지. 영화는 소리와 영상 모두를 담아야 하니까 비싼 수정구를 써야 하지. 그러나 음악은 소리만 담으면 되니까 좀 더 저렴하다고."
  류텐은 의기양양하게 대륙 역사상 어느 누구도 상상하지 못한 거라며 자랑했다.
  "생각해 봐. 어느 누가 음악을 담아 상품화할 생각을 했겠어? 아무도 이렇게 획기적인 발상은 하지 못했을 거라고."
  에그리앙이 정말 괜찮은 아이디어라며 놀라워했다. 세온도 웃으며 잘 될 거라고 말해 줬다. 그러다 문득 다른 생각이 들었다.
  '그러니까 노동력을 제공하는 대가로 음반 취입을 해 준다는 거잖아? 이건 꼭 연예계 비리를 보는 것 같아서 좀 그렇네.'
  『아예 뮤직비디오까지 찍어주는 건 어떤가?』
  '그건 좀 힘들죠. 마법 수정구의 가격이 워낙 비싸서 짧은 뮤직비디오를 구성해서 파는 건 수익성이 없다고요.'
  『그것도 그렇군. 그럼 이건 어떤가? 뮤직비디오가 현실성이 없다면 아예 뮤지컬 영화를 제작하는 거야.』
  '뮤지컬이요?'

『그렇지. 음악을 반드시 영화의 배경으로 사용할 필요는 없지 않은가?』

운성의 의념에 세온은 묘한 기분이 들었다. 처음 운성을 알았을 때와는 너무 달랐기 때문이다.

'영감님도 이제 연극 영화에 관심이 많으시네요. 예전에는 요괴사냥에만 관심을 두시더니.'

『헌원을 물리쳤으니 우리나라도 앞으로 번영할 게 아닌가? 지금까지 우리 민족을 위해 헌신했으니, 앞으로는 자네가 꿈을 이뤄가는 걸 즐거움으로 삼겠네.』

'그거 고맙군요.'

세온은 그렇게 운성과 간략한 대화를 나누었다. 의념으로 운성과 대화하는 모습이 뭔가 깊이 생각하는 것으로 보인 모양이었다. 류텐은 자신이 한 말 때문에 걱정을 끼친 게 아닌가 싶어 말을 덧붙였다.

"걱정할 필요 없어. 음악을 담은 수정구를 만든다고 노리터를 떠나진 않을 테니까."

"너 때문에 걱정하거나 그런 건 아니야. 꽤 괜찮은 생각이 떠올랐거든."

"괜찮은 생각? 어떤 건데?"

"뮤지컬이라는 걸 한번 만들어 볼까 생각했어. 지금까지 연극과 영화에 삽입되는 음악을 만들었잖아. 한 번 정도는 음악이 주인공이 되는 연극이나 영화도 괜찮을 것 같아서."

세온의 말에 류텐의 눈이 반짝거렸다. 대단히 획기적이며 놀라운 발상이라며 입에 거품을 물고 칭찬했다. 두 남자가 뮤지컬에 대한 의견을 주고받는 모습에 에그리앙은 그만 짜증이 치밀고 말았다.

"둘 다 그만 하지 못해? 지금 우리가 뭐하러 가는 건데? 음성기억 마법으로 음악을 담아 팔던, 음악으로 연극이나 영화를 만드는 건 나중에 생각해. 지금은 음란하고 해괴한 물건을 만든 인간을 잡아야 되잖아!"

에그리앙의 호령에 두 남자는 꼼짝 못하고 묵묵히 뒤를 따라야 했다. 한참 조용히 걷던 류텐이 세온에게 살짝 귓속말을 했다.

"아무래도 에그리앙은 너무 대가 세. 나중에 세온이 고생 많이 하겠어."

"이, 이봐. 에그리앙이 대가 센 거랑 내가 고생하는 거랑 무슨 상관이야?"

"왜 이래? 뻔히 알면서······."

류텐이 세온의 옆구리를 찌르며 말을 걸었다. 세온이 기가 막혀 뭔가 대꾸를 하는데 다시 에그리앙의 호통소리가 들렸다.

"자꾸 잡담만 할 거야? 지금 여기서 파이어 드릴을 쓸까?"

"아, 아니. 조용히 할 거야. 조용히 한다니까."

"내가 경험 많은 용병 출신이잖아. 그래서 나쁜 놈들 잡을 때는 뭘 조심해야 하는지 설명해 줬을 뿐이야."

두 남자는 서둘러 입을 맞췄다. 에그리앙이 뭔가 의심스럽다는 듯 두 사람을 살펴봤다.

세온과 류텐이 긴장하며 어색하게 '하하하' 웃었다. 에그리앙이 콧방귀를 끼며 다시 앞장섰다. 그 뒤를 세온과 류텐이 한숨을 내쉬며 뒤쫓았다. 이 와중에 세온의 귀로 병사들의 수군거리는 소리가 들렸다.

"무비 남작님도 프로슬란 영애님은 무서운 모양이야."

"그러게."

"공처가 기질이 풍부한걸."

세온은 병사들이 뭔가 오해하고 있다는 것을 알았다. 변명을 하자니 그게 더 이상할 것 같았다. 왠지 현현천뇌공으로 민감해진 오감이 원망스러운 순간이었다.

세온 등은 병사들과 함께 레이아웃 진입로에 들어섰다. 그곳에 도착하자 세온은 뭔가 이질적인 느낌을 받았다.

음습한 기운이 몸을 감싸는 불쾌함이 강해졌다. 그 기운의 정체를 아는 데는 오래 걸리지 않았다.

'원념체(怨念體)?'

『맞는 것 같군.』

세온은 좀 더 정신을 집중하여 정면을 응시했다. 신목안이 떠졌다. 만물의 본질을 읽을 수 있는 신목안을 통해 보이는 것은 강력한 원념이었다.

절망, 고통, 증오, 슬픔, 원망 등의 온갖 부정적인 마음이 모이고 또 모여 있었다. 그저 그뿐이라면 걱정할 필요가 없다.

마이너스적인 감정의 소용돌이가 스스로의 의지를 가진 영적 존재로 진화한 것이다. 세온은 저도 모르게 입을 열었다.

"무서운 원념이야. 저런 원념체 속에서 산다면 아무리 착한 사람도 영향을 받지 않을 수 없겠어."

"무슨 소리야?"

에그리앙이 고개를 돌리며 물었다. 세온의 말을 이해할 수 없었던 것이다. 에그리앙도 이해하지 못한 것을 병사들이라고 알 리가 없었다.

"말로 설명하는 것보다 직접 보는 게 낫겠지."

세온이 품에서 부적 한 뭉치를 꺼내더니 주문을 읊조렸다. 주문이 계속되자 세온의 미간에서 빛이 번쩍였다. 신목안을 통해 법력이 유형화되는 현상이었다. 손이 빠르게 움직이며 수인을 맺었다.

"안명부(眼明符)!"

그와 동시에 세온의 손에 쥐어진 부적들이 허공으로 떠오르며 타올랐다. 안명부는 평범한 사람에게 일시적으로 영안을 뜨도록 만들어 준다. 보통 사람이 세온 정도의 영안을 얻기는 힘들지만, 사람으로 둔갑한 요괴의 본질 정도는 꿰뚫어 볼 수 있게 만든다.

　세온이 안명부를 사용한 덕분일까? 음란 수정구를 단속하기 위해 레이아웃에 찾아온 모두의 눈에 원념체가 보였다. 사악한 원념(怨念)을 직접 보는 것은 쉽게 할 수 있는 경험이 아니었다. 보기에도 불길한 느낌을 주는 원념에 병사들이 동요했다.

　"저, 저게 뭐야?"

　"뭔가 기분 나빠."

　"몬스터가 아닐까?"

　"악마가 나올지도 몰라."

　병사들의 수군거리는 소리가 들려왔다. 류텐은 저도 모르게 강철 바이올린을 붙잡은 손에 힘을 주었다. 에그리앙에게도 생소한 광경이었다.

　"저게 뭐지?"

　"인간의 원념이 만든 원념체지."

　"원념체?"

　"뭐라고 설명할까? 오랜 세월에 걸쳐 사람들의 공통된 염원이 모여 형상화된 거라고 하면 될까? 좀 부족하긴 하지만 대강 비슷할 거야."

　"많은 사람들이 같은 생각을 가지면 저런 게 생긴다는 거야?"

　"강력한 염원이라면 가능하지."

"생각이라는 게 저렇게 불길하다는 거야? 저건 마치 몬스터 같잖아."

안명부 덕분에 에그리앙은 원념에서 풍기는 음울한 기운을 느끼는 모양이었다. 다른 병사들이 그저 원념의 형상을 보기만 하는 것과는 다른 감각이었다.

에그리앙의 감각이 남다른 것은 이유가 있었다. 정령을 다룬다는 것은 어느 정도는 영안이 열렸다는 의미일 테니까. 세온처럼 모든 영을 분별하고 본질을 꿰뚫어 볼 정도는 아니지만.

"그래. 정령을 다룬다는 건 영안이 어느 정도는 열려 있다는 것일 테니까."

세온의 말에 에그리앙은 시선을 돌렸다. 그러더니 곧 짧은 비명을 질렀다.

"너, 너 이마에 있는 게 대체 뭐야?"

"……!"

에그리앙의 외침에 세온은 낭패감을 느꼈다. 에그리앙이 세온의 이마에 있는 신목안까지 발견했던 것이다.

세온은 한숨을 몰아쉬며 허공을 향해 손을 휘저었다. 안명부를 통한 법력을 회수한 것이다.

에그리앙은 공격태세를 갖췄다. 어느새 살라만다가 강한 화염을 일으켰다.

"대답해. 분명히 봤어. 네 정체가 뭐지? 인간이 맞긴 한 거야?"

"당연히 인간이지."

"그렇다면 어떻게 된 거지? 왜 이마 한가운데에 눈이 있는 거야?"

에그리앙의 말에 세온은 곤혹스러웠다.

'변명하는 것보다 솔직히 말하는 게 좋겠지?'

"내 마법의 특징이야. 경지에 이르면 영혼과 사물의 본질을 볼 수 있는 눈이 생겨."

세온의 말에 에그리앙은 한참을 노려보다 다시 정면을 응시했다. 마법이라는 말만으로 납득한 모양이었다.

"하긴 마법을 상식으로 이해하려는 게 바보짓이지."

에그리앙의 말에 세온이 입맛을 다셨다. 뭔가 곤란한 상황이 생길 거라 예상했는데 생각보다 쉽게 넘어가자 오히려 민망할 지경이었다.

『어렵게 생각할 게 뭐 있나? 쉽게 넘어갔으면 오히려 좋은 일이지.』

'흐음, 맞는 말이긴 한데요.'

세온은 슬쩍 에그리앙의 눈치를 살폈다. 에그리앙은 뭔가 고민하다가 질문을 던졌다.

"레이아웃 입구에 있던 그 이상한 건 대체 정체가 뭐야?"

"설명했잖아."

"그것만으로 부족해. 혹시 저곳에 아무도 갈 수 없다거나 하는 건 아니겠지?"

"갈 수는 있지. 당장 눈에 띄는 물리적인 힘도 없고."

"그럼 별거 없는 거 아니었어?"

"꼭 그렇지 않아. 사람의 심성에 영향을 주거든."

"어떤 식으로?"

"나쁜 쪽으로."

세온이 설명을 했다. 저렇게 강력한 원념체라면 사람들에게 영향을 끼치지 않을 리 없다. 원념체는 어지간히 심지가 굳은 사람도 흔들리게 한다.

"아마 저곳에 사는 사람들은 이유 없는 증오와 원망이 강할 거야. 환경부터 그럴 여지가 많은데, 원념체가 부추기기까지 하면 더 말할 필요도 없지."

"레이아웃을 철거시키면 어때? 그러면 네가 말한 원념체라는 것도 사라지지 않겠어?"

"그렇게 쉬운 문제가 아냐. 이미 원념체로써 스스로의 의지를 가진 존재가 되었잖아. 건물을 없앤다고 사라질 단계는 벗어났다고."

"그럼 살라만다의 불꽃으로 태워 버리면 되겠지."

"어떻게 태워? 원념체는 인간의 원념에서 태어난 존재라니까?"

"정령의 힘은 보이지 않는 존재에게도 힘을 발휘해. 파이어 드릴!"

에그리앙은 세온이 미처 말릴 새도 없이 살라만다의 힘을 빌렸다. 허공에 거대한 톱꽃의 기둥이 나타나며 정면으로 날아갔다. 과거 세온을 공격했던 때보다 더욱 강해진 위력이었다.

에그리앙의 행동에 세온도 가만히 있을 수 없었다. 원념의 덩어리는 단순히 불로 태워 죽일 수 있는 존재가 아니기 때문이다. 자칫 잘못하다간 주위의 애꿎은 사람들이 다칠지도 모른다. 그만큼 에그리앙의 정령이 발휘하는 힘은 만만치 않았다.

공격은 빠르고 효과적이었다. 워낙 빠르게 진행되어 세온이 정령에게 부탁할 즈음이면 이미 늦을 것 같았다. 다행히 세온의 진정한 힘은 정령이 아닌 술법이다.

"지령현신(地靈現身) 토성위벽(土城衛壁)!"

콰콰쾅!

세온의 외침에 땅이 들썩이며 솟아올랐다. 단단한 흙벽이 만들어지며 에그리앙의 공격을 막아냈다. 고막이 찢어질 것 같은 폭음이 일었지만 레이아웃을 공격하는 데는 실패했다.

"왜 막는 거야?"

"서투른 공격은 하지 마. 무고한 사람들까지 죽이려고 그래? 더구나 저런 건 불로 태운다고 해결되지 않아."

"그냥 불이 아니야. 정령의 힘이지. 신성력만은 못하지만 살라만다의 불꽃도 사악함을 정화하는 힘이 있어."

"그 대신 물리적인 파괴력도 가지고 있잖아. 세상을 너무 쉽

24 아트 메이지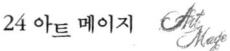

게 생각하지 마."

 세온은 에그리앙을 막아야 할 상황이 생길지도 모르겠다는 생각이 들었다. 에그리앙이 물었다.

 "나와 싸울 거야?"

 "……."

 "어서 대답해. 나와 싸울 생각이냐고."

 에그리앙이 다그치듯 물었다. 세온은 미간을 찌푸렸다. 어느새 원념체가 에그리앙에게 영향을 미치고 있음을 깨달은 것이다.

 병사들의 눈빛도 이상하게 변했다. 신기한 것은 류텐에겐 별다른 영향이 없다는 것이었다.

 '류텐은 잘 견디는 것 같군요. 에그리앙을 뒤흔들 정도로 강력한 원념체를 견디다니 대단한 의지네요.'

 『아닐세. 저 친구는 음악과 함께하기 때문이야. 음악을 통해서도 퇴마행이 가능하다는 걸 잊은 건가?』

 '그렇군요. 좋은 충고 고마워요.'

 세온이 운성에게 상황을 듣는 동안 에그리앙의 다음 공격이 이어졌다. 그동안 살라만다를 다루는 능력이 향상된 덕분일까? 전에는 보지 못한 수법이 이어졌다. 허공에 붉은 구름이 생기더니 세온에게 비 대신 화염을 쏟아냈다. 세온이 호신술법을 펼쳤다.

 "금위신갑!"

에그리앙이 정령술을 사용하는 동안 병사들도 하나둘 창을 들고 레이아웃을 노려봤다.

　붉게 충혈된 눈에 얼핏 살기가 넘쳤다. 내버려두면 레이아웃에 달려가 사람들을 해칠 태세였다.

　세온은 여전히 에그리앙의 공격을 피하기만 하면서 류텐에게 고함을 쳤다.

　"음악을 연주해! 여기 있는 모두의 마음을 움직일 만큼 좋은 것으로!"

　"아니, 왜?"

　"나중에 설명할게. 어서 빨리!"

　세온의 말에 류텐이 강철 바이올린을 들었다. 그 순간 병사 하나가 갑작스레 창을 휘둘렀다.

　류텐은 본능적으로 바이올린으로 창을 튕기며 어깨로 받아버렸다. 육중한 몸으로 받아 버린 탓인지 병사는 뒤로 한참을 밀려났다.

　"이런 상황에서 어떻게 연주를 하라고?"

　"내가 해결할게. 노움, 부탁한다!"

　세온의 외침에 땅이 물컹거리며 병사들의 하체를 묻었다. 움직이지 못하게 하기 위해서였다. 에그리앙이 고함을 질렀다.

　"지금 노움으로 병사들을 죽일 생각이야? 파이어 드릴!"

　원념체로 인해 뒤틀린 마음은 상황을 잘못 해석했다. 살라만다의 힘이 극점으로 모이며 세온의 노움에게 돌격했다.

세온이 몸을 날리며 운디네를 불렀다. 차가운 물이 허공에서 뭉쳐지더니 얼음방패가 만들어졌다. 거기에 술법의 힘이 더해졌다.

"영사필법 빙결(氷結)!"

식지를 물어 허공에 '氷結'이라는 글자를 새겼다. 붉은 글자가 운디네가 만든 얼음방패에 달라붙었다. 얼음의 크기가 작아지며 찬란하게 빛을 반사했다.

크기가 작아졌다고 무시할 수 없었다. 술법에 의해 얼음은 좀 더 고밀도로 뭉친 것이다. 일시적이지만 얼음은 술법에 의해 다이아몬드보다도 고밀도로 밀집되었다.

콰앙!

허공에서 믿을 수 없을 만큼 거대한 폭음이 울렸다. 운디네의 힘과 술법을 합친 덕분에 얼음방패는 에그리앙의 파이어드릴을 견뎌냈다.

"류텐, 어서!"

"뭐가 뭔지 알 수가 있어야지."

류텐은 연신 투덜거리면서도 바이올린 연주를 시작했다. 곧 바이올린 선율이 퍼져 나갔다. 류텐도 원념체의 영향을 조금은 받았던 모양인지 과격하고 빠른 음악을 선보였다.

그러나 연주를 시작한 지 얼마 되지 않아 스스로의 음악에 빠져 들었다.

음악은 사람의 마음을 움직이는 힘이 담겨 있다. 그 때문에 고대의 성인들은 음악으로 백성의 마음을 다스렸다. 세온이 류텐에게 음악을 연주하게 한 것도 비슷한 이치였다. 과연 효과가 있었다. 아름다운 선율이 계속되자 에그리앙과 병사들이 진정했다.

에그리앙이 제정신(?)을 차리자 세온이 큰소리를 쳤다.

"에그리앙! 무턱대고 덤비지 말라고 했잖아. 그렇게 침착하지 못해서 어쩌자는 거야?"

"미, 미안해. 내가 좀 흥분했나봐."

세온은 원념체의 영향 때문임을 알면서도 에그리앙이 침착하지 못한 것처럼 몰아붙였다.

세온은 스스로 생각하기에도 에그리앙보다 못하지 않았다. 무력도 더 강했고 사회적인 영향력도 더 컸다. 더하여 에그리앙은 자작가의 딸에 불과하지만 세온은 남작이었다.

그 정도면 에그리앙보다 높은 신분이었다. 그럼에도 불구하고 그동안 늘 구박만 받아왔다.

"내가 흥분해서 날뛰면 으히려 말려줘야지, 그렇게 칠칠맞아서 어떻게 해? 어디 시집이나 제대로 가겠어? 이렇게 대가세서야 어디……."

세온은 오랜만에 에그리앙에게 일장연설을 하며 그간의 서러움을 풀었다. 에그리앙도 잘못이 있기에 처음엔 순순히 인정하고 참았다.

그러나 몇 번이고 여자답지 못하느니 어쩌니 하며 말을 반복하자 더 이상 참기 힘들었던 모양이다. 에그리앙이 나직하게 말했다.

"그래, 나 여자답지 못해서 시집도 못 간다. 지금부터 제대로 흥분하는 모습 보여 줄까?"

에그리앙이 싸늘하게 말을 잇자 세온은 그 자리에서 고개를 움츠렸다.

"아, 아니. 앞으로 조심하면 되지, 뭐. 사, 사람이 실수하, 할 수도 있는 거잖아. 아하하하."

세온이 어색하게 웃으며 변명했다. 그 모습에 병사들이 키득거렸다. 류텐이 혀를 차며 말했다.

"아무리 봐도 공처가 기질이 다분하다니까."

류텐의 말에 병사들이 더욱 크게 웃었다. 50명의 병사들이 한편이 되어 크게 웃자 세온은 더욱 고개를 숙이고 말았다. 여전히 앞에서는 에그리앙이 씩씩거리고 있었다.

'나도 상당히 잘난 남자인데 왜 에그리앙한테는 꼼짝 못하는 걸까?'

『그게 자네의 운명일세.』

세온의 한숨이 더욱 깊어졌다. 다행스러운 것은 사람의 웃음에도 마(魔)를 물리치는 힘이 있다는 것이었다. 세온이 웃음거리가 될수록 병사들을 위협하던 원념체의 힘이 점점 약해졌다. 세온은 그것으로 위안을 삼았다.

"하아, 서글픈 내 인생."

세온은 병사들을 레이아웃 바깥에 대기하도록 했다. 혹시 또 골목 어귀로 들어갔다가는 원념체의 영향을 받을 수 있을 테니까. 그러고도 부족해서 간단한 결계까지 만들었다. 원념체가 병사들에게 영향을 끼치지 못하게 하기 위해서였다.

다음엔 부적 두 장을 꺼냈다. 손에 쥔 부적에 눈을 감고 법력을 불어넣었다. 축 늘어진 종이에 법력이 주입되자 빳빳하게 일어섰다. 세온은 그것을 에그리앙과 류텐에게 건네주었다.

"이거 받아. 수호부(守護符)라는 건데, 너희들을 원념체로부터 보호해 줄 거야."

"어떻게 보호해 주는 거지?"

"혹시 마법을 방어하거나 뭐 그러는 건가?"

"마법이나 창검을 막지는 못해. 그저 마음이 사악함에 물들지 않도록 해 주는 역할을 하지. 하긴 정신계 마법이라면 효과가 있겠네."

세온의 부적에 대한 설명을 해 주었다. 그 말에 에그리앙은 좋은 선물을 받았다며 고이 접어 품에 넣었다.

류텐도 나중에 술 한 잔을 사겠다고 말했다. 세온에게는 부적 한 장에 불과하고 또 레이아웃에 동행하기 위한 목적이 있지만, 받는 입장에선 아티팩트였던 것이다.

그렇게 대략 준비를 마친 이들은 레이아웃으로 들어갔다.

"정말 너무 하는군."

세온은 눈에 들어오는 광경에 눈살을 찌푸렸다. 레이아웃은 이름 그대로 빛도 제대로 들어오지 않는 곳이었다.

거기다 위생이라는 관념 자체가 존재하지 않았다. 온갖 오물들이 썩어가고 있었다. 먹고 아무렇게나 버린 동물의 뼈가 여기저기 널려 있었다.

살아가는 사람의 모습도 흉험하긴 마찬가지였다. 피폐한 삶에 지친 이들이 어른은 말할 것도 없고 아이들조차 독기를 품게 만들었다. 원념체가 아니더라도 세상을 향한 분노와 증오가 넘칠 환경이었다.

"류텐이 위치를 안다고 했지?"

"남작님께 들었으니까."

류텐이 대답하며 당당히 앞섰다. 강철 바이올린을 힘껏 움켜쥔 모습이 어쩐지 듬직해 보였다. 세온이 에그리앙에게 나직하게 말했다.

"나중에 마나가 부족할지 모르니까 살라만다를 돌려보내."

"세온은?"

"난 원래부터 항상 소환한 상태를 유지해 왔잖아."

에그리앙이 세온의 말을 따랐다. 세온은 그러고도 안심이 되지 않아 각 정령들에게 부탁을 했다.

그냥 의념을 통해도 되지만 류텐과 에그리앙을 안심시키기 위해 소리 내어 말했다.

"실프, 우릴 습격하려는 사람이 있을지 몰라. 그러니 우리 주변 감시를 계속해 줘. 운디네랑 노움은 누가 공격하면 실드를 쳐주고. 살라만다는 누가 공격을 하면 반격을 부탁해."

세온은 말만으로 끝내지 않았다. 순식간에 이매술을 펼쳐 정령들을 실체화시켰다. 뮤우 대륙에서 오로지 세온만이 가능한 일이었다.

실체화된 정령들은 세온의 손바닥만 한 크기였다. 더 크게 만들 수 있지만 다른 사람들의 시선을 의식해서 조심했다. 크기가 작다고 무시할 것은 아니었다. 마나를 최대한 밀집시켰기 때문에 발휘하는 힘은 상당했다.

"굳이 정령을 실체화시킬 필요까지 있어?"

"그래야 정령들이 내게서 멀리 떨어져서도 움직일 수 있거든."

세온의 설명에 에그리앙은 고개를 끄덕였다. 예전에 프로슬란 저택에서의 일을 떠올린 것이다.

"그러면 응용의 폭이 넓겠네."

"그야 그렇지."

에그리앙이 질문공세를 펼칠까봐 세온이 건성으로 대답하며 류텐의 뒤를 따랐다. 어느덧 일행들은 낡은 외관의 건물에 이르렀다.

입구에는 외팔이 사내가 한 손으로 3개의 대거를 던졌다 받으며 시간을 보내고 있었다. 류텐이 그에게 다가가 말을 걸었다.

"여기가 벨루프가 있는 곳이냐?"

"누군데 우리 대장 이름을 함부로 불러?"

"그럴만한 신분이 되니까 부르는 거지."

"쓸데없이 잘난 척이군. 그러고 보니 뒤에 아가씨, 꽤 괜찮은데. 너희들 혹시……."

사내가 에그리앙을 보더니 신분을 알았다는 듯 뭔가 떠올리려 노력했다. 그 모습에 에그리앙이 당당하게 가슴을 폈다. 세온도 사내의 말을 기다렸다. 이윽고 사내의 입이 열렸다.

"포주 노릇 하는 놈들 맞지? 여기로 사업 확장하게? 저 정도 얼굴이면 남자들에게 인기 많겠는걸. 그런데 아무리 봐도 경험은 별로 없겠어. 어때? 나한테 딱 일주일만 맡기면 화끈한 기술들을 제대로 가르칠 수 있는데 말이야."

사내의 말에 류텐과 세온이 억지로 웃음을 참으며 킥킥거렸고 에그리앙의 얼굴은 분노로 일그러졌다. 어느새 세온의 충고로 돌려보낸 살라만다를 소환했다.

"가, 감히 프로슬란 자작가를 모욕하는 것인가? 파이어……."

에그리앙이 뭔가 외치려 하자 세온이 식겁하며 손으로 입을 틀어막았다.
 "여기서 무슨 기술을 쓰려는 거야? 문제를 해결하러 와서 오히려 더 크게 만들 셈…… 으악! 갑자기 손을 물면 어떻게 해!"
 "누가 입을 막으래? 그리고 지금 저자가 하는 말 듣지 못했어? 나를 더러운 여자로 취급하고 있잖아!"
 "그렇다고 이 상황에서 그렇게 큰 기술을 쓰면 곤란하잖아."
 "내가 뭘 어쨌다고?"
 "파이어 드릴인가 뭔가 하는 기술 쓰려고 한 거 아니었어?"
 "안 써!"
 "정말?"
 "그래."
 에그리앙의 말에 세온이 다시 사내에게로 시선을 돌렸다. 외팔이 사내는 영문도 모르고 여전히 키득거리는 중이었다.
 "큭큭, 이거 미안해서 어쩌나. 알고 보니 귀족 아가씨셨군."
 사내가 계속 이죽거리자 에그리앙이 참지 못하고 외쳤다.
 "파이어 밤!"
 콰쾅!
 그 외침에 사내의 눈앞에서 불꽃의 폭발이 일어났다. 강력한 위력은 없었지만 상대를 놀라게 하긴 충분한 위력이었다.
 사내의 머리와 수염에 불이 붙었다. 당황한 그는 던지고 받던 대거까지 떨어뜨린 상태였다. 세온이 운디네에게 부탁해 불을 꺼 주었다.

"무슨 짓이야?"
"파이어 드릴은 쓰지 않았어."
"성질 하고는……."
"뭐라고?"
"아, 아니야."

세온이 뭔가 한 마디 하려다가 에그리앙의 독기 서린 눈빛에 그만 딴청을 부렸다. 그 모습에 류텐이 한심하다는 듯 혀를 차더니 사내에게 물었다.

"안에 벨루프 있나?"
"이, 있습니다."

사내는 단단히 놀랐던 모양이었다. 좀 전까지의 무례함을 버리고 친절하게 대답했다. 에그리앙이 사내를 노려보자 사내가 몸을 움츠리며 눈치를 살폈다.

"안에 전해. 더럽고 음란한 영상을 만들어 유포한 혐의를 조사하러 왔다고. 아니, 그럴 필요도 없어. 또 어디론가 증거를 숨길지 모르니까 우리가 들어가지. 류텐, 문 열어."

"그, 그래."

에그리앙의 말에 사내는 한 마디도 못했다. 류텐도 에그리앙의 박력에 저도 모르게 시키는 대로 했다. 그녀가 앞장서자 세온이 어깨를 으쓱이며 뒤따라 들어갔다. 안에는 다른 사내들이 인상을 찌푸리며 일행들을 노려봤다.

"저것들은 뭐냐?"

"자켄은 뭘 하느라 저런 것들을 들여보낸 거지?"

"보면 몰라? 계집이 반반하게 생겼잖아. 새로 온 포주가 선물이라도 하려는 모양이지."

"그런가? 큭큭, 두목 다음엔 내가 맛을 봐야겠군."

"무슨 소리야? 기회는 공평해야지."

대략 예닐곱 명의 사내들이 저마다 에그리앙을 두고 음담패설을 일삼았다. 에그리앙이 분노하며 파이어 드릴을 쓰려고 했으나 먼저 나서는 이가 있었다. 세온이었다.

"이것들이 정말! 가만히 듣고 있으니까 못하는 말이 없네. 운디네, 물 좀 뿌려줘."

세온의 말에 사내들에게 얼음처럼 차가운 물이 쏟아졌다. 그제야 세온이 정령사라는 것을 안 사내들이 뭔가 시끄럽게 떠들어댔다. 세온의 공격은 여기서 그치지 않았다.

"음양쟁투 뇌전!"

세온의 술법이 작렬했다. 허공에서 꽈르릉 소리와 함께 사내들의 한가운데로 뇌전이 떨어졌다.

물에 잔뜩 젖은 사내들은 강력한 전력에 비명을 지르며 쓰러졌다. 그 광경을 지켜보던 에그리앙은 어이가 없다는 표정이 되었다.

"나한테는 침착하라면서?"

"그, 그게 그냥 말을 함부로 하니까 화가 나서 나도 모르게 그만……."

"화가 나면 내가 내야지. 왜 네가 화를 내?"

에그리앙의 말에 세온도 할 말이 없어 머리를 긁적였다. 뒤에 있던 류텐이 입맛을 다시며 참견했다.

"그야 당연한 거 아냐? 어떤 남자가 자기 여자를 함부로 말하는 데 화가 나지 않겠어?"

"누가 누구 여자라는 거야?"

"그런 거 아니야! 그냥 동료니까 화가 난 거라고!"

에그리앙과 세온이 합심하여 화를 냈다. 류텐이 뒤로 물러서며 언제나처럼 사과를 하고 나서야 진정이 되었다.

세 사람이 요란하게 소란을 부리는 동안 2층 계단에서 젊은 아가씨 하나가 내려왔다. 얌전해 보이지만 노출이 심한 복장을 한 아가씨였다.

그녀를 발견한 이들 모두 입을 닫았다. 이만큼 소란을 피웠는데도 벨루프가 모른다는 것은 말이 되지 않았다. 그녀는 천천히 계단을 걸어 내려오더니 세온 일행에게 정중히 인사를 했다.

"어서 오세요. 마스터께서 여러분을 기다리고 계십니다."

"마스터?"

"혹시 벨루프라는 녀석을 말하는 거냐?"

"예, 그분이 저의 마스터입니다. 만나실 건가요?"

"당연히 만나야지. 그러려고 온 거니까."

에그리앙의 허락에 그녀가 뒤돌아 앞장섰다. 에그리앙이 오만한 얼굴로 그녀의 뒤를 따랐다.

세온은 입맛을 다시며 그 뒤를 따랐다. 안내자의 인도를 받으려니 자연 계단 아래에서 올려다볼 수밖에 없었다. 세온의 뒤에서 류텐의 침 삼키는 소리가 들렸다. 류텐이 세온에게 얼른 귓속말을 했다.

"저 아가씨 치마가 너무 짧은데. 치마 속이 다 보여."

"지금 그런 거 신경 쓸 틈이 어디 있어?"

"그래도 눈이 가는데 어쩌라고. 이건 본능이야."

"본능에만 충실하면 짐승 아니냐? 쓸데없는 소리 하지 말고 잘 따라오기나 해."

세온이 류텐에게 핀잔을 주었다. 그러면서도 은근 슬쩍 훔쳐봤다. 과연 류텐의 말이 맞았다. 더 놀라운 것은······.

'속옷이 없네?'

『자네라고 다른 사람에게 뭐라 할 처지는 아니로군.』

'남자의 본능이잖아요.'

『좀 전에 누가 그러더군. 본능에 충실하면 짐승 아니냐고.』

일행 모두가 2층에 오르자 남자들의 즐거움도 끝이 났다. 세온 등은 2층 복도를 지나 어느 방으로 안내되었다. 안내자가 문을 열자 에그리앙부터 차례대로 방에 들어갔다.

"하루스의 가장 유명한 분들이 방문하셨군요. 영광이라고 해야 하나요?"

방에 들어서자 한 사내가 일행들을 맞았다. 보통 체격에 평범한 인상이지만 눈빛만은 날카로운 사내였다. 에그리앙이 인사도 받지 않고 물었다.

"네가 벨루프라는 자인가?"

"예, 그렇습니다. 프로슬란 영애님이시죠? 과연 소문대로 아름다우시군요. 아트 메이지라는 무비 남작님과 로맨틱 비스트라는 류텐 님께도 환영의 인사를 드립니다."

벨루프의 인사에 에그리앙이 미간을 찌푸렸다. 운성의 의념이 세온에게 충고했다.

『여기서 가장 신분이 높은 건 자네일세. 자네가 나서야 하네. 혹시라도 저자에게 존댓말은 하지 말게. 지금은 관객을 맞으러 온 것이 아니라 잘못을 추궁하러 온 거니까.』

'그건 또 그렇군요.'

운성의 충고에 따라 세온이 앞으로 나서며 말했다.

"우리들은 하루스를 다스리는 켈타이어 남작님의 부탁을 받고 왔다. 혹시 이런 것을 본 적 있나?"

세온은 남작에게 받은 수정구를 꺼내 보였다. 벨루프가 웃으며 대답했다.

"수정구로군요. 저도 무비 남작님이 만든 영화를 보고 수정구를 구입했습니다. 물론 치난 왕국에서 나도는 불법복제품은 아닙니다."

"그건 고맙군."

"그런데 수정구에 대한 건 왜 물으시죠?"

벨루프가 정말 아무것도 모른다는 듯 질문했다. 얼핏 보자면 세상물정 하나도 모르는 순진한 남자처럼 보일 지경이었다.

"다시 자세히 보면 기억이 날 거야."

세온이 수정구에 마나를 불어넣었다. 그러자 허공에 보기 민망한 영상이 떠올랐다. 5명의 여자들이 복면을 쓴 남자들에게 강제로 범해지는 장면들이었다. 벨루프가 흥미롭다는 듯 말했다.

"여자들 몸매가 꽤 괜찮은데요? 저 남자들이 부럽군요."

벨루프의 말에 화가 치밀어 오른 세온은 수정구를 쥔 손에 힘을 주었다. 순식간에 공력이 몰려들었다. 마나의 양이 늘수록 수정구의 영상은 점점 커졌다. 그래도 여전히 힘을 줄이지 않았다.

파창!

세온의 공력을 전부 감당하기에 수정구는 너무 작고 약했다. 순식간에 산산이 깨지며 사방으로 파편을 날렸다. 벨루프가 안타까운 듯 말했다.

"이런, 수정구가 깨졌군요. 좀 더 보고 싶었는데, 마나를 제대로 조절하지 못하신 것 같습니다."

"그걸 말이라고 하는 건가!"

세온이 벨루프를 노려보자 벨루프는 아무렇지도 않게 시선을 받아 넘겼다. 그 모습이 은근히 사람의 속을 뒤집었다.

세온은 천천히 숨을 고르며 화를 억눌렀다. 벨루프를 무력으로 제압하는 건 어렵지 않았다. 그러나 증거가 없다면 다시 풀어줘야 했다.

"제보가 있었다. 이 수정구의 출처는 이곳 레이아웃이라고 들었다. 어떻게 된 거지?"

"제가 뭘 알겠습니까? 저는 그저 레이아웃에 살고 있는 선량한 시민일 뿐입니다."

"이 일에 아무 관련이 없다는 뜻인가?"

"물론이죠, 혹시 제가 했다는 증거라도 있는 겁니까?"

벨루프가 능청스럽게 웃으며 말했다. 뒤에 있던 에그리앙이 참지 못하고 나섰다.

"증거는 널 잡은 다음에 찾아도 충분해!"

"필요하시면 그렇게 하시죠. 도움이 된다면 얼마든지 협조할 수 있습니다."

벨루프의 말에 세온이 실프를 통해 수정구들을 찾아보라고 시켰다. 개구쟁이의 모습을 한 실프는 계속 투덜거리면서도 시키는 대로 저택을 뒤지고 다녔다. 한참을 뒤진 끝에 간신히 수정구 하나를 찾아냈다. 그러나 안타깝게도 세온 등이 찾던 물건은 아니었다.

"제가 말한 대로죠? 무비 남작님께서 만드신 영화가 담긴 수정구입니다. 볼 때마다 새로운 감동을 주더군요. 심지어 저조차도 이 영화에서와 같은 사랑을 하고 싶을 정도였습니다."

"……고맙군."

세온은 벨루프의 말에 이를 악물었다. 신목안을 통해 엿보이는 기의 흐름으로 알 수 있었다. 벨루프의 내심에 은근한 비웃음이 깃들였음을.

 물질적인 증거는 제시할 수 없지만 정황상 범인임이 확실하다. 그러나 심증이 있다고 무작정 붙잡을 수는 없었다. 폴카스 왕국에도 마땅히 적용해야 할 법이 있기 때문이다.

 "지금은 물러난다. 그러나 명심하도록. 네게서 조금이라도 이상한 징후가 발견되다면 가만두지 않을 테니까."

 "후훗, 만약 제가 잘못을 했고 그 증거가 있다면 당연히 벌을 받아야죠. 증거를 찾는다면 말입니다."

 벨루프가 입술을 비틀며 웃었다. 세온은 으드득 소리가 나도록 어금니를 깨물었다. 분노의 감정이 일어났다. 현현천뇌공을 통해 얻어진 강대한 공력이 전신에서 피어올랐다.

 고오오오—

 세온을 중심으로 강대한 기류가 사방으로 퍼져 나갔다. 입고 있는 로브가 펄럭거렸다. 방 안의 집기들이 덜그럭거리고 찻잔에 금이 가고 있었다.

 "크으윽!"

 한순간 벨루프의 입에서 선홍빛의 피가 흘러나왔다. 숙주를 지키기 위해 원념체가 세온을 향해 달려들었다. 그러나 세온이 쌓은 법력은 원념체가 어떻게 할 수 있는 것이 아니었다.

 세온의 분노를 다르게 오해한 류텐이 걱정스럽게 강철 바이

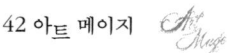

올린을 꺼내며 연주를 시작했다. 느닷없는 음악에 세온이 돌아보며 걱정하지 말라는 듯 눈짓했다.

"내가 조금 흥분했군. 좀 더 지켜보도록 하지."

세온이 어쩔 수 없다는 듯 고개를 돌렸다. 그러자 다시 에그리앙이 나섰다.

"잠깐만, 이대로 끝내려고?"

"그럼 어떻게 해? 증거가 없잖아."

"증거 따위 뭐가 필요하다는 거야? 여긴 레이아웃이잖아. 레이아웃의 실질적인 지배자가 이 녀석이란 걸 모르는 사람은 아무도 없다고! 그 정도면 증거로 충분하고도 남아."

에그리앙의 말에 세온이 고개를 돌렸다. 어찌 생각하면 일리가 있는 말이었기 때문이다. 벨루프는 좀 전의 일은 신경 쓰지 않는다는 듯 어깨를 으쓱이며 대답했다.

"레이아웃의 실질적인 지배자라는 말은 과장이 심하군요. 뭐, 영향력이 큰 건 사실입니다. 이곳 사람들은 서로 의지하지 않으면 생존하기 힘들거든요. 그렇게 살다 보니 제가 구심점이 되더군요."

"그래? 그러면 여기서 벌어지는 일은 잘 알겠네?"

에그리앙이 벨루프에게 바싹 다가가며 말했다. 벨루프는 순순히 인정했다.

"꽤 많은 일들을 알 수 있죠."

"이곳에서 벌어지는 모든 것을 알아낼 수 있겠지?"

"신이 아닌 이상 모든 것을 알 수는 없죠. 아쉽게도 저는 인간입니다."

벨루프가 여전히 능글맞게 웃으며 말했다. 에그리앙은 고개를 끄덕였다.

"좋아. 그 정도로도 충분해."

"뭔가 궁금한 게 있으신 모양이군요. 뭐든 물어보십시오. 제가 아는 한도에서 얼마든지 대답해 드리죠."

"영상에 나오는 여자들, 혹시 알고 있어?"

"물론 알죠. 열심히 살아가는 아가씨들이었는데 언젠가부터 행방불명이 됐습니다."

"네가 노예상인에게 팔아먹은 건 아니고?"

에그리앙의 말에 벨루프가 과장스레 팔을 벌려 보이며 '설마요!'라고 외쳤다.

에그리앙은 여전히 의심을 버리지 않고 유도심문을 했지만 벨루프는 유연하게 말을 받아 넘겼다. 에그리앙이 예리한 질문을 던져도 걸려들지 않았다.

심지어 이런 짓을 벌인 사람들을 꼭 잡아달라는 부탁까지 할 정도였다. 그 모습을 지켜보는 세온이 순간 '사실은 좋은 사람 아닌가?'라는 생각을 할 정도였다. 만일 운성의 조언이 아니었다면 그렇게 넘어갔을 것이 틀림없었다.

『좀 더 주의를 기울이게. 저자는 본능적으로 원념체의 힘을 이용하고 있네. 술법사로서의 재능이 풍부한 자야. 만일 제대로 된 스승을 만난다면 자네 못지않을 걸세.』

'그러면 천부적인 영능력자라는 말씀인가요?'

『그렇네. 원념체의 힘을 이용하니 사람들이 두려워하고 복종하는 거지.』

'정말 위험한 놈이군요.'

『원념체를 이용하는 자가 선량할 리 없지. 저자는 천성적으로 교활하고 잔인한 성격을 지닌 게 틀림없네. 그렇지 않고서야 원념체를 저렇게까지 통제하고 다스릴 수는 없어.』

운성의 조언을 따라 신목안으로 살펴보니 과연 맞는 말이었다. 원념체는 벨루프의 정수리와 연결되어 부채꼴로 뻗어 있었다. 보통 그런 모양을 하고 있으면 지배를 당하는 게 정상이다.

사악한 원념으로 이뤄진 원념체가 이성적인 사고와 판단으로 범죄를 저지를 수는 없다.

벨루프가 원념체를 통제하고 다스린다고 봐야 비로소 설명이 가능했다. 그렇게 생각하니 오랜 세월 하루스의 암흑계에서 밀려나지 않은 것도 이해가 되었다.

'벨루프를 공격하는 쪽에서는 영문 모를 공포와 두려움에 위축되었던 거군요. 그에 반해 레이아웃에 있는 어둠의 세력들은 증오과 분노로 싸웠을 테고.'

상황을 파악한 세온이 에그리앙에게 그만 가자는 표시를 했다. 에그리앙은 더 이상 트집거리가 없어 포기하자는 의미로 해석하고 물러섰다. 세온이 말했다.

"내게 연락할 방법은 알겠지?"

"극장에 가면 되지 않나요?"

"잘 아는군. 그러면 뭔가 정보가 있으면 부탁하지."

"알겠습니다. 그럼 멀리 나가지 않겠습니다."

벨루프가 공손히 인사를 했다. 세온은-적어도 겉으로는- 인사를 받으며 에그리앙과 류텐을 이끌고 밖으로 나갔다.

그들이 나가는 뒷모습을 보며 벨루프가 사람을 불렀다. 곧 세온 등을 안내했던 여자가 들어왔다.

"키첼, 수정구를 빼앗긴 놈은 데려왔나?"

"그렇습니다, 마스터."

"데려와."

"알겠습니다."

그녀는 공손히 고개를 숙이더니 곧 밖으로 나갔다. 얼마 되지 않아 키가 작고 등이 굽은 꼽추 하나가 여자에게 끌려 들어왔다.

놀라운 것은 꼽추사내가 온 힘을 다해 저항하고 있음에도 그녀를 이기지 못한다는 것이었다. 꼽추는 벨루프를 발견하더니 창백하게 질린 얼굴이 되었다. 그는 스스로 벨루프의 발치로 달려와 무릎을 꿇었다.

"마, 마스터. 제발 한 번만 용서해 주십시오."

꼽추는 비굴한 얼굴로 벨루프의 바짓자락을 붙잡았다. 벨루프가 역겹다는 표정을 하며 걷어찼다.

퍼억!

벨루프의 발길질에 꼽추의 몸이 날아가 벽에 부딪쳤다. 남달리 왜소한 체구라도 성인 남성의 몸을 발길질 한 번에 날린 셈이다.

무시무시한 각력이 아닐 수 없었다. 게다가 꼽추가 받은 충격 역시 만만치 않았던 모양이다. 연신 쿨럭거리며 입으로 피를 토해냈다. 그 모습에 벨루프가 다시 인상을 찡그렸다.

"감히 어디다가 피를 토하고 난리야?"

벨루프의 고함소리에 꼽추는 자기 손으로 입을 틀어막았다. 토해지는 피를 억지로 삼켰다.

"제, 제발 용서해 주십시오. 시키는 일이라면 뭐든 다 하겠습니다."

"너 같은 병신이 뭘 할 수 있다는 거지? 그동안 네가 레이아웃에 살 수 있었던 것도 나의 자비 덕분이 아니었나?"

"맞습니다. 그러니 제발 한 번 더 자비를 베풀어 주십시오. 부탁드립니다. 제발!"

"네 실수 때문에 내가 어떤 멸시와 조롱을 받았는지 모르는 모양이군."

벨루프가 팔짱을 끼며 말했다. 꼽추가 바닥에 머리를 찧으며 계속 애원했다.

"한 번만 더 기회를 주십시오. 제발 부탁드립니다."

꼽추의 애원이 통한 걸까? 벨루프의 입에서 뜻밖의 말이 나왔다.

"기회를 달라고? 좋아. 기회를 주지."

"저, 정말이십니까?"

"기회를 달라고 한 건 네가 아니었나?"

"마, 맞습니다. 뭐든지 하겠습니다. 어떤 일이든 시켜 주십시오."

꼽추의 말에 벨루프의 입가에 미소가 번졌다. 그의 머리에 떠오른 생각이 있었다. 꼽추의 능력으로는 불가능한 일이었다. 그러나 시키면 할 것이다.

지금까지 다른 사람들도 그래왔으니까. 꼽추가 일을 벌인다고 특별히 좋은 일이 생기는 건 아니었다. 좀 전에 자신을 귀찮게 한 사람들이 다시 찾아오는 일이 없어질 거라 여겨질 따름이다.

그게 아니라도 상관없었다. 꼽추에게 충분한 벌을 줄 수 있을 테니, 그 정도로 충분했다.

"좀 전에 이 건물에서 나간 사람들이 있다. 노리터라는 단체에 속한 연놈들이지. 그중 계집이 제법 반반했다."

"그 계집을 잡아오면 되는 겁니까?"

"아니, 그 정도로는 성이 차지 않아. 그년을 데려다가 다른 상품, 그러니까 우리들의 새 영화를 만드는 거다. 이왕이면 힘 좋은 사내들 여럿에게 한꺼번에 당하는 모습이 좋겠군. 어때, 할 수 있겠지?"

할 수 있을 리 없다. 에그리앙은 실력 있는 기사가 병사 여럿을 동원해도 건드리기 힘든 능력자다.

겉은 그저 예쁘장한 소녀에 불과하지만 발군의 실력을 갖춘 불의 정령사다. 그런 존재를 겨우 꼽추 정도가 어떻게 할 방법은 없다.

그러나 꼽추는 그런 생각까지 할 겨를이 없었다. 공포에 질려 무조건 복종할 뿐이다. 그의 머릿속에는 오로지 에그리앙이 범해지는 장면을 수정구에 담아야 한다는 생각밖에 없었다.

"할 수 있습니다. 무조건 해내겠습니다."

"좋아. 기대하지. 그럼 나가보도록. 좋은 영화를 만들려면 준비할 게 많을 것 아닌가?"

"마스터의 자비에 감사드립니다."

꼽추는 연신 고개를 조아리며 방에서 벗어났다. 꼽추가 문을 닫고 사라지자 벨루프가 웃음을 터뜨렸다.

"푸하하핫, 역시 병신은 병신이야. 그년에게 죽으라고 보내는 것도 모르는군."

벨루프는 한참이나 꼽추를 비웃었다. 그러다가 문득 세온 등이 방문했을 때를 떠올리며 고개를 갸웃거렸다.

"그나저나 신기하군. 다른 사람들은 내가 쳐다보며 마음속으로 말하면 그대로 되던데. 아까 세 사람은 아무렇지도 않으니. 역시 정령사와 마법사는 좀 다른 건가?"

노리터 사무실로 돌아온 에그리앙은 짜증을 부렸다.

"그놈 뭐야? 아무리 봐도 재수 없고 기분 나빠! 우리에게 들키진 않았지만 뭔가 음흉한 속셈이 있을 거야. 뱃속에 수백 마리 벌레를 넣고 다니는 것 같다고."

"맞아. 에그리앙 말대로 나쁜 놈이지. 절대 좋은 인간일 수가 없어."

세온이 말을 받아주자 류텐이 어깨를 으쓱이며 중얼거렸다.

"자기 여자라고 편드는구만."

"누가 누구 여자라는 거야!"

"우리는 그런 거 아니라니까!"

"그래, 알았어. 누가 뭐라고 했나."

류텐이 휘파람을 불며 딴청을 부렸다. 세온과 에그리앙은 좀 더 화를 내려다 포기했다.

왠지 발끈하면 지는 것 같다는 생각이 들었던 것이다. 류텐은 두 사람이 별 반응을 보이지 않자 입맛을 다셨다.

"별로 반응이 없으니까 재미없다."

"류텐은 그런 게 재미있어?"

"당연하지."

류텐은 나름 진지하게 고개를 끄덕였다. 세온이 고개를 저으며 무겁게 입을 열었다.

"에그리앙의 말대로 벨루프는 나쁜 놈이 맞아."

"인상만 보고 확정지으면 곤란한 거 아냐? 일단 그 녀석 말에 일리가 있는 것도 사실이고. 그런 동네에서 신사적이고 얌전한 수단으로 사람들을 엮을 수 없을 거 아냐."

류텐의 반론에 세온이 한숨을 쉬며 설명했다.

"우리가 레이아웃에 들어갈 때 생긴 일 기억하지? 에그리앙이 흥분해서 날뛰고 병사들도 창을 휘두르고 그랬었잖아."

"그 좋은 구경거리를 왜 벌써 잊었겠어? 그렇게 잘나고 콧대 높은 아가씨가 흥분해서 날뛰는 장면은 흔하지 않다고."

류텐의 말에 에그리앙이 결국 발끈하고 말았다. 세온은 두 사람을 뜯어말리고 나서야 다시 말을 이을 수 있었다.

"그게 뭐 때문이라고 했는지도 생각나?"

"물론!"

류텐이 호탕하게 가슴을 두드리며 대답했다. 에그리앙이 끼어들며 말했다.

"원념체라고 했었지? 보통 사람의 눈에 보이지 않는 몬스터 비슷한 거. 그게 뭐 어때서?"

"벨루프라는 녀석은 원념체의 힘을 이용하고 있었어."

세온의 대답에 두 사람이 아무 말도 하지 못했다. 둘 다 서로의 얼굴을 보며 입을 벙긋거릴 뿐이었다. 한참 만에 에그리앙이 말했다.

"그러면 그 녀석, 흑마법사였던 거야?"

"그런 건 아니야. 자기 스스로 자각하지 못하고 있으니까."

"자신도 모르는 힘을 어떻게 이용한다는 거지?"

"본능적으로 사용하는 것 같아. 우리가 심장을 어떤 식으로 움직이겠다고 의식하면서 사용하는 건 아니잖아? 비슷한 거야."

세온의 말에 에그리앙과 류텐 모두 깊은 생각에 잠겼다. 인간의 마이너스적인 감정을 이용한다는 점에서 벨루프의 힘은 흑마법사와 비슷했다.

그러나 흑마법사는 아니다. 세온의 설명대로라면 뭔가 다른 영역의 힘이 분명했다.

"세온은 그걸 어떻게 아는 거지? 내 입으로 말하기 뭐하지만 나는 루스칸 아카데미에서 성적이 꽤 괜찮았어. 정령사로서의 훈련을 많이 받았지만 마법에 대한 상식도 부족하지 않아."

"내가 배운 건 뮤우 대륙의 마법과는 체계 자체가 달라. 전에 말한 것처럼 나는 눈에 보이지 않는 영(靈)의 세계를 직접 보고 듣고 느낄 수 있어. 대륙의 관점에서 보면 마법사와 신관의 중간쯤 된다고 할까?"

세온은 스스로 말하고도 뭔가 설명이 부족하다는 느낌이 들었다. 그러나 어쩔 수 없었다.

술법은 뮤우 대륙에서 사용하는 마법과도 다르고 신성력과도 다르다. 그렇다고 또 아주 틀리다고도 할 수 없었다. 본래 있던 세계에서도 상식을 벗어난 힘이지만 뮤우 대륙에서도 마찬가지였다.

"네가 살던 곳도 여러 가지로 복잡한 곳이구나."

"사람이 사는 곳은 다 마찬가지지. 누군가의 상식이 다른 사람에겐 편견이 될 수 있는 거 아니겠어?"

"하긴 맞는 말이야. 내가 아는 것과 다르다고 틀린 건 아니겠지. 억지로 이해할 생각 없으니까 본론이나 말해 봐."

에그리앙이 알아서 이해해 주었다. 세온은 감사의 뜻으로 가볍게 고개를 숙여보였다.

류텐은 무슨 말인지 몰라 고개를 갸웃거렸으나 끼어들지는 않았다. 궁금하지 않은 건 아니지만 대답을 듣는다고 알아들을 것 같지도 않았던 것이다.

에그리앙이 다시 입을 열었다.

"벨루프라는 녀석이 대악당인 건 확실한 거지?"

"그래. 원념체는 선한 마음으로 다룰 수 있는 게 아니니까. 어쩌면……."

세온은 잠시 말끝을 흐렸다. 에그리앙과 류텐의 시선이 세온의 입술로 몰렸다.

할 말이 있으면 어서 해 보라며 에그리앙이 채근했다. 결국 세온의 무거운 입이 열렸다.

"내 생각과 반대로 녀석이 원념체에게 지배되는 건지도 모르지."

"그럼 그냥 이대로 내버려두자는 거야?"

"아니, 가만히 둘 수는 없지. 상대는 악당이잖아."

"그러면……."

"기다리는 거지. 레이아웃에서 내가 먼저 도발을 했으니까 뭔가 움직임이 있을 거야. 본래 나쁜 놈들은 자신이 한 짓은 금방 잊어도 당한 건 잊지 못하거든. 우리는 그때를 노리면 돼."

세온의 대답에 에그리앙도 아랫입술을 깨물며 고개를 끄덕였다.

문제를 알았다고 당장에 해결할 수 있는 건 아니었다. 특히

나 사람이 살아가는 세계는 여러 요소들이 유기적으로 결합되어 영향을 주기 마련이었다.

세온이 레이아웃을 방문한 것은 음란한 영상 수정구에 대한 도의적인 책임 때문이었다.

켈타이어 남작은 하루스의 암흑가를 소탕할 기회라고 생각했지만 희망에 그쳤다. 세온은 어쩌다가 술법과 정령술을 알게 되었지만 본질은 연기자였다.

극단을 버려두고 다른 일에만 매달릴 수는 없는 노릇이었다. 켈타이어 남작은 세온의 말대로 기다릴 수밖에 없었다. 나쁜 놈은 당한 것을 잊지 못한다는 것만 믿고.

노리터의 단장으로서 레이아웃을 한 번 방문한 것으로 공식적인 역할은 다 했다. 할 일을 마쳤으니 본래 하던 것을 하면 된다.

세온은 바쁜 와중에도 간간이 레이아웃 근방을 탐문했지만 별반 소득은 없었다. 그동안 만들고 있던 영화 제작을 계속해서 진행했다. 영화에 관련된 일을 준비하고 진행하는 것만으로도 이미 정신이 없었다.

처음 만들었던 영화는 6명밖에 참여하지 않았다. 새 영화는 40명이나 되는 배우들이 출연했다. 연기의 비중이 크고 작은 정도는 있었지만, 전보다 큰 규모였다.

예전에 봤던 헐리웃 블록버스터와 비교할 정도는 아니지만, 하루스에선 사상 최대 규모의 영화 제작이 아닌가. 그렇다고 해 봐야 겨우 2번째 영화지만.

중요한 장면마다 류텐의 음악을 담고 마법사들의 도움을 받아 마침내 영화 제작을 마쳤다.

세온은 이번에도 영화 시사회를 가지기로 했다. 전과 마찬가지로 켈타이어 남작을 비롯한 하루스의 유력자와 주변의 유명 인사들을 초청했다. 특별히 이번엔 일반 시민도 초청했다.

그 중에 벨루프도 포함시켰다. 벨루프는 세온에게 심한 거부감이 있었다. 그러나 세온의 초대를 거절할 마땅한 이유가 없어서 참석할 수밖에 없었다.

세온은 신목안으로 벨루프를 살폈다.

'원념체와 한 몸이 된 것 같군.'

다른 사람의 눈에는 평범한 남자의 모습으로 보였다. 별 특징이 느껴지지 않는 외모와 체격 때문인지 그리 신경 쓰는 이도 없었다. 세온만이 벨루프의 몸에서 먹구름처럼 뿜어지는 원념체의 기운을 보고 느낄 따름이었다.

『조금만 더 원념체와 가까워지면 반인반요(半人半妖)가 될 것 같군.』

'그럴 수 있나요?'

『잊었나? 헌원도 본래 처음엔 인간이었네. 치우천황에게 패한 뒤 복수에 대한 집착을 키워 스스로 요괴가 되었지. 세상에 존재하는 모든 것은 요괴가 될 수 있네.』

'만약 저자가 원념체의 힘으로 요괴가 되면 어떤 일이 벌어

질까요?'

『자네도 알지 않은가? 또 다른 헌원이 탄생하는 걸세.』

세온은 운성과 의념을 주고받았다. 그러나 이야기를 나눌수록 답답하기만 했다. 겨우 떠올린 대책이라고는 사악한 존재를 항마척사의 기운에 노출시키자는 정도였다. 원념체에게 얼마나 효과가 있을지 모르지만 아무것도 하지 않는 것보다는 나았다.

세온은 벨루프를 신관들 사이에 앉도록 했다. 그 중엔 대륙 전체에서 신성력이 가장 강하다고 소문난 류이엘 여신의 신관도 있었다.

경건한 신관의 신성력은 사악한 힘을 만나면 저절로 발휘되는 경향이 있다. 그로 인해 사마(邪魔)가 접근하지 못하는 것이다.

원념체도 신관들의 신성력을 느꼈는지 별다른 힘을 발휘하지 않았다. 그저 벨루프의 몸속으로 깊숙이 가라앉을 뿐이었다. 세온은 그 광경을 조용히 관찰하다가 비로소 시사회를 시작했다.

"이곳을 찾아주신 모든 분들에게 감사드립니다. 이번에 새로 제작한 영화도 체린 민스터 자작님의 소설을 원작으로 하고 있습니다. 전에 만든 영화는 출연배우의 숫자도 적고 소품도 많지 않았습니다. 하지만 이번 영화는 출연배우도 소품 사용량도 늘었습니다. 덕분에 전에 만든 것보다 더 좋은 작품을 만들 수 있었습니다."

세온은 영화에 대한 설명을 하고는 마법사에게 턱짓을 했다. 미리 준비하고 있던 마법사가 수정구에 마나를 불어 넣자 허공에 영상이 나타났다. 이번엔 환상 마법을 응용한 시작 화면으로 관람객의 눈길을 끌었다.

이미 영화 한 편을 만들었던 경험이 있다. 경험은 세온에게 나름대로의 노하우를 쌓을 수 있도록 해 줬다.

여전히 부족함이 많았지만 노하우를 쌓아갈 수 있다는 것 자체가 큰 재산이었다. 영화는 세온이 예상했던 대로 상당한 호응을 얻었다. 아니, 전보다 더 큰 규모와 스케일로 만들어졌기에 반응은 더욱 좋았다.

새로 만든 영화는 체린의 소설인 '백색의 기사'를 원작으로 했다. 기사의 사랑과 용기, 희망을 다룬 것이었다. 주인공이 악에 맞서며 아름다운 사랑을 나눈다는 내용이었다.

사람들은 영화가 상영되는 내내 침을 삼키며 집중했다. 강한 힘을 가진 악당들의 출현에 세상이 혼란스러워졌다. 마침내 주인공이 떨치고 일어났다. 그들로부터 세상을 구할 가능성을 가진 것은 오직 기사뿐이었다.

세상 모든 사람들은 기사의 출전을 강요했다. 어서 빨리 세상을 위해 싸우라며 부추겼다. 그러나 기사의 연인만은 팔을 잡았다. 감당할 수 없는 적과 싸우지 말라고 애원했다.

기사는 검을 뽑더니 여주인공에게 검집을 넘겨주었다.

"검집을 버리는 것은 죽음을 각오했다는 표시오. 나의 검집을 당신에게 맡기겠소. 나의 생명은 당신의 것이기에."

기사의 결의에 찬 목소리와 단호한 정의감에 더 이상 여인도 막을 수 없었다. 결국 물러서며 검집을 받아 챙겼다.

"알았어요. 여기서 기다릴게요. 꼭 돌아오세요. 당신의 생명은 나의 것이니 내 허락 없이는 죽을 수 없어요. 약속할 수 있나요?"

"약속하겠소."

기사와 여인은 서로를 한번 끌어안더니 곧 떨어졌다. 기사에게는 해야 할 일이 있었던 것이다.

기사는 태양을 등지고 적을 향해 달려갔다. 여인은 세 번이나 해가 지고 뜨는 동안 미동도 없이 기다렸다. 마침내 모두가 예상하던 대로 기사가 나타났다.

기사가 말했다.

"약속대로 돌아왔소. 지금까지 기다린 거요?"

"약속이니까요."

"고맙소."

여인은 아무 말 없이 검집을 내밀었다. 기사는 검집에 검을 꽂아 등에 걸쳤다.

여인이 손을 내밀다가 비틀거렸다. 기사가 여인을 번쩍 안아들었다. 두 사람이 천천히 자신들만의 보금자리를 향하며 영화는 끝났다.

사람들은 숨을 죽이고 있다가 영상이 끝나자마자 모두 일어나 박수를 쳤다. 다들 하나같이 휘파람을 불고 고함을 쳤다. 세온은 사람들의 환호성을 즐기다가 앞으로 나섰다.

"노리터의 새 영화 '백색의 기사'를 좋게 봐 주셔서 감사합니다. 저희 노리터는 배우와 마법사들이 하나가 되어 새 영화도 열심히 만들었습니다. 그러니 많은 사랑과 관심 부탁드립니다."

세온이 영화 제작에 참여한 배우, 마법사 등과 함께 앞으로 나서며 인사를 했다. 모두의 인사가 끝나자 켈타이어 남작이 나섰다. 생전 처음으로 무대에 오른 남작은 사람들을 둘러보며 말했다.

"나는 이곳 하루스의 시장으로 있는 켈타이어 남작이오. 비록 노리터의 소속은 아니지만 부득이 나서게 되었소. 새 영화는 전과 마찬가지로 1실버의 요금을 받고 극장에서 상영을 할 거요. 개인적으로 소장하고 싶은 사람은 20골드에 수정구를 구입하면 되오. 내가 여기 올라온 이유는 따로 있소.

많은 사람들이 좀 더 저렴하다는 이유로 불법복제 수정구를 구입하는 것으로 알고 있소. 그러나 그것은 영상이 끊어지고 화질도 선명하지 않는 하품이요. 고작 1, 2골드 더 아끼겠다고 그런 것을 사는 것보다 좀 더 품질 좋은 정품을 사는 게 좋지 않겠소? 그러니 모두 정품을 사도록 합시다.

만일 불법복제 수정구를 거래하다 걸리는 일이 생기면 상당한 배상금을 물게 될 거요. 이미 이 문제는 국왕폐하께 상신이 된 상태요. 국왕폐하께서도 예술가들의 권리를 지켜주기 위해 앞으로 보다 철저히 저작권을 지켜주겠다고 약속했소."

남작의 말에 세온은 다른 배우들과 함께 박수를 쳤다. 여러 사람들이 박수를 치자 다른 이들도 덩달아 손뼉을 쳤다. 남작이 손을 들어 사람들을 조용히 시키며 말했다.

"전에 제작한 영화로 다른 나라에서 거래한 액수가 10만 골드가 넘었소. 그중 영상 수정구의 가격과 기타 비용을 제외하고 남는 순수익이 1만 골드였소. 이것이 무비 남작의 영화로 벌어들인 수입이오. 아직 극장이 들어선 곳이 많지 않아 대부분의 수입은 수정구를 팔아 얻었소. 앞으로 좀 더 많은 극장이 들어서게 되면 더 큰 수익을 기대할 수 있겠지. 지금까지는 큰 돈을 벌기 위해서는 상단을 조직하여 물건을 팔아야 했소.

다시 말하면 필요할 때마다 새로운 상품을 만들어야만 상단을 운영할 수 있었다는 거요. 영화는 다르오. 한 번 만들면 얼마든지 계속해서 활용할 수 있단 말이오. 일단 완성만 되면 끊임없이 상품으로써 활용할 수 있게 되오. 다시 말해 그만큼의 제작비가 절감된다는 뜻이지. 지금까지는 상단이 중심이 되어 수익을 만들었으나 앞으로의 경제는 문화산업이 중심이 될 거요. 그중 가장 중요한 문화산업이 바로 영화산업이오. 하루스의 영화산업을 키우기 위해 가장 먼저 해야 할 일은 불법복제 수정구를 근절하는 것이 될 것이오."

남작의 연설을 끝으로 시사회를 마쳤다. 사람들은 저마다 영화에 대한 의견을 주고받으며 극장에서 빠져 나갔다.
 어느새 입구에는 주연배우들이 나가는 사람들에게 인사를 하고 있었다.
 그 와중에 세온은 이매술을 통해 실프를 실체화시켰다. 벨루프를 감시하기 위해서였다. 크기도 눈에 띄지 않게 하기 위해 최대한 작게 만들었다.
 [이게 뭐야! 너무 작잖아!]
 "생각 같아서는 더 작게 하고 싶다고."
 엄지손가락 크기의 실프가 투덜거렸다. 세온은 상대의 눈에 들키지 않기 위해서는 어쩔 수 없다며 달래주었다.
 그러면서도 의념을 통해 벨루프에 대한 감시를 부탁했다. 최대한 마나를 밀집시켰기에 1, 2시간 정도는 멀리 떨어져서 움직여도 무방했다.
 [계약자가 원하면 그렇게 해야지. 저 인간을 미행하면 되는 거지?]
 실프는 장난스럽게 세온의 주위를 돌더니 곧 벨루프의 뒤를 따랐다.
 "너무 작은 거 아니야? 잘 보이지도 않잖아. 내가 정령사가 아니었다면 실프가 어디 있는지 찾지도 못했겠어."
 "일부러 눈에 띄지 말라고 작게 한 거야."
 "왜?"

"저 녀석을 초대했거든."

세온이 유난히 여유를 부리는 벨루프를 가리키며 말했다. 에그리앙이 가늘게 눈을 떴다. 세온이 말을 이었다.

"이왕 불렀으니 뭘 하는지 두고 보는 것도 괜찮지 않겠어? 암흑가의 보스니까 따라다니면 나쁜 짓을 하는 걸 목격할 가능성이 높잖아."

세온의 말에 에그리앙이 알겠다는 듯 고개를 끄덕였다. 세온은 실프가 뭔가 벨루프의 범죄현장이나 증거를 발견할지도 모른다는 기대를 했다.

상대는 하루스의 어둠을 지배하는 암흑계의 거물이다. 그런 만큼 거의 모든 범죄와 사건에 연루가 될 테고, 꼬투리를 잡기도 어렵지 않으리란 생각이었다. 그렇게 기대하며 실프를 기다렸다.

그러다가 한참 만에 실프가 나타났다. 실프가 나타난 것은 술법이 풀릴 즈음이었다.

[그 인간 너무 심심해. 계속 돌아다니기만 하잖아.]

안타깝게도 실프는 벨루프의 범죄현장은 물론 증거도 찾을 수 없었다. 아예 레이아웃에도 들어가지 않고 여기저기 돌아다니며 시간을 보낸 모양이었다. 실프에게 벨루프를 뒤쫓는 일은 심심하고 재미없는 일이었던 모양이었다.

세온은 실프에게 수고했다는 말을 하고 운성과 같은 결론을 내렸다.

'원념체의 힘으로 정령을 감지할 수 있는 것 같군요.'

『그런 것 같네. 생각보다 더 위험한 인간일세. 아무래도 그냥 뒀다가는 큰일이 나겠어. 어쩌면 제2의 헌원이 탄생할지도 모르겠네.』

'헌원만큼 강하지는 않겠죠.'

『그렇겠지. 그만큼 강하려면 까마득한 시간의 힘도 필요하니까. 앞으로 어찌할 생각인가?』

'두고 봐야죠. 당분간은 '백색의 기사'에 쓸 정신도 모자란다고요.'

『인간이 요괴로 변하면 다른 것들과는 상대가 되지 않을 만큼 무서운 존재가 된다네. 사전에 없애는 것이 가장 좋아.』

'모르는 건 아니지만 당장은 방법이 없잖아요. 그렇다고 아직 요괴가 되지도 않은 사람에게 함부로 술법을 쓸 수도 없고.'

세온이 투덜거리며 말했다. 레이아웃을 방문하고 영화 한 편을 만들었지만, 그동안 해결한 일은 아무것도 없었다. 그저 그럴 뿐이었다.

세온이 제작한 영화 '백색의 기사'는 생각했던 것 이상의 호평을 받았다. 이미 첫 번째 영화의 영상 수정구를 구입했던

이들은 '백색의 기사' 역시 소장하고 싶어 했다. 그들은 기꺼이 20골드를 지불하고 영상 수정구를 구입했다.

그동안 켈타이어 상단에서는 더 많은 극장을 건립했다. 몇몇 대도시에는 제대로 된 극장까지 몇 개나 세워졌다. '백색의 기사'도 인기가 좋았지만 처음 만든 영화 역시 인기가 여전했다.

영화의 인기도가 높아지며 대륙 곳곳에 세온의 이름도 더욱 널리 알려졌다.

마법과 연극의 결합으로 탄생한 새로운 예술 장르는 여러 사람들을 열광하게 했다. 그러나 모두가 영화를 좋게 보는 것은 아니었다.

하루스는 많은 이들이 즐겨 찾는 명소가 많은 곳이다. 아주 맑은 날 벽화의 그림자에서 탄생한다는 골드 드래곤의 형상을 비롯한 예술품들이 지천에 널려 있다.

가난한 예술가들이 찾아와 적은 대가로 초상화를 그려주었다. 길거리에서 악기를 연주하는 음악가들도 많았다.

전에도 많은 볼거리가 있었지만 세온이 노리터를 이끌며 더 많은 볼거리를 만들었다.

하루스 외곽에 지어진 극장은 하나의 대극장과 두 개의 소극장으로 구성되어 있다.

대극장에서는 세온이 연출했던 룬드그란 전기가 막을 내리고, 지옥의 발톱을 공연했다.

룬드그란 전기는 대영웅의 사랑과 희생을 담은 서사시였다. 주인공 룬드그란은 이미 천년이 지난 지금까지도 대륙의 모든 이들이 존경하는 인물이었다. 그에 반해 지옥의 발톱은 유쾌하고 즐거운 폴카스 왕국의 영웅 이야기다.

 주인공인 맥더 플레인은 룬드그란이나 그의 동료들처럼 전투에 유용한 능력을 가진 것도 아니다. 그럼에도 몇 번이나 나라의 위기를 구하고 강적을 물러나게 만들었다. 지옥의 발톱은 그의 여러 에피소드 중 하나를 소재 삼아 연극으로 만든 것이다. 당연히 인기도 좋았다.

 다른 소극장에서는 한참 영화를 상영하고 있었다. 한 곳에서는 새로 만든 영화인 백색의 기사를, 다른 한 곳에서는 처음 만든 영화를 올렸다.

 아무래도 더 많은 인원과 비용이 투자된데다 최근에 만들어진 쪽에 사람이 더 몰렸다. 그러나 다른 영화를 보는 사람이 적은 것도 아니었다.

 이래저래 세온은 바쁜 시간을 보냈다. 노리터를 이끌며 파생되는 문제들은 한둘이 아니었다. 외국의 귀족이 공연을 보고 나서 여배우와의 하룻밤을 요구하기도 했다.

 100골드 이상의 돈을 제시하며 회유하고 협박하는 사건도 있었다. 물론 세온에게 통할 리 없었다.

 세온은 정령술과 술법을 적절히 섞어 상대를 내쫓았다. 이를 갈며 대드는 이가 없지는 않았지만, 평범한 사람의 무력으로 세온의 정령들을 이길 수는 없었다.

귀부인의 은밀한 초대도 많았다. 세온은 젊은데다 정령술사이자 마법사라는 타이틀까지 있었다. 그뿐 아니라 연극과 영화가 거듭 성공하며 많은 재산을 가진 재력가로도 소문났다. 그러니 최고의 잠자리 상대로 생각했던 모양이다.

예전엔 극단을 이끄는 일이 별것 아니라고 생각했는데, 막상 닥쳐 보니 꼭 그렇지만도 않았다.

극단을 이끄는 동안 생기는 문제들을 하나둘 해결하고 다니느라 여러 가지로 정신이 없었다.

그나마 에그리앙이 재정에 관련된 부분을 책임지고 관리하여 일을 줄여주었다. 그렇게 정신없는 와중에 또 다른 일이 터지고 말았다. 그것도 세온의 상식으로는 전혀 납득할 수 없는 문제였다.

"백색의 기사에 대한 상영을 중지하라고요?"

"분명 그렇게 말씀드렸습니다."

"왜 그래야 하는지 이해할 수 없군요."

"백색의 기사는 여성을 비하하는 내용을 담고 있습니다. 자칫 야만적인 남성들에게 여성의 이미지가 그릇되게 각인될 여지가 있어요."

세온을 찾아온 사람은 브레타 부인이었다. 젊은 시절 남편인 브레타 자작을 떠나보내고 미망인이 되었지만, 사회적인 영향력은 무시할 수 없었다.

그녀는 대마법사 아르탄의 직계 제자로서 6클래스의 마법사였다. 그만하면 다른 왕국에 갔다면 궁정마법사를 하고도 남을 실력이었다.

사교계의 인맥도 무시할 수 없는데다 정계에도 많은 유력자들과 알고 지냈다. 재력도 상당해서 대륙 100대 상단에 드는 켈타이어 상단과 버금갈 정도였다.

그런 여인이 대뜸 찾아와 영화 상영을 그만두라고 하니 영문을 알 수 없었다. 더구나 상영을 중지하라는 이유도 이해할 수 없지 않은가.

"대체 어느 부분에서 여성을 비하했다고 그러시는 겁니까?"

"여러 곳에서요."

"뭐라고요?"

어이없어 하는 세온에게 브레타 부인은 표정 하나 바꾸지 않고 설명을 이었다.

"영화에서 여주인공은 사흘간이나 멍하니 서서 기다리고 있더군요. 그것도 무책임하게 자기 할 일을 하겠다고 자신을 떠나 버린 남자를 기다리면서요. 그 부분은 남성의 폭력성에 대비하여 여성에게 순종을 강요하는 겁니다."

브레타 부인의 말에 세온은 할 말을 잃었다. 대체 어떤 의미에서 남성의 폭력성과 여성의 순종성을 말하는 건지 이해가 가지 않았다. 그러고도 브레타 부인은 아직 할 말이 남은 모양이다.

"더구나 여성을 성적인 착취 대상으로 삼기까지 했더군요. 그 부분은 도저히 용납할 수 없습니다."

브레타 부인의 말에 세온은 또 무슨 소리를 하려는가 싶어 미간을 찌푸렸다.

지금까지 납득되지 않는 말을 하는 것으로 봐서 또 뭔가 억지를 쓰려는가 싶었던 것이다. 도대체 뭘 어떻게 해석했기에 '여성을 성적인 착취 대상'으로 삼는 장면이 나왔다는 건지 이해할 수 없었다.

"여자가 검집을 들고 있다가 남자에게 건네는 장면이 나오더군요. 남자의 검이 검집에 들어가는 장면은 성행위를 상징합니다. 여자를 안고 떠나는 모습은 그 상징성을 더욱 강조하는 것일 테죠."

"……."

"이만하면 상영금지의 이유로 충분하겠죠? 어떤 경우에도 여성이 남성의 폭력에 굴복당하는 모습은 있어서는 안 됩니다."

브레타 부인의 말에 세온은 기가 막히는 듯 대꾸했다.

"대체 어떻게 하면 그런 해석이 나올 수 있는지 이해할 수가 없군요. 혹시 이 영화가 체린 민스터 자작의 소설을 원작으로 해서 만들었다는 건 알고 계시나요?"

"그, 그건……."

세온의 말에 브레타 부인이 말을 더듬었다. 그것을 본 세온은 확신할 수 있었다. 그녀는 체린의 소설 '백색의 기사'를 읽지도 않았다는 것을. 승기를 잡은 세온이 브레타 부인을 계속 몰아붙였다.

"백색의 기사는 대륙 전체에서 가장 많이 팔린 책의 하나입니다. 브레타 부인께서 말씀하신 장면은 사랑과 신뢰를 표현하는 명장면으로 손꼽히죠."

"그건 사람들이 잘 몰라서 그런 겁니다. 모든 문학과 예술을 해석하는 건 대체적으로 남자의 몫이었으니까요."

그녀의 말에 세온은 자꾸 울컥하는 마음이 들었다. 그러나 이렇게까지 앞뒤가 막혔다면 더 이상 말이 통할 것 같지 않았다. 세온의 몸에 깃들인 운성도 기가 막힌지 의념을 보냈다.

『마음이 밝으면 세상을 밝게 보는 법이거늘. 얼마나 뒤틀린 시각을 가지면 저럴 수 있는지 모르겠군.』

'그러게 말입니다.'

세온은 운성의 의념에 공감했다. 브레타 부인이 계속해서 이런저런 트집을 잡기 시작했다. 결국 세온은 좀 전에 들은 운성의 의념을 흉내내어 말했다.

"생각이 악하면 느끼는 것이 악하고 마음이 음란하면 보이는 것마다 음란하다고 하더군요. 여인이 아기에게 젖을 먹이는 모습을 보면 어떤 생각이 드시나요? 저는 어머니의 사랑이 느껴지더군요. 부인께서는 그것도 어린아이가 여자를 애무한다고 말씀하실 건가요?"

"누가 그렇게 말한다고 하는 겁니까?"

"제 영화에 대하여 그렇게 말씀하시지 않았습니까!"

"그것과 영화에 대한 것은 서로 다른 문제 아닌가요?"

세온과 브레타 부인의 이야기는 서로 합의점을 찾지 못했다. 참다못한 세온은 결국 부인을 대동하고 켈타이어 남작을 찾았다.

남작은 브레타 부인과도 친분이 있던 모양인지 반갑게 맞아 주었다. 브레타 부인은 남작에게 좀 전 세온에게 했던 말을 되풀이했다.

브레타 부인의 이야기를 듣던 세온이 의견을 제시했다.

"브레타 부인께서는 아르탄 님의 제자라고 들었습니다. 맞나요?"

"예, 맞아요."

"그러면 제자로서 스승의 생각을 듣는 것이 좋겠군요. 아마 아르탄 님께서 좋은 쪽으로 중재해 줄 겁니다."

세온의 말에 브레타 부인이 뭔가 다른 말을 하려 했다. 그러나 입을 다물 수밖에 없었다. 남작이 이미 통신마법구가 있는 곳으로 안내를 하고 있었기 때문이다.

느닷없이 중요한 일이라는 소식에 나타난 아르탄은 세온과 브레타 부인의 이야기를 들었다.

『너는 예나 지금이나 그렇게 억지 쓰는 버릇을 고치지 못했구나. 나도 백색의 기사라는 영화를 봤단다. 하지만 결코 네가 말하는 식으로 생각한 적은 없어. 아마 다른 사람들도 마찬가지겠지. 어서 세온 군에게 사과하거라.』

아르탄의 말에 세온이 턱을 치켜 올리며 말했다.

"제 말대로죠?"

"흥, 스승님도 남자라서 무비 남작의 편을 들어준 겁니다."

그녀의 말에 세온은 고개를 설레설레 흔들었다. 다행스러운 것은 브레타 부인이 아무리 억지를 써도 스승의 권위를 무시할 수 없다는 것이었다.

세온은 무사히 일을 마무리지을 수 있었다. 적어도 이때만큼은 쉽게 수습되는 줄 알았다.

브레타 부인의 대외적인 신분은 지금은 죽고 없는 브레타 자작의 미망인이자 마법사였다. 그녀에게는 다른 이들이 모르는 또 다른 신분을 가지고 있었다.

이른바 로즈 클럽이라 불리는 여성 단체의 수장이었던 것이다. 로즈 클럽은 철저히 여자만을 회원으로 받아들였다. 그것도 사회적으로 충분한 능력과 영향력을 발휘하는 이들만 속했다.

그 중엔 대귀족의 부인도 있었고, 정령사나 마법사도 있었다. 거대 상단의 상단주도 있었고, 여기사와 시인과 소설가도 있었다. 각계각층에서 활약하는 여자들만이 포함된 단체였다.

로즈 클럽은 여성 권익을 위해 왕국에 영향력을 행사하고는 했다. 이번에 브레타 부인이 세온을 찾아온 것도 역시 비슷한 맥락에서였다.

그저 단순히 노리터를 이끌 뿐이라면 기사 한 명만 보내서 압박해도 충분했다. 그러나 세온의 대외적인 신분은 상당한 무게감을 가지고 있었다.

4대 정령 모두를 다루는 정령사라는 것 하나만으로도 충분한 가치를 가지고 있다. 더하여 마법까지 사용한다고 했다.

능력도 많은 이들이 확인했다. 왕궁에서 있었던 마스터급의 정령기사인 뮤렐 자작과의 대결에서 무승부를 낼 정도가 아니었던가?

브레타 부인이 세온을 직접 찾았던 것은 그만한 이름값으로 인한 것이었다. 그러나 결과적으로 그녀는 뜻을 관철시킬 수 없었다.

하필 영화의 원작이 체린 민스터 자작의 소설이었기 때문이다. 체린의 이름값은 세온보다 더하면 더했지 못하지는 않았다.

브레타 부인이 문제 삼은 부분도 뜻을 관철시키기 어려운 면이 많았다. 바로 그 장면이 수많은 평론가들이 극찬했던 대목이었던 것이다.

트집을 잡아도 기본적으로 여론이 맞아야 성립이 되는 법이다. 아무리 그럴 듯한 명분을 만들어도 다수가 따르지 않으면 소용이 없었다. 그렇다고 당장 무력으로 해결하자니 세온의 능력이 부담스러웠다.

세온과 헤어진 브레타 부인은 이번엔 에그리앙을 찾아갔다. 그녀의 생각으로 에그리앙은 여자니까 당연히 말이 통하리라 여겼다. 그러나 에그리앙의 반응은 쌀쌀하기만 했다.

"폴카스 왕국에서 로즈 클럽이 왜 욕을 먹고 있는지 모르는 건가요? 여자들의 권리를 위한다는 핑계로 자꾸 억지를 쓰니까 그러는 거예요. 이유와 명분이라고 붙이는 것도 억지로 말을 만드는 것에 불과하지 않나요? 같은 여자인 저조차도 그런 논리와 명분은 창피하군요."

그런 말을 듣고도 감히 도와달라는 말은 할 수 없었다. 브레타 부인은 분개하며 에그리앙이 여자의 가치를 떨어뜨리고 있다는 말을 남기고는 자리를 떠났다.

극단 노리터에서 나온 브레타 부인은 서점부터 찾았다.
"어떤 책을 찾으십니까?"
"백색의 기사라는 소설 있나?"
"물론이죠. 영화 덕분인지 백색의 기사의 판매량이 늘었답니다."
"본래 잘 팔리지 않는 책인가?"
"설마 그럴 리가요. 민스터 자작님의 작품인데 팔리지 않을

리 없죠."

그녀의 질문에 서점 주인이 친절히 대답해 주었다.

"책이 나오던 당시엔 수십 권을 쌓아도 순식간에 팔려나갔지요. 그러나 아무리 잘 팔리는 책이라도 나온 지 10년이 흘렀으니 비슷하게 팔릴 수는 없죠. 여전히 꾸준하게 잘 팔리는 책이라는 점은 부인할 수 없습니다만."

"원래 잘 팔렸지만 요즘은 더 많이 팔린다는 건가?"

"영화 때문에 사람들이 다시 책에 관심을 가지는 게 아닌가 싶군요."

서점 주인의 말에 브레타 부인은 묵묵히 책을 받아 값을 치렀다. 모든 것은 자신이 직접 책을 읽어보고 결정하리라 결심했다.

그날 저녁 브레타 부인은 백색의 기사를 정독했다. 과연 대륙 제일의 작가가 쓴 글이었다.

아름다운 문장이 처녀 시절의 감성을 자극할 정도였다. 그러나 스스로의 마음을 다잡았다.

'이건 민스터 자작의 사춘기 시절에 만들어진 소설이야. 혈기는 왕성한데 책임감은 없던 시기에 쓴 거잖아. 그 좋은 문장력으로 왕성한 혈기와 무책임을 감춘 거지.'

브레타 부인의 눈엔 여전히 백색의 기사가 난잡한 책으로 보였다. 그럴 수밖에 없었다.

그녀는 책을 읽을 땐 언제나 '이러저러한 장면은 무조건 성적 착취이며 음란한 것'이라는 규정을 만들어 놓고 있었다. 그러니 당연히 편견에 가득 찰 수밖에 없었다.

아무리 대단한 문학과 예술이라도 처음부터 '이런 장면이 나오면 수준 이하'라는 낙인을 찍어놨으니 어떻게 제대로 된 감상이 나올 수 있겠는가.

그것은 6써클의 뛰어난 마법사인 브레타 부인이라도 마찬가지였다. 스스로의 편견과 선입견이 대륙 전체에서도 손꼽히는 명작을 음란서적 정도로 취급하게 만들었다.

"제대로 따져야겠어. 그래! 우선 연회를 여는 거야. 그래서 연극에 빠진 애송이 마법사와 민스터 자작을 초대하는 거지. 그 자리에서 이 문제를 공개적으로 따져야겠어."

브레타 부인은 자신의 계획이 당연히 성공할 거라 생각하며 득의만면한 웃음을 지었다. 실천은 빨랐다.

사교계에서 그녀의 영향력은 상당한 편이었다. 마법사이자 거대 상단의 주인을 여자라고 무시할 수 있는 이가 어디 있겠는가.

그녀의 초청장이 하루스는 물론 인근 영지에까지 전달되었다. 퓨론을 다스리는 에즈몽 백작부터 이름을 알린 예술가들에게까지 초청장이 날아갔다. 세온을 비롯한 노리터의 주요 인물들도 초청장을 받았다.

❖   ❖   ❖

 에그리앙은 오랜만에 한껏 멋을 낸 드레스를 입었다. 세온은 각종 부적을 사용하기 위해 품이 넓고 편안한 옷을 골랐다.
 가장 곤란해진 사람은 류텐이었다.
 귀족들의 연회에 참석하는 것이 처음은 아니지만, 그건 용병으로서 호위를 위한 것이었다. 직접 초청받은 당사자가 된 것은 처음이었다.
 "걱정할 필요 없어. 잘난 척하는 놈들에게 맞장구쳐 주면서 자존심을 버리지 않으면 그만이야."
 에그리앙이 충고를 해 주었다. 체린도 공감한다는 듯 고개를 끄덕였다. 곧 연회가 시작되었다. 식탁마다 고급스러운 음식들로 가득 채워졌다.
 세온은 연회에 참석한 에즈몽 백작을 찾아 인사를 했다.
 "백작님, 잘 지내셨습니까?"
 "반갑군. 그렇지 않아도 백색의 기사라는 영화 잘 봤네. 나도 수정구 하나를 구입했지."
 "감사합니다. 영화는 마음에 드셨나요?"
 "물론이지. 우리 부부 모두가 즐겁게 감상했다네."
 "좋게 봐 주셔서 감사합니다."
 세온이 감사의 뜻으로 가볍게 고개를 숙여보였다. 그럴 즈음에 브레타 부인이 불쑥 끼어들었다.

"안녕하세요, 에즈몽 백작님. 무비 남작님도 여기 계셨군요."

그녀의 등장에 세온은 저도 모르게 미간을 찌푸렸다. 영화에 대하여 억지를 부리던 것이 생각나자 절로 거부감이 일었다.

"무슨 일이시죠?"

"무슨 일이라니요, 이 연회의 주최자로서 인사온 것뿐랍니다."

"그렇군요. 인사하시죠, 백작님. 이분이 브레타 자작 부인이십니다."

"반갑습니다. 저는 퓨론을 다스리는……."

세온의 소개로 에즈몽 백작과 브레타 부인의 의례적인 인사가 오갔다. 예법에 의해 소소한 이야기를 나누다가 브레타 부인이 화제를 돌렸다.

"에즈몽 백작님도 무비 남작님의 영화를 보셨나요?"

"물론입니다. 세온 군은 상당한 재능을 지닌 젊은이지요. 덕분에 연극에 대한 편견에서 벗어날 수 있게 되었습니다."

"그런가요? 하지만 백색의 기사라는 영화는 문제가 있더군요. 하긴 원작부터 문제투성이였죠."

브레타 부인의 말에 세온이 미간을 찌푸렸다. 영화에 대한 트집을 잡았다가 아르탄에게 한소리 듣더니 또 그러는 듯했다. 그녀의 말은 세온에게 다가오던 에그리앙과 체린의 귀에도 들렸다.

"제 소설이 마음에 들지 않는 모양이군요. 대체 어떤 점이 문제라고 생각하시는지 말씀해 주시겠습니까?"

체린이 정중하게 항의를 했다.

브레타 부인은 당당하게 책을 읽으며 자신이 생각한 것을 늘어놓았다. 설명을 들을수록 체린은 기가 막혔다.

"……대단하군요. 어떻게 하면 그런 식으로 해석할 수 있는지 신기할 정도입니다."

곁에서 듣고 있던 세온도 고개를 절레절레 흔들었다. 이 정도면 거의 병적이라고 봐도 무방할 수준이었다. 브레타 부인의 말대로라면 백색의 기사는 본능에 충실한 난잡한 소설이었다.

'곰돌이 푸우를 보고 바지를 입지 않았으니 음란물이라고 떠들던 여자들 같잖아.'

『나 역시 비슷한 생각일세.』

세온이 예전 한국에서 벌어졌던 일들을 떠올리며 고개를 저었다. 특이한 신념으로 여자들을 위한다며 오히려 욕을 먹던 누군가와 너무 비슷했다.

브레타 부인이 가늘게 눈을 뜨며 말했다.

"민스터 자작님도 미처 생각하지 못한 모양이군요. 하긴 혈기 왕성한 나이에 쓴 글이니 본능이 드러날 수밖에 없죠. 더구나 천하고 쓸모없는 연극 따위를 위해 글을 써 주시는 분이니."

"정말 그렇게 생각하십니까?"

"전 확신 없이 함부로 말하지 않아요."

그녀의 대답에 체린은 기가 막혀 더 이상 대화할 생각조차 못했다. 세온이 비아냥거리며 끼어들었다.

"체린, 신경 쓰지 마. 개가 바라보는 나무의 가치라는 게 고작 그 정도지."

"개가 바라보는 나무의 가치라니, 무슨 말이죠?"

브레타 부인의 목소리가 낮아졌다.

바보가 아닌 한 세온의 말에 모욕이 담겼음을 모를 리 없었다. 그녀는 세온의 무책임한 모욕의 언사에 대한 사과를 요구하면 주도권을 잡으리라 생각했다.

브레타 부인이 험악한 기세를 드러내며 세온을 노려봤다.

고오오오.

6써클의 마법사가 기운을 개방하자 가공할 기세가 사방으로 뻗어나갔다.

순간적인 증오와 살의가 세온에게 집중되었다. 세온이 피식 웃으며 대답했다.

"개가 나무를 보고 하는 일이 하나밖에 더 있겠습니까? 오줌이나 갈기는 거죠."

세온의 말에 주변에서 귀를 기울이던 사람들이 웃음을 터뜨렸다. 브레타 부인이 사나운 눈빛으로 돌아보자 좀 전까지 웃던 사람들이 입을 닫았다. 그러나 억지로 웃음을 참는 기색이 역력했다.

"가…… 감히 나를 그렇게 대하다니. 하찮은 쓰레기나 만드는 주제에……."

브레타 부인은 분노를 참을 수 없는지 점점 더 강한 기운을 일으켰다. 그제야 세온도 자신의 힘을 개방했다.

순수한 힘과 힘이 맞부딪쳤다. 보이지 않는 싸움이었다. 사방으로 기파가 뻗어나가며 식탁을 뒤집고 그릇을 깨뜨렸다. 그것을 멈추게 한 사람은 다름 아닌 에즈몽 백작이었다.

쿠웅!

"둘 다 그만 하시오. 더 이상 다툰다면 나 역시 검을 뽑을 것이오!"

그가 다리에 마나를 실어 발을 굴렀다. 에즈몽 백작은 한껏 노기어린 얼굴을 했다.

"브레타 부인의 억지는 너무 심한 것 같습니다. 세온 군도 예의를 지키지 못하는군. 자네 심정을 이해하지 못하는 건 아니지만, 적어도 여기서 힘을 드러낼 정도는 아니야."

"죄송합니다. 제 생각이 짧았습니다."

"무슨 말씀을 하시는 건가요? 저는 억지를 쓴 적이 없어요. 백작님도 보셨잖아요. 저 미천한 광대가 저를 어떻게 모욕하고 있는지……!"

"그만 하시오! 감히 국왕폐하께서 인정한 왕국의 귀족을 어찌 미천한 광대라 한단 말이오! 부인께서는 정말 아무 잘못이 없단 말이오?"

에즈몽 백작의 전신에서 분노의 기운이 뿜어졌다.

많은 기사들이 따르는 전쟁영웅이자 마스터의 검술을 지닌 에즈몽 백작이다.

그의 무력은 6써클의 마법사라도 만만히 여길 수 없었다. 더하여 정치적으로 상당한 영향력을 가지고 있다. 친구는 될 수 없다 해도 적으로 돌려서는 안 될 인물이다.

"죄, 죄송합니다. 제 생각이 짧았군요."

브레타 부인은 이를 악물며 마지못해 사과를 하더니 황급히 자리에서 물러났다. 그녀는 입술을 깨물며 세온을 노려봤다.

'전부 저 미천한 광대 때문에 벌어진 일이야. 가만두지 않겠어.'

브레타 부인은 모욕감에 치를 떨며 자신이 주최한 연회장을 벗어났다. 이젠 연회가 어떻게 되든 신경 쓰고 싶지 않았다. 마침 그녀의 뇌리를 스치는 생각이 있었다.

'그렇지. 여긴 하루스잖아. 그렇다는 건 그녀가 있다는 뜻이지.'

브레타 부인의 발길은 어느새 레이아웃으로 향했다.

브레타 부인은 레이아웃 입구에서 자신에게 덤비는 불량배

들을 마법으로 응징했다.

6클래스의 마법사라면 이미 대량살상이 가능한 실력자다. 하물며 뚝심만 믿고 덤비는 불량배 따위가 상대가 될 리 없었다.

간단한 마법으로 알맞게 지져주고 좀 더 깊숙한 곳으로 들어갔다. 이미 그녀가 저지른 짓을 알아본 이가 있었던 모양인지 아무도 그녀에게 시비를 거는 이가 없었다.

브레타 부인이 찾은 곳은 녹슨 철문을 달고 있는 이름도 없는 술집이었다.

문을 열자 기분 나쁜 마찰음이 귀를 울렸다. 술집 안은 아직 대낮임에도 테이블이 반이나 채워져 있었다.

그녀를 발견한 바텐더가 음침하게 웃으며 물었다.

"레이아웃에 어울리지 않는 귀부인이시군. 뭐가 필요하슈? 혹시 튼튼한 사내가 그리워서 오셨나?"

바텐더의 말에 주변의 사내들이 키득거리며 거들었다.

"보니까 빌의 말이 맞는 것 같은데."

"꽤나 굶주린 얼굴이야."

"나라면 그냥 해 줄 수도 있는데 말씀이야. 저런 귀부인은 한 번도 안아본 적이 없거든."

사내들의 음란한 말에 브레타 부인의 얼굴이 차갑게 굳어졌다. 그녀는 참을 필요도 없다는 듯 마법을 사용했다. 전격계 마법이었다.

손끝에서 발출된 뇌전이 사방으로 퍼져 나갔다. 좀 전까지 웃고 떠들던 사내들이 감전이 되며 몸을 떨었다.

대부분의 사내들이 술집 바닥에 쓰러지며 기절했다. 그러나 어찌된 영문인지 바텐더만은 멀쩡한 모습이었다. 그는 누런 이를 드러내며 말했다.

"이거 은근히 대가 센 마님이시군. 그러나 어쩌나? 나한테는 그런 마법 통하지 않는데."

바텐더의 반응에 브레타 부인이 당황하는 기색을 보였다. 그러나 6클래스의 마법사는 아무나 되는 것은 아니었다.

"마법저항력을 가진 아티팩트를 가졌군. 한번 어디까지 견디나 볼까? 참고로 나는 6클래스의 마법사야. 혹시 몰라서 어지간한 마법은 전부 메모라이즈를 해 뒀지. 시험해 보겠어?"

그녀의 말에 바텐더가 바닥에 침을 뱉았다.

"재수 없군. 그렇게 대단하신 마님이 여긴 무슨 일이요? 튼튼한 사내가 필요하면 우리 같은 쓰레기가 아니라도 얼마든지 구할 수 있을 것 같은데. 아아, 마법은 쓰지 말고. 나도 6클래스의 마법사가 얼마나 대단한지 알거든."

바텐더가 느물거렸다. 브레타 부인은 기분 나쁘다는 듯 얼굴을 찌푸리면서도 용건을 말했다.

"이곳에 오면 키첼을 만날 수 있다고 알고 있는데. 아니었나?"

"가만있자, 키첼이라는 이름은 처음 듣는 것 같은데."

바텐더가 싱글거리며 대꾸했다. 그의 모습에 브레타 부인이 품에서 뭔가를 꺼내 던져주었다.

1골드짜리 금화였다. 그러나 다른 금화와는 뭔가 좀 달랐다. 금화를 본 바텐더의 표정이 굳었다. 어느새 그의 손에서 뭔가가 반짝거렸다.

"이걸 어디서 얻었지? 제대로 대답 못하면 목이 잘려 나갈 거야."

브레타 부인의 목에는 보일 듯 말 듯한 철사가 감겨 있었다. 바텐더는 검은색 장갑을 낀 채 철사를 손에 감고 있었다. 브레타 부인이 이채로운 눈빛을 보였다.

"아아, 그렇게 쳐다보지 마. 괜히 마음 약해지면 목을 자를 때 마음이 아프단 말이지."

"생각보다 실력이 좋군."

"내가 좀 잘나긴 했지. 나한테 고백하는 건 상관없지만, 그보다 이 금화의 출처부터 말하는 게 순서 아닌가?"

"키첼에게 직접 받은 거야. 로즈 클럽이라고 말하면 알아들을 거다."

"로즈 클럽이라……. 그래, 들은 적이 있는 것 같군. 믿어보지."

바텐더가 철사를 쥔 손목을 가볍게 흔들었다. 신기하게도 철사는 순식간에 회수되었다. 어느 틈에 장갑마저 벗어놓고 있었다. 브레타 부인은 바텐더의 빠르고 은밀한 손놀림에 거듭 감탄했다.

"나도 키첼이 어디 있는지, 어떻게 연락하는지는 몰라. 하지만 연락이 가능한 사람은 알고 있지."

"그럼 그 사람을 소개시켜 줘."

브레타 부인의 말에 바텐더가 손을 내밀었다. 그녀는 무슨 뜻인지 몰라 노려보자 바텐더가 어깨를 으쓱이며 말했다.

"내가 태어나서 지금까지 살면서 알게 된 건 딱 하나야. 그게 뭔지 알아? 바로 공짜는 없다는 거지."

"……."

"내 말이 어려웠어? 쉽게 말해 주지. 주점에 왔으면 바텐더에게 팁을 주는 게 상식이라는 거지."

그의 말에 브레타 부인이 금화 몇 개를 던져주었다. 바텐더가 금화를 낚아채며 챙겼다. 그리고 바닥에 쓰러진 사내를 발로 차서 깨우더니 뭔가 귓속말을 했다.

사내는 얼른 자리를 털고 일어나더니 밖으로 나갔다. 사내는 얼마 되지 않아 다른 이를 데려왔다. 언젠가 벨루프에게 발길질을 당했던 꼽추였다.

바텐더가 꼽추에게 말했다.

"네 손님이야. 키첼이라고 알지?"

"알지, 잘 알지. 하지만 그냥 갈 수는 없어. 증표 없이 가게 되면 나는 죽은 목숨이라고."

"아, 맞다. 너 마스터에게 찍혔지. 깜빡했어. 자, 받아."

바텐더는 브레타 부인에게 처음에 받았던 금화를 던져주었다. 그것을 받은 꼽추가 자세히 살피더니 고개를 끄덕였다.
"맞군. 키첼의 금화가 맞아."
꼽추는 브레타 부인과 금화를 몇 번이고 번갈아 살폈다.
"따라오시죠. 귀한 마님께서 암흑의 칼날이 왜 필요한지 모르지만, 그녀에게 안내해 드리죠."
꼽추가 주점을 빠져 나갔다. 바텐더는 여전히 기절해 있는 사내들에게 일일이 발길질을 하며 깨우고 있었다.
브레타 부인은 코웃음을 치며 꼽추를 뒤따랐다. 주점 안은 바텐더의 발길질에 깨어나는 사내들의 신음소리로 채워졌다.

꼽추가 안내한 곳은 벨루프의 근거지였다. 근거지에 들어서며 꼽추가 보여 준 금화 때문일까? 그곳을 지키던 이들은 어울리지 않는 정중함을 보였다.
사내들이 정중하게 부인을 맞는 동안 2층에서 짧은 치마를 입은 여인이 내려왔다. 그녀의 시선을 받은 꼽추가 움찔하는 모습을 보였으나, 곧 당당하게 고개를 들었다.
"키첼의 금화를 가진 손님을 모셔왔지. 그러니까 나도 지금은 권리가 있어."
꼽추의 말에 여인이 턱짓으로 브레타 부인을 가리켰다. 금화의 주인이 맞느냐는 질문이었다. 꼽추는 그렇다고 대답했다. 여인이 등을 돌리더니 2층을 향했다.

"따라가시죠. 저 아가씨를 믿고 따르면 전부 해결될 겁니다."

"너는 가지 않는 게냐?"

"저처럼 추한 병신은 저 안이 무섭습니다. 언제 목숨을 잃을지 모르니까요."

"흥, 겁쟁이로군."

"겁쟁이라도 목숨을 잃는 것보다 낫지요."

꼽추는 브레타 부인은 신경도 쓰지 않고 2층 계단을 오르고 있는 여인을 쳐다보며 대답했다.

꼽추의 시선은 여인의 치마속을 향하고 있었다. 그 기색을 눈치챈 부인이 경멸의 감정을 담아 꼽추를 노려봤다. 2층에서 여인의 목소리가 들렸다.

"볼일이 있었던 게 아닌가요?"

그녀의 말에 브레타 부인은 꼽추를 향해 콧방귀를 끼며 2층을 향했다. 그러자 자연 부인의 눈에 여인의 치마 속이 들어왔다. 눈에 들어온 광경에 부인의 눈살을 찡그렸다. 속옷을 입지 않았기 때문이었다.

부인이 얼른 여인에게 다가가며 말했다.

"어째서 속옷을 입지 않은 거지? 그렇지 않아도 짧은 치마 때문에 속옷이 다 보일 텐데."

"마스터가 원하시니까요."

"마스터?"

"예. 그분은 제가 속옷 입는 것을 좋아하지 않습니다. 그래서 저는 지금 보이는 것 외에는 따로 안에 받쳐 입는 옷이 없어요."

그녀의 대답에 브레타 부인의 얼굴이 붉으락푸르락하게 변했다.

"지금 한 말은 성적인 착취 대상이라는 시인이 아닌가? 가서 그 마스터라는 자에게 따끔하게 한 마디 해야겠어. 여자에게 수치를 주는 옷을 입도록 강요하다니. 있을 수 없는 일이야. 조금만 기다려. 내가 다시는 이런 복장을 입지 않아도 되도록 해 줄 테니."

"그럴 필요 없어요. 저도 처음엔 이상했지만 습관이 되니 오히려 괜찮더군요. 속옷 따위 귀찮고 불편해요."

그녀는 간단히 대답하곤 곧 벨루프가 있는 방의 문을 열었다. 그러자 나체의 여자 몇 명이 급히 빠져 나오는 중이었다. 안에서 벨루프의 목소리가 들렸다.

"옷을 입어야 하니 손님에게 양해를 구해 줘. 내 몸을 보고 싶다면 들어와도 괜찮지만."

"기다리지."

브레타 부인이 억지로 화를 참으며 대답했다. 좀 전까지 브레타 부인을 안내하던 여인이 안으로 들어갔다.

안에서 들리는 소리로 봐서 벨루프가 옷 입는 것을 도와주는 모양이었다. 곧 여인의 목소리가 들렸다.
"다 됐으니 들어오세요."
브레타 부인이 안으로 들어섰다. 좀 전까지 난잡한 정사를 벌이던 흔적이 방 안 곳곳에 남아 있었다. 브레타 부인이 미간을 찌푸렸다.
"발정난 수캐로군."
"필요하면 빌려드리지."
벨루프가 누런 이를 드러내며 웃자 브레타 부인이 이를 갈며 노려봤다. 벨루프는 어깨를 으쓱여 보이더니 여인에게 말을 걸었다.
"네가 뿌렸던 금화를 가져왔다고 들었는데 어떻게 된 일이야?"
"예전에 마스터께 말씀드린 적이 있습니다. 로즈 클럽이라는 곳에 가입했었다고. 그곳 회원 중 몇 명에게 저를 찾을 수 있는 증표를 줬었죠."
"아참, 그랬지."
두 사람의 대화에 브레타 부인의 눈이 휘둥그레졌다. 벨루프에게 종속된 노예로 알았는데…….
"설마 당신이 키첼?"
"제 이름이 맞습니다."
"정말 암흑의 칼날이라는 별명을 가진 그 키첼인가요?"

"그런 별명이 생겼다는 말은 들었습니다."

키첼의 대답에 브레타 부인은 할 말을 잃었다는 듯 입을 벌렸다. 대륙 제일의 암살자이자 어둠의 사신이라는 어쌔신의 모습으로는 도무지 어울리지 않아 보였기 때문이다.

로즈 클럽의 회원이기에 여자라는 정도는 알고 있었지만, 설마 다른 사람의 수하로 있었다니. 더구나 하는 행동은 어딜 봐도 전설의 어쌔신답지 않았다.

"어째서 저따위 남자와 지내는 거지?"

브레타 부인의 말에 벨루프가 실실 웃으며 몸을 일으켰다. 그가 일어서자 좀 전의 난잡함과는 전혀 다른 분위기가 풍겼다. 벨루프는 브레타 부인에게 천천히 걸음을 옮겼다. 그는 아주 느리게 손을 뻗었다.

"내가 뭘 어쨌다는 거지?"

벨루프의 손이 브레타 부인의 하얀 목을 움켜잡았다. 그러는 동안에도 브레타 부인은 아무 말도 하지 못했다. 뱀을 만난 개구리처럼 공포에 질려 아무것도 할 수 없었다.

"응, 말해 봐. 내가 뭘 어쨌는데."

브레타 부인의 머리가 창백하게 비워졌다. 그녀의 머릿속은 6클래스 마법사로서의 자부심과 긍지 따위는 사라진 지 오래였다. 좀 전까지 벨루프가 벌인 난잡하고 역겨운 행위도 모두 잊혀졌다.

"너 따위 계집이 감히 나를 재단하고 평가하려는 거냐? 어느 누구도 나를 판단할 수 없어. 나는 너와는 비교할 수 없이 우월한 존재다. 알겠는가?"

평소의 브레타 부인이라면 그런 말을 듣고는 결코 참지 않았을 것이다. 그러나 지금은 아무것도 할 수 없었다.

지옥의 불꽃처럼 이글거리는 벨루프의 눈빛을 받으며 아무 말도 못하고 고개만 끄덕일 뿐이었다. 내면의 깊은 심연에 담긴 가장 근원적인 공포를 느꼈다.

공포에 질린 몸이 부들부들 떨렸다. 너무 무서워 오줌까지 지렸다. 키첼은 입지 않는다는 고급스러운 속옷은 물론 치맛자락도 모두 젖고 말았다.

브레타 부인의 모습에 벨루프는 뭐가 그리 재미있는지 키득거렸다. 그리고 크게 웃으며 그녀의 입술을 핥았다.

"그렇지, 바로 이거야. 예전의 그 녀석들이 마법사라서 괜찮았던 것이 아니었어. 어떻게 해서 내 힘이 통하지 않았던 걸까? 알아봐야겠군."

벨루프는 승리감에 도취되어 다시 브레타 부인의 입술을 빨았다. 브레타 부인은 아무 저항도 하지 못했다. 입속을 파고드는 벨루프의 혀를 받아들일 뿐이었다.

치욕감도 황홀함도 없었다. 오직 근원적인 공포만이 뇌리를 지배할 따름이었다.

당장이라도 벨루프의 혀가 식도를 타고 들어와 내장을 헤집고 빨아들일 것 같았다. 길고도 공포스러운 입맞춤이 끝날 무렵 키첼이 말을 걸었다.

"새 장난감을 만드시는 것도 나쁘지 않겠지만 마스터를 노리는 이가 있다는 걸 생각하시는 게 어떨까요?"

"아참, 그렇군. 그나저나 내 방에서 오줌냄새가 진동하는 건 참을 수 없군. 우선 이 늙은 계집의 옷부터 갈아입히지."

"마스터의 말씀대로 하겠습니다."

벨루프의 말에 브레타 부인의 옷이 벗겨졌다. 키첼은 능숙하게 실오라기 하나 남기지 않고 옷을 벗기더니 깨끗한 새 옷을 입혀 주었다. 그동안에도 브레타 부인은 공포에 질려 꼼짝 못하고 있었다.

브레타 부인의 옷이 갈아입혀지는 것을 지켜보던 벨루프가 입을 열었다.

"키첼의 금화를 가지고 이곳을 찾은 이유가 뭐지?"

"그, 그것은……"

"너무 겁먹지 말라고. 이곳을 찾은 목적을 말해 봐. 금화를 가져왔으면 키첼에게 의뢰를 할 자격이 있는 거잖아."

벨루프의 몸에서 원념체의 기운이 뭉클거리며 브레타 부인을 뒤덮었다. 좀 전엔 패배와 공포감에 사로잡혔다면 이번엔 살의와 증오에 잠식되었다.

그녀의 머릿속에는 자신의 권고를 무시하던 세온과 에그리앙의 얼굴이 떠올랐다.

이를 갈고 저주하며 세온의 목숨을 요구했다. 처음엔 키첼을 통한 경고로 끝내려고 했었지만 지금은 죽이고 싶어졌다. 의뢰를 받는 입장에서는 차라리 그게 나았다. 적당히 경고만 하고 사라지는 것보다 죽이는 편이 더 쉬우니까.

 브레타 부인의 의뢰를 듣던 벨루프가 고개를 갸우뚱하며 말했다.

 "그래서 세온이라는 녀석이 싫다 그거군. 나도 그에게 용건이 있긴 하지. 사실 키첼을 보내서 어떻게 해 볼까 생각한 적도 많아."

 벨루프가 어깨를 으쓱이며 말했다. 세온은 여러 가지로 건드리기 어려운 힘을 가지고 있었다.

 묘한 감각이 세온이 위험하다는 신호를 보냈다. 위험요소가 있으면 제거하고 싶은 것이 솔직한 심정이지만, 그럴 수 없었다.

 "과연 키첼이 그자를 죽일 수 있을까? 솔직히 너무 위험해. 나라고 그자를 어떻게 할 생각이 없는 건 아니지만, 그자는 아무리 암흑의 칼날이라고 불리는 키첼이라도 힘든 상대야."

 "만약 내가 몸을 숨길 수 있는 마법 아이템을 제공한다면 어떨까요?"

 "마법 아이템? 그래, 어떤 아이템이지?"

 "기척을 없앨 수 있는 물건도 있고 어둠 속에 은밀하게 숨을 수 있게 해 주는 것도 있죠. 이 아이템을 뛰어난 어쌔신이 사용한다면 효능은 배가되지 않겠어요?"

**로즈 클럽의 도발**

브레타 부인은 너무 당연한 듯 벨루프에게 존대를 하고 있었다. 그러나 어느 누구도 이상하게 생각하지 않았다. 더하여 파격적인 조건까지 제시했다.

"그 외에도 불과 얼음으로부터 몸을 보호할 수 있는 아이템도 제공하겠어요."

"그런 물건도 있었나?"

"물론이죠. 나는 6클래스의 마법사예요. 다른 나라라면 궁정마법사도 할 수 있는 실력이라고요."

"그렇게 대단한 줄은 미처 몰랐군. 그런 물건이라면 불과 물의 정령의 공격을 막는 데 유용하겠어."

"그뿐 아니라 착용자가 위험에 처하면 저절로 실드 마법이 발동되는 반지도 주겠어요. 한 번 마법이 발동되면 적어도 하루는 지나야 다시 사용이 가능하지만, 없는 것보다는 낫겠죠."

"그 정도면 상당한 지원이군. 세온이라는 자를 죽이는 게 더욱 유용해지겠어."

브레타 부인은 이것저것 온갖 마법 아이템과 거액의 의뢰비를 제공하기로 했다.

그녀는 세온뿐 아니라 에그리앙마저 죽이고 싶다는 심정을 내비쳤다. 에그리앙을 죽이는데 필요한 의뢰비는 따로 제공하겠다고 했다.

문득 그녀의 이성이 깨어났다.

'내가 왜 이러지? 굳이 그자를 죽일 이유까지는 없는데. 게다가 의뢰비로 너무 과도한 대가를 제시하고 있잖아. 내가 왜 이러는 거지?'

그러나 깨어난 이성은 무조건적인 증오와 살의에 의해 무너지고 말았다. 그녀의 의뢰를 받아들이는 벨루프는 다시 누런 이를 드러내며 웃어보였다.

 대극장에는 로얄룸이 있다. 연극 공연을 관람하며 간단한 차와 식사를 즐길 수 있는 방이다.
 공연은 하루도 빠지는 날이 없지만, 로얄룸은 비는 날이 많았다. 그도 그럴 것이 고작 두세 시간 정도 사용하면서 지불하는 금액이 무려 10골드나 되기 때문이다.
 하루스에 관광을 온 귀족이나 부호들에게 연극 관람은 일종의 관례였다. 그중 로얄룸에서 연극을 본다는 것은 자신의 부를 과시하는 일이었다.
 아무렇지 않게 로얄룸을 빌린다는 것은 부자에게도 부담스러운 일이었다. 하물며 보통 사람에겐 감히 엄두도 낼 수 없는 거금이었다.

그런 방을 대가를 지불하지 않고도 사용할 수 있는 사람 몇몇이 있다. 그중 한 사람이 세온이었다. 노리터의 단장이니 당연했다.

세온은 오랜만에 로얄룸에 앉아 연극을 관람했다. 프레그가 연출을 맡은 지옥의 발톱이었다. 그 곁에는 에그리앙과 체린이 함께하고 있었다.

"내 희곡이 저렇게 아름다운 공연으로 거듭날 수 있다니. 경이로운 일이야. 연극이라는 것은 정말 멋진 예술이군."

"연극은 연출자에 따라 전혀 다른 내용이 되기도 해. 만약 나나 다른 사람이 연출을 했다면 또 다른 내용이 되었겠지. 체린이 보기에 어때? 희곡에 담긴 내용이 잘 표현된 것 같아?"

"그 이상이야."

체린의 말에 곁에서 조용히 듣고 있던 에그리앙이 끼어들었다.

"저렇게 좋은 공연이 나올 수 있는 것도 체린 님 덕이에요. 소재가 없으면 연극도 없지 않겠어요?"

"좋은 음악과 조명, 배우들의 연기가 없었다면 이만큼의 감동도 없었겠죠. 얼마나 놀라운 예술입니까? 세온의 말대로 연극은 여러 예술이 하나로 결합한 종합예술이죠."

"연극도 보기 좋지만, 영화도 괜찮지 않아?"

"영화도 경이롭고 멋지지. 나도 영상 수정구 2개 전부 구입했어."

"필요하면 말하지. 내가 줬을 텐데. 그런데 영상은 어떻게 본 거야? 체린은 마법이나 검술을 익힌 적이 없잖아. 마나는 어떻게 해결했어?"

"당연히 마나집적기(集積機)를 구입했지. 60골드나 되는 물건이지만, 나처럼 마나를 다룰 줄 모르는 사람에겐 꼭 필요한 물건이야. 사용법도 쉬워. 하루 동안 가만히 내버려두면 저절로 마나가 채워지거든. 그 위에 영상 수정구를 올리면 영상이 떠올라."

"그런 것도 있었어?"

세온이 신기하다는 듯 말했다. 에그리앙이 한심하다는 듯 말을 받았다.

"관심을 좀 가져봐, 좀! 켈타이어 상단에서 마탑에 의뢰해서 개발한 아이템이잖아. 아직 폴카스 왕국의 마탑 외에는 만들 수 있는 곳이 없다고."

"치난 왕국에서 또 비슷한 거 따라하지 않겠어? 그 나라, 툭하면 남의 것 따라 만드는 게 특기 같던데."

"치난 왕국에서 모조품을 만들 즈음에 가격을 내린다고 들었어."

"가격이 얼마나 떨어지는데?"

"40골드 정도로 생각하는 모양이야."

"그러면 지금 가격은 너무 폭리 아니야?"

세온이 혀를 내두르며 말했다. 에그리앙은 어련히 알아서 잘 하지 않겠냐고 응수했다.

그러는 동안 한창 무대에서 공연 중인 지옥의 발톱도 막바지에 접어들고 있었다. 체린은 갑자기 떠오른 듯 질문을 던졌다.

"아참, 전에 공연하던 작품은 어떻게 하기로 한 거야? 그것도 그것대로 명작이었는데."

"전에 공연하던 작품이라면 룬드그란 전기?"

"그래, 그거."

"영화로 만들까 생각 중이야."

"영화?"

"그래."

세온의 대답에 체린이 뭔가를 생각하는 듯했다. 지금까지 세온이 만든 영화는 모두 2편이었다. 두 작품 모두 수익면에서 상당한 성공을 거두었다.

그러나 룬드그란 전기는 조금 다른 결과가 나올지도 모른다는 생각이 들었다.

일단 동원해야 될 인원 등을 따지면 자금이 너무 많이 들기 때문이다. 투자비가 많이 들면 수익이 적어지는 것은 당연하니까.

"할 수 있겠어? 영화라는 건 연극과는 많이 다르잖아."

"힘들겠지. 연극에 비해서 규모도 크고, 기술적인 문제도 있으니까. 따로 마탑에 도움을 청할까 생각 중이야."

세온의 말에 에그리앙이 부연 설명을 해 주었다.

"마탑에서도 룬드그란 님의 일대기를 영화로 만든다고 하면 도움을 줄 것 같아요. 룬드그란 님은 그들이 가장 존경하는 인물이니까요. 어쩌면 직접 출연을 하겠다고 나서는 이가 있을지도 모르죠."

"이론적으로는 그렇겠지만 현실적인 문제도 생각해야 하지 않을까요? 예를 들면 도움을 줄 수 있는 마법사의 숫자와 수준 같은 것 말이죠."

"그래서 이번에는 민스터 자작님께 도움을 청하려고요. 룬드그란 전기의 대본을 다시 만들어 주세요. 세온이 만든 하찮은 희곡으로도 연극은 대성공을 거뒀잖아요. 만일 자작님의 손을 거쳐서 제대로 된 글이 나온다면 진정한 명작이 탄생할 거예요."

"에그리앙, 하찮은 희곡이라니 그게 무슨 말이야? 나랑 프레그 유랑극단의 단원들이 얼마나 신경 써서 만든 건데."

세온이 항의를 했다. 에그리앙은 세온의 항의 따위는 간단히 묵살해 버리고 체린에게 정중히 부탁을 했다.

"어떻게 생각하시나요? 룬드그란 전기를 제대로 만들어 주실 수 있으신가요?"

에그리앙의 부탁에 체린은 길게 생각할 것도 없이 고개를 끄덕였다. 이미 그 자신이 연극과 영화에 깊이 매료된 상태였다. 체린의 생각으로도 좋은 연극이나 영화가 만들어지려면 그만큼 좋은 대본이 필요했다.

'하루스에 세온이 나타난 이후 많은 변화가 일어났어. 지금까지 볼 수 없었던 연극의 기법과 영화라는 것이 등장하면서 문화는 곧 산업이 됐지. 아직 영화의 보급이 충분히 이뤄지지 않고 있음에도 상당한 수익을 얻고 있다고 했어. 대륙 곳곳에 좀 더 많은 극장이 세워지고 보급이 확대된다면 어떻게 될까? 켈타이어 상단에서 거둬들이는 수익에서 영화산업의 비중은 갈수록 더 커지겠지.'

세온이 처음 만들었던 고작 6명이 출연한 영화의 영상 수정구가 여전히 팔리고 있었다. 다른 나라의 대도시에서는 새로운 극장이 세워지기가 무섭게 관객들이 들어섰다.

예전에는 연인들이 함께 시간을 보내는 방법은 축제에 참여하는 정도였다. 그러나 영화라는 것이 등장하고 나서는 많은 것이 달라졌다.

'남녀가 만나 영화 한 편을 보고 식사를 즐기는 문화가 만들어지고 있어. 그것은 점점 더 넓게 퍼져 가고 있지. 앞으로 대륙은 문화가 곧 산업의 중심이 될 거야. 연극, 영화가 문화산업의 꽃이라면 문학은 토양이지. 문화산업의 비중이 커지면서 눈에 보이는 연극, 영화의 인기가 높아질 테지. 그렇다면 당연히 토양이 되어야 할 문학이 오히려 천대받을 가능성이 커. 그 전에 문학의 위치를 굳혀야 해. 그래야 나중에 글을 쓰

는 사람들이 제대로 된 권리를 누릴 수 있을 거야.'

체린은 머릿속으로 세온의 영화로 인해 나타날 대륙의 변화를 예측했다.

아무리 뛰어난 배우를 확보하고 좋은 기술력을 갖춰도 기본 토양이 될 소재거리가 없으면 소용이 없다. 어쩌면 자신이 세온을 돕는 것은 앞으로 태어날 작가들을 위한 것이라고 생각했다.

체린이 세온에게 물었다.

"앞으로 얼마나 더 많은 영화를 만들 생각이지?"

"평생. 예상하건데 앞으로 영화를 만드는 사람은 더 많아질 거야."

"그래, 그렇겠지."

단호한 세온의 대답에 체린은 고개를 끄덕였다.

"네가 만든 영화가 대륙을 변화시키고 있어. 수정구에 배우들의 실감나는 연기를 담았다는 이유만으로 큰돈을 벌고 있지. 지금까지는 이런 것이 돈이 된다는 것을 아는 사람은 아무도 없었잖아. 그런데 앞으로는 많이 달라질 거야."

"나도 그럴 거라고 생각해."

세온도 공감한다는 듯 고개를 끄덕였다. 새로운 문화 양식은 사회를 변화시키는 힘을 가졌다. 그런 의미에서 이곳 뮤우 대륙에서 영화의 보급은 대단한 파괴력을 가지고 있었다.

처음 세온이 돈을 받고 연극 공연을 할 당시에도 많은 이들이 놀라움을 표시했었다. 그저 길거리에서 푼돈이나 얻기 위해 연극을 공연한다고 생각했었기 때문이다.

연극에 대한 인식도 그리 좋은 것은 아니었다. 심지어 여배우를 납치하여 어떻게 하려는 이도 있었다.

그러던 것이 지금은-적어도 하루스에서는- 연극을 무시하는 이들이 없었다. 특히 체린 민스터 자작이라는 천재 작가가 직접 쓴 희곡이 위상을 높여주었다.

사람들은 룬드그란 전기와 지옥의 발톱이라는 제목의 연극에 열광했다.

세온의 영화에 나름대로의 자부심도 가졌다. 하루스야말로 문화 예술의 중심지라는 자부심과 긍지를 품었다.

"앞으로 하루스에 많은 유랑극단이 몰릴 거야. 새로운 시도의 연극 무대도 마련되겠지. 나는 그들에게 기회를 주려고 해."

"기회?"

"그래. 우리가 공연하는 극장은 소극장이 둘이나 있잖아. 영화 한 편은 그만 할 때도 됐어. 이제 다른 극단들도 연극을 공연할 수 있게 해 주려고. 라이벌이 없으면 발전도 없잖아. 당분간은 노리터와 비견될 극단은 나오기 힘들겠지만 말이야. 규모와 자금은 물론 공연 노하우도 우리가 최고니까. 그리고 가장 중요한 건……."

세온이 웃으며 말끝을 흐렸다. 체린도 세온이 무슨 말을 하려는지 알았다. 그 말을 에그리앙이 대신 받았다.

"폴카스 왕국, 아니 뮤우 대륙 최고의 천재작가이신 체린 님이 계시죠. 앞으로 더 좋은 연극과 영화를 만들려면 체린 님의 도움이 많이 필요할 거예요."

에그리앙의 말에 체린은 그저 웃을 뿐이었다. 세온이 헛기침을 하며 말했다.

"앞으로에 대한 이야기는 일단 넘어가고. 힘 좀 제대로 써 달라고."

"……?"

"아까 말했잖아. 룬드그란 전기를 영화로 만들겠다고."

"해 준다고 했잖아."

"그건 그렇지."

세온이 알고 있다며 고개를 끄덕였다.

"그래도 뭔가 새로운 변화가 필요할 것 같아. 지금까지의 희곡은 연극을 위한 글이었으니까, 영화를 위한 시나리오도 필요하지 않겠어? 연극용 대본을 가지고 영화를 찍는 건 여간 힘든 게 아니라고."

"알았어. 형식을 조금 바꾸는 것도 생각을 해 보자고."

체린이 기분 좋게 허락을 했다. 어느새 무대에서 펼쳐지는 지옥의 발톱의 공연도 막이 내려가고 있었다. 세온 등은 자리에서 일어나 힘차게 박수를 쳐 주었다.

배우로서 연기를 하는 것도 좋지만 가끔은 관객이 되어 구경하는 것도 나쁘지 않다는 생각이 들었다.

공연이 끝난 뒤 세온은 무대 뒤 대기실로 향했다. 마침 프레그가 배우들의 미흡한 연기에 대한 지적을 하고 있었다.

"이 부분은 맥더 플레인이 침략군의 대장 앞에서 연극을 하는 장면이야. 그런데 너무 진짜 같잖아. 어느 정도는 연극처럼 보일 필요가 있어. 침략군들은 왜 그렇게 대담해? 도저히 겁을 먹은 것처럼 보이지 않잖아. 길거리 돌아다니다가 겁먹은 아이들을 봐. 눈빛조차 달라지잖아. 그냥 놀러 다니지만 말고 그런 걸 관찰하란 말이야. 아참, 그리고 이 장면은……."

프레그의 잔소리가 한참 동안 계속되었다. 세온은 프레그의 지적이 끝날 즈음이 되어서야 앞으로 나섰다. 필요한 말은 프레그가 전부 했기에 따로 할 말은 없었다. 대신 할 수 있는 것을 했다.

"오늘 공연하느라 모두 수고했어. 어떤 의미에서는 비극적인 역할보다 희극적인 역할이 더 연기하기 힘들어. 그런 점에서 전체적으로 잘 표현한 것 같아. 관객들 반응도 괜찮았고. 에그리앙이 결산해 보니까 입장료가 제법 짭짤했던 모양이야. 생각 같아서는 혼자 꿀꺽하고 싶은데 차마 그럴 수는 없고, 내일 출연자 전원에게 일괄적으로 50실버씩 지급해 줄게."

세온이 격려의 말과 함께 보너스를 약속했다. 배우들이 박수치며 환호했다. 내친 김에 한 마디 더 했다.

"모두 어때? 다 같이 간단히 맥주나 한 잔씩 하지. 피곤한 사람은 빠져도 좋아. 맥주가 싫으면 안주만 먹어도 좋고."

세온의 말에 배우들, 특히 남자배우들이 환호성을 질렀다. 누군가 한 사람이 외쳤다.

"단장님이 사시는 건가요?"

"그야 물론이지."

세온이 당당하게 외쳤다. 그러나 이어지는 질문에 곧 얼굴이 굳어졌다.

"에그리앙 님께 허락은 받으신 거구요?"

"무, 무슨 소리를 하는 거야? 내가 단장인데 허락받고 말고가 왜 필요한데!"

세온이 변명이라도 하듯 붉어진 얼굴로 고함을 질렀다.

단원들이 야유인지 함성인지 모를 소리를 질렀다. 뒤에 서 있던 체린까지 덩달아서 웃음을 터뜨렸다. 에그리앙도 얼굴이 붉어져서 체린에게 변명을 했다.

"세온과는 아무 사이도 아니에요. 절대 오해하지 마세요."

"아무 사이 아니라니, 무슨 사이를 말하는 거죠?"

"그, 그게 그러니까······."

체린의 말에 에그리앙이 대답을 찾지 못하며 말을 더듬거렸다. 그 모습에 배우들이 더욱 큰소리로 웃음을 터뜨렸다. 프레그가 간신히 웃음을 참으며 말했다.

"그야 에그리앙 아가씨는 노리터의 회계담당이시지 않습니까? 먹고 마시는 일도 돈이 필요하니까 아가씨께 허락을 받는 게 당연하죠."

프레그의 말에 에그리앙이 의심스럽다는 듯 물었다.

"정말 그 의미로 말한 거야?"

"그야 물론이죠."

프레그가 과장된 동작으로 두 팔을 벌리며 대답했다. 세온이 자주 말하는 연극계의 격언인 '연기는 객석 제일 뒤의 늙은 할머니를 위하여'를 실행하는 것처럼 큰 동작과 목소리였다. 단원들이 웃음을 터뜨렸다. 어쩔 줄 몰라 하는 세온을 단원들이 와자지껄 떠들며 떠밀었다.

"여기서 웃고 있다가 주점이 문을 닫으면 큰일입니다. 단장님, 어서 앞장서시죠."

"맞아, 맞아. 가서 우리들의 공연 성공을 위해 축배를 들어야지."

"나는 단장님과 아가씨의 사랑을 위해 잔을 들지."

"그것도 괜찮겠는걸."

단원들의 말에 에그리앙이 뭔가 다른 말을 하려다가 포기한 듯 고개를 흔들었다.

세온도 이제 그러려니 하고 넘어갔다. 뭔가 변명을 하면 할수록 민망한 말을 듣게 되니 차라리 침묵하는 게 나았다. 그러나 한편으로는 조금 다른 생각도 들었다.

'가만히 생각해 보니 에그리앙이랑 사귀는 것도 나쁘지 않겠는걸. 저만하면 못생긴 얼굴도 아니고, 능력 있고 집안 되니까.'

『그래, 바로 그거야. 이제 자네도 감정에 충실해지는 게 어떻겠나?』

'……윽! 영감님, 끔찍한 소리 하지 마세요. 저는 저렇게 사나운 여자는 질색이라고요.'

『아니면 아닌 게지 왜 정색은 하고 그러나. 그냥 그렇다는 말일세.』

'에휴, 정말 아니라니까요.'

세온은 연신 투덜거리면서도 에그리앙의 옆모습을 훔쳐보았다. 에그리앙도 세온에게 눈을 돌리던 중이었다.

눈이 마주친 두 사람은 얼른 시선을 거두었다. 문득 에그리앙도 여자라는 생각이 드는 세온이었다.

관객들이 모두 돌아간 극장은 배우들만의 공간이다.

무대에서의 열정적인 대사와 연기는 막이 내리며 끝이 난다. 뜨거운 갈채와 환호성이 사라지고 아무도 없는 무대는 왠지 모를 공허함이 느껴진다.

두 시간의 화려함을 위해 평생을 노력하고 수고하는 것이 배우의 일생이었다. 그 때문인지 텅 빈 극장은 배우들에게 공허함을 안겨주기에 충분했다.

종종 공연을 마친 뒤의 공허함을 이기지 못하는 이들은 심한 우울증에 빠지기도 한다. 세온도 그런 심정을 잘 알았다. 그렇기에 공허함을 느낄 여지를 주지 않으려고 했다. 막은 내렸어도 공연은 끝나지 않았음을 강조했다.

"우리들의 공연은 이제 시작이지. 5분 줄 테니까 분장 지우고 무대 의상 갈아입어!"

배우들이 자신과 에그리앙을 두고 놀리며 농담을 건네자 세온이 고함을 질렀다.

그 외침에 배우들이 바쁘게 움직였다. 분장을 지우고 옷을 갈아입는데 5분이란 시간은 너무 짧았다. 짧다 못해 불가능한 일이었다. 체린이 물었다.

"정말 5분이 지나면 가 버릴 건가?"

"그냥 하는 소리지. 겨우 5분 동안 어떻게 배우들 전부가 분장 지우고 옷을 갈아입겠어."

"나는 진심인 줄 알았어."

"설마 내가 그렇게 매정하다고 생각한 거야? 이거 섭섭한데?"

세온이 웃으며 농담으로 받아쳤다. 잠시 후 단원들 모두 분장을 지우고 옷을 갈아입었다. 혹시나 싶어 확인해 보니 피곤하다고 빠지는 사람은 없었다.

이들은 세온의 지휘 아래 극장을 벗어났다. 한적하던 극장 앞은 밝고 유쾌한 웃음으로 가득 찼다.

세온은 체린과 이야기를 주고받거나 혹은 에그리앙과 토닥거렸다. 세온과 에그리앙이 말다툼을 벌일 때마다 프레그를 비롯한 단원들이 웃고 떠들며 놀려댔다. 체린이 말했다.

"이럴 때 류텐 경이 없다는 게 아쉽군. 두 사람을 놀리는 건 류텐 경이 잘하는데 말이야."

"끔찍한 소리 하지 마."

세온이 생각도 하기 싫다는 듯 고개를 저었다. 에그리앙은 체린이 또 짓궂은 말을 하자 일찌감치 물러났다.

그녀는 프레그와 단원들에게 이런저런 애로사항에 대하여 묻고 있었다. 체린이 그 광경을 보며 넌지시 물었다.

"정말로 프로슬란 양과 사귈 마음 없어?"

"그렇다니까."

"내가 보기에 둘이 잘 어울리던데."

"그럴 리가. 우린 만날 때마다 싸우잖아."

"자주 싸우지만 잘 통하는 것도 사실이지. 그렇지 않아?"

"뭐, 그렇게 생각할 수도 있겠네."

이젠 지칠 대로 지친 세온은 건성으로 대꾸해 주었다. 체린이 정색을 하며 말했다.

"의외로 많은 사람이 자기감정을 모를 때가 많아. 특히 남녀문제는 더 그래."

"그야 그렇지만……."

"오히려 주변 사람들이 먼저 눈치채는 경우가 부지기수지. 결국 두 사람 문제니까 참견할 수는 없겠지만 한 번쯤 깊이 생각해 봐."

 처음엔 뭐라고 변명을 하려던 세온이 자물쇠처럼 입을 닫았다. 체린은 뭔가 진지하게 생각을 하는가 보다 싶어 친구의 얼굴을 바라봤다.

 세온의 표정이 심각하게 굳어 있었다. 체린이 '내 말이 그렇게 심했나?' 싶어서 다시 되짚어 볼 정도였다. 그러나 이어지는 행동에서 뭔가 불길한 생각이 들었다.

 세온의 두 손이 빠르게 수인을 맺고 있었다. 입으로는 뭔가 알 수 없는 주문을 읊조렸다. 현현천뇌공 덕분에 유난히 발달한 오감이 위기를 알려준 것이다. 어느새 세온의 주변으로 정령들이 실체화되어 나타났다.

 식인 악어만큼이나 거대한 살라만다가 화염을 뿜었다. 우람한 체구의 노움이 땅 위에 버티고 섰다. 실프가 익살스러운 표정으로 허공을 유영했고, 나체의 미녀인 운디네가 찬란한 아름다움을 뽐냈다.

 체린이 세온에게 무슨 영문인지 물으려 할 때였다. 어둠 저편에서 정체 모를 음성이 들려왔다.

 "들켰다. 전부 없애 버려."

 누군가의 고함소리와 함께 뭔가가 달빛을 받아 번쩍거렸다. 어둠 저편에서 수십 개의 대거가 세온을 비롯한 일행들에게 날아왔다. 세온 혼자라면 간단히 피할 수 있지만, 보호해야 할 단원들이 너무 많았다.

단원들은 연기 외에는 할 줄 아는 게 없었고, 체린은 전사가 아닌 소설가였다. 지금 싸울 수 있는 사람은 세온과 에그리앙뿐이었다.

"토성위벽!"

세온의 외침에 땅에서 벽이 솟아났다. 순식간에 벽이 만들어지며 대거들을 튕겨냈다.

술법의 위력이 세온뿐 아니라 일행들까지 보호했다. 어느새 에그리앙이 앞으로 튀어나오고 있었다. 그녀의 눈은 대거가 날아온 방향을 향하고 있었다.

"파이어 드릴!"

살라만다의 화염이 극점으로 모이더니 어둠을 향해 내리꽂혔다. 그와 함께 가공할 굉음이 터져 나왔다. 세온도 정령들을 움직였다.

"우리를 공격하는 적이 누군지 알아보고 무력화시켜 줘!"

급박하게 외치며 체린과 단원들에게도 경고했다.

"나서지 마. 뒤로 물러서! 에그리앙 말고는 전투에 도움될 사람이 없으니까."

세온은 현현천뇌공을 운기하며 기감을 확장시켰다. 곧 자신과 단원들을 중심으로 여러 사람들의 기운이 둘러싸고 있다는 것을 느낄 수 있었다. 세온의 곁으로 다가온 에그리앙이 물었다.

"무슨 일이지?"

"누가 우릴 노린다는 것 말고는 모르겠어."

세온이 입술을 깨물며 말했다. 보이진 않지만 어둠 저편에서 정령들의 전투가 느껴졌다.

만만한 적이 아닌 듯싶었다. 이매술로 실체를 얻은 정령들은 어지간한 기사들도 순식간에 무력화시킬 수 있다. 그럼에도 아직 적들이 물러서지 않고 있었다.

에그리앙이 충고했다.

"정령들을 불러들여. 정령이 상대에게 타격을 주지 못하는 걸 봐서 쉽지 않은 상대야. 만약 정령이 타격을 입으면 소환자인 너도 위험해."

"알았어."

에그리앙의 조언에 세온은 얼른 정령들을 불러들였다. 의념을 따라 정령들은 순식간에 모여들었다. 그러나…….

"제, 젠장! 하나가 당했어."

세온이 갑자기 휘청거리자 에그리앙이 주위를 둘러봤다. 실체화 된 정령 중 실프가 보이지 않았다.

"괜찮겠어? 좀 쉬고 있을래? 내가 알아서 싸워볼게."

"아니. 이미 정령 하나가 당할 정도야. 적은 숫자가 많지만 우리는 둘뿐이야. 더구나 지켜야 할 대상까지 있지."

세온의 말에 에그리앙은 뒤를 돌아봤다. 전투에 전혀 도움되지 않는 단원들이 겁을 먹고 서 있었다. 세온이 억지로 일어나며 말했다.

"실체를 얻은 정령은 물리적인 힘을 발휘할 수 있어. 약점이 생기는 것도 아니야. 정령이 가진 단점을 장점으로 바꿔줄 뿐이지. 에그리앙, 정령을 해치는 방법은 뭐가 있지?"

"같은 정령끼리 싸움을 붙이거나 마나를 이용한 공격뿐이야."

세온은 입가로 흐르는 피를 닦으며 몸을 세웠다. 여전히 건재하다는 것을 보이기 위해 가슴을 두들겨 보였다.

상대의 공격을 최대한 자신에게 집중시키기 위해서였다. 실프가 역소환당해서 타격이 좀 있지만 아직 걱정할 정도는 아니었다.

정령은 어쩌다 보니 얻은 힘이다. 세온의 진정한 힘은 술법이었다. 에그리앙도 세온의 여유로운 모습에 다소 안심하는 기색이었다.

"조심해. 정령을 역소환시킬 수 있다는 것은 마나를 다룰 줄 아는 누군가가 있다는 거야."

"알았어."

에그리앙의 말에 세온은 좀 더 기감을 확장시켰다. 주변의 기운이 세온의 감각에 들어왔다.

만물의 본질을 살필 수 있는 신목안이 열렸다. 자신을 노리는 살의가 손에 잡힐 듯 느껴졌다. 무슨 이유로 자신을 노리는지 모르지만, 얌전히 당해 줄 생각은 없었다.

"날 건드린 걸 후회하게 해 주지."

세온이 품에서 부적 하나를 꺼내들더니 허공으로 내던졌다. 부적은 화살처럼 하늘 높이 치솟더니 찬란한 불꽃이 되었다.

항마척사의 빛을 뿌리는 광염부(光焰符)를 조명탄으로 사용했다. 주변이 환해진 것을 본 에그리앙이 말했다.

"괜찮은 생각인데. 저 마법은 얼마나 유지되는 거야?"

"내가 힘을 거둘 때까지."

"그래? 그거 괜찮은걸."

에그리앙이 전면을 응시했다. 일행을 습격한 이들은 하나같이 검은 옷을 입고 있었다. 몸에 달라붙는 옷 때문에 몸매가 드러났다. 모두 숏소드와 보우건들을 들고 있었다.

검에 뭔가를 칠했는지 밝은 빛에도 검은색으로 보였고, 퀘럴의 날도 마찬가지로 검은빛이었다.

적의 위치가 뻔히 보이는데 잠자코 있을 필요는 없었다. 에그리앙이 선공을 했다.

"파이어 드릴!"

콰콰콰쾅 콰콰쾅—!

에그리앙의 외침에 따라 살라만다가 정면으로 날아들었다. 어쌔신들이 뭔가를 들어 살라만다를 막아섰다. 곧 폭음과 먼지가 일어났다. 하루스 전체가 울릴 것 같은 굉음이 사방으로 퍼져 나갔다.

곧 흙먼지가 가라앉았다. 놀랍게도 에그리앙의 공격은 통하지 않았다. 어쌔신들이 든 조그만 방패들이 실드를 형성하며 막아낸 것이다.

"어, 어떻게 내 공격을 막았지? 마법 아이템인가?"

"다시 해 보자. 나도 도울게."

"좋아, 알았어."

세온도 합세했다. 에그리앙이 다시 한 번 파이어 드릴을 사용했다. 세온의 살라만다도 파이어 드릴을 흉내냈다.

조금 전보다 더 큰 폭음과 흙먼지가 일어났다. 이번엔 어느 정도 공격이 통한 모양이었다. 방패를 내밀던 어쌔신 몇 명이 바닥에 쓰러졌다.

"아무리 마법 아이템이라도 한계가 있는 모양이지."

세온이 이죽거렸다. 살라만다가 불꽃을 날린 곳으로 운디네의 물기둥이 솟아올랐다. 어쌔신들은 하나둘 쓰러지기 시작했다.

"보우건을 발사해!"

꼽추 하나가 튀어나오며 소리를 질렀다. 꼽추의 손에도 보우건이 들려 있었다.

그것을 들고 먼저 나서서 발사했다. 어쌔신들도 꼽추를 따라 세온을 겨냥했다. 모두 경험이 많은 모양인지, 세온과 에그리앙의 선공에 당황하지 않고 침착했다. 쿼럴이 발사되었다.

어쌔신들이 방아쇠를 당기자 세온이 에그리앙을 몸으로 막아섰다. 대책 없는 행동은 아니었다.

"금위신갑!"

호신술법이 발휘되었다. 황금빛의 갑옷이 몸을 감쌌다. 퀘럴이 헛되이 부딪치며 사방으로 흩어졌다. 그 광경에 꼽추는 더욱 발광하며 소리를 질렀다.

"세온은 저놈이야!"

"그래, 알아."

에그리앙과 세온은 꼽추가 우두머리라 판단했다. 세온의 의념이 노움에게 전해졌다.

노움이 땅속으로 스며들 듯 사라졌다. 곧 꼽추가 서 있던 땅이 모래늪으로 변했다. 부드러운 모래 속으로 꼽추의 몸이 빠져 들었다.

"사, 살려줘!"

꼽추가 비명을 질렀다. 발버둥을 치면 칠수록 몸은 점점 더 깊이 빠져 들었다. 세온은 상대를 죽일 생각까지는 없었다. 죽이지 않고도 제압할 자신이 있었기 때문이었다.

세온의 의념에 따라 꼽추의 몸이 다 빠지고 머리만 남았을 때 땅이 굳어 버렸다.

"효과 괜찮은데?"

덕분에 꼽추는 움직이지 못하는 신세가 되었다. 혹시나 싶어 다른 어쌔신에게도 써먹었다. 역시 비슷한 결과가 나왔다. 꼽추를 시작으로 연속 두 명의 어쌔신들이 머리만 남기고 땅에 묻혔다.

어쌔신들의 움직임이 빨라졌다. 발밑이 이상하다 싶으면 바로 몸을 움직였다. 노움이 땅을 모래의 늪으로 만들면 이미 다른 곳으로 발을 옮겼다. 그러면서도 연속하여 세온에게 공격을 가했다.

슈슝 슝슝슝―

보우건에서 쿼럴이 날아들었다. 세온은 금위신갑의 술법을 펼치며 기묘하게 발을 움직였다.

"뭐, 뭐지?"

"몸이 움직이지 않아!"

어쌔신들이 당황하여 소리쳤다. 손은 움직일 수 있지만 발은 그렇지 않았다. 아교로 붙인 것처럼 땅에 발이 달라붙어 움직일 수 없었다. 일정한 보법으로 발휘되는 술법인 우보였다.

우보법은 사용한 사람도 움직일 수 없다는 단점이 있지만, 지금 같은 상황에선 나쁘지 않았다.

발을 떼지 못하는 어쌔신은 더 이상 노움의 상대가 아니었다. 수많은 어쌔신들은 머리만 남기고 땅에 묻히는 신세가 되었다. 술법과 정령술의 조합이 성공한 것이다.

"그거 괜찮은데?"

에그리앙이 칭찬을 했다. 그러나 모든 어쌔신들이 호락호락한 건 아니었다.

더구나 세온에겐 불리한 점도 있었다. 보호해야 할 대상이 너무 많았던 것이다.

보우건을 든 어쌔신 몇 명이 뒤로 물러섰다. 그들은 손에 들고 있던 것을 버리고 등에 차고 있던 것을 꺼냈다. 같은 보우건이지만 조금 다른 모양이었다.

평범한 보우건 밑에 둥근 통이 달려 있었다. 그것을 발견한 에그리앙이 경고했다.

"개틀링 보우건이야."

"그, 그게 뭔데?"

세온은 생전 처음 듣는 소리에 반문을 했다. 주의를 받은 건 좋지만, 생소한 말이라 대책을 세울 수 없었다.

설명할 겨를도 없이 에그리앙은 개틀링 보우건을 든 어쌔신들에게 파이어 드릴을 사용했다. 다급한 표정으로 봐서 상당히 위험하다는 것을 알 수 있었다. 이유는 곧 알게 되었다.

슈슈슈슝 슝슝슝—

일반적인 보우건은 활보다 위력도 강하고 사거리가 길다. 대신 한 번 발사하면 장전에 시간이 걸린다는 단점이 있다. 그게 일반적인 상식이다.

그런데 지금 개틀링 보우건은 한 번 방아쇠를 당기는 것만으로도 연속하여 쿼럴을 발사하는 게 아닌가? 더구나 쿼럴이 날아가는 방향도 문제였다.

"토성위벽!"

순식간에 백여 발의 쿼럴이 노리터의 단원들에게 날아갔다.

세온이 다급하게 술법을 사용했다. 땅이 올라오며 벽을 만들었지만 이미 몇 명의 몸에 쿼럴이 틀어박힌 뒤였다.

"크윽!"

"어, 어깨가……."

"정신 차려. 괘, 괜찮아?"

"자, 자작님! 저, 정신 차리세요."

느닷없는 퀘럴의 공격에 노출된 단원들이 당황하며 고함을 질렀다. 희생자 중에는 체린도 포함되어 있었다.

"에그리앙, 체린 좀 살펴봐!"

"알았어!"

세온이 에그리앙을 뒤로 보냈다. 단원들을 보호하려 술법을 사용하다가 우보법이 깨지고 말았다. 땅에 틀어박힌 어깨신들도 많았지만, 땅 위에서 움직이는 어깨신이 더 많았다.

그들은 세온이 노리터의 단원들과 체린에게 신경 쓴다는 것을 알고 마구잡이로 보우건을 사용했다. 그로 인해 세온은 정신이 없었다. 다행히 세온에게도 응원군이 있었다.

"대체 뭐하는 놈들이냐?"

하프오우거라고 해도 믿을 것 같은 덩치의 사내가 바이올린과 바이올린 활을 휘두르며 나타났다. 평범한 바이올린이라면 위협이 되지 않겠지만, 사내의 것은 달랐다.

강철로 만든 바이올린이기 때문이었다. 강철 바이올린을 휘두르며 나타난 사내는 바로 류텐이었다.

퍼퍽 퍽 퍽!

어깨신들의 뒤쪽에서 갑자기 나타난 류텐이 강철 바이올린으로 적을 공격했다.

 갑자기 나타난 류텐을 어쌔신들은 전혀 대비하지 못했던 모양이었다. 순수한 육체의 힘만으로 휘둘렀지만 아무도 막을 수 없었다. 무지막지한 힘으로 휘둘러지는 바이올린의 풍압에 어쌔신들이 쓰러졌다.

 류텐은 물고기가 물살을 가르듯 순식간에 어쌔신들을 관통하여 세온과 합류했다. 류텐이 급히 물었다.

 "이 녀석들 뭐야?"

 "나도 몰라. 어떻게 알고 왔어?"

 "이 난리가 났는데 모를 수 있겠냐?"

 의아한 세온의 질문에 류텐이 오히려 핀잔을 던졌다. 세온은 가볍게 고개를 끄덕였다.

 태양처럼 밝은 빛이 사방을 비추고 폭음과 빛이 번쩍거렸다. 그러고도 아무도 모르길 바란다면 욕심일 수밖에 없었다. 류텐이 말을 이었다.

 "좀 이상한데. 이렇게 요란한 방식은 어쌔신답지 않아."

 "생각은 나중에. 일단 위기부터 모면해 보자고."

 "좋아, 힘 좀 써볼까?"

 류텐이 동의하며 바이올린을 들었다. 그와 함께 세온의 손이 빠르게 수인을 맺었다. 곧 허공에 흐릿한 그림자가 나타났다. 뮤우 대륙에서 처음으로 선보이는 진정한 의미의 이매술이었다.

사방에 가득한 념들이 세온의 손길을 따라 실체화되었다. 2.5m 정도의 우람한 몸을 가진 반투명의 고릴라가 나타났다. 어째신들이 잠시 움찔했다. 땅에 머리만 튀어나온 꼽추가 악을 썼다.

"너희 앞에 있는 건 환상이다! 속지 마라. 저건 환상이다!"

꼽추의 말에 용기가 난 것인지 어째신들이 달려들었다. 그러나 안타깝게도 꼽추의 생각은 틀렸다. 이매는 실체를 가졌을 뿐 아니라 물리적인 힘을 발휘할 수 있었다.

순식간에 만들어진 이매의 숫자는 모두 열이었다. 어째신들의 숫자에 비해 많이 부족하지만 무시할 수는 없었다. 무시무시한 괴력으로 주먹을 뻗으면 어째신 하나가 날아갔다.

어째신의 공격은 통하지 않았다. 안개를 후려쳐도 아무 감촉이 없듯이 어째신의 공격은 허공을 헤집고 지나갈 따름이었다.

"고, 공격이 통하지 않아."

"저놈은 우리를 공격할 수 있잖아."

"어떻게 된 거지?"

어째신들이 당황했다. 세온이 침착하게 꼽추를 노려봤다. 조금 전까지 고함을 지르던 꼽추가 입을 다물었다. 류텐이 신기한 듯 물었다.

"저게 네가 사용하는 마법이야? 대단한데."

"비슷한 거지."

세온의 이매가 어쌔신들을 몰아붙이자 류텐도 바이올린을 휘두르며 달려 나갔다.

류텐의 합류는 세온에게도 상당한 도움이 되었다. 명성 있는 용병 출신답게 상당히 익숙한 싸움을 보여 주었다. 적당히 상대를 붙잡아 방패를 대신하기도 하고 바이올린으로 머리를 갈겨 버리기도 했다.

이매와 류텐이 힘을 모은 덕분에 전세는 세온에게 기우는 듯했다.

그러나 세상 일은 늘 원하는 대로 가지 않는 법이다. 세온이 잠시 잊고 있었던 실력자들이 모습을 드러낸 것이었다. 한둘이 아니었다. 무려 6명이나 되는 이들이었다. 그들은 각각 다른 무기에 오러를 뿜어내며 무기를 휘둘렀다.

숏소드를 든 이도 있었지만 아홉 개의 철편(鐵片)으로 연결된 채찍도 있었다. 반달 모양의 칼이 있는가 하면 단봉을 연결하여 창으로 사용하는 이도 있었다.

무기는 제각각이지만 위력은 대단했다. 오러를 뿜어내며 휘두르는 무기의 위력은 물리력이 통하지 않는 이매에게도 유효했다.

이매들이 괴상한 울부짖음과 함께 하나둘 사라졌다. 다행스러운 점은 정령처럼 소환자에게까지 타격이 가거나 하지 않는다는 점이었다. 이매들이 쓰러지자 세온도 다른 공격을 시작했다.

"류텐, 돌아와! 운디네, 물을 뿌려!"

세온의 외침에 류텐이 되돌아왔다. 운디네의 손짓에 허공에서 거대한 물길이 치솟더니 어쌔신들에게 쏟아졌다. 아무리 대단한 수련을 쌓아도 물을 피할 방법은 없었다. 오러를 뿜으며 싸우던 어쌔신들의 몸이 흠뻑 젖었다. 그와 함께 세온의 술법이 작렬했다.

"음양쟁투 뇌전!"

세온의 외침에 따라 빛이 번쩍이며 뇌전이 내리꽂혔다. 세온은 자신의 승리를 확신했다.

죽일 생각까지는 없어 위력을 낮췄지만 사람을 기절시키기엔 충분한 위력이었다. 그러나 안타깝게도 어쌔신들의 실력을 감안하지 못하는 실수를 저질렀다.

"하압!"

"타핫!"

뇌전이 내리꽂히는 순간 마나를 다루는 6명의 어쌔신이 크게 기합을 질렀다.

그러자 그들의 전신에서 반투명한 오러의 장막이 나타났다. 뒤에서 지켜보던 에그리앙이 외쳤다.

"실드? 저놈들 마법 아이템을 가졌어! 조심해. 뭔가 더 있을지 모르니까!"

에그리앙의 외침에 세온이 인상을 찡그렸다. 어쌔신들은 아무렇지도 않은 듯 다시 달려들었다. 류텐이 어렵겠다는 듯 미간을 찌푸렸다.

더 이상 죽이지 않고 제압하는 것이 어렵다는 판단이 들었다. 결국 어려운 결정을 내렸다.

"더 이상 손에 사정을 두지 않겠다."

어지간하면 사람은 죽이지 않으려던 세온도 어쩔 수 없었다. 손에 사정을 두기엔 상대가 너무 강했다. 실프가 역소환을 당했지만 아직 세 정령이 남아 있었다. 그들만으로도 세온을 돕기엔 충분했다.

"류텐, 에그리앙과 자리를 바꿔! 에그리앙, 도와줘. 목숨을 붙여놓으려 할 필요 없어!"

"그 말, 기다리고 있었어!"

에그리앙이 세온의 곁으로 달려오며 말했다. 그녀의 가슴은 분노로 뜨거웠지만 얼굴은 더할 나위 없이 차가웠다. 세온의 분노도 만만치 않았다.

뮤우 대륙에 와서 세온이 한 일이라곤 연극을 공연하고 영화를 제작한 일뿐이었다. 그것으로 다른 사람에게 해를 주거나 원한을 살 리는 없었다. 뭔지 모르지만 무턱대고 자신을 공격하는 이들에게 화가 났다.

더 이상 용서하지 않으리라는 의지가 정령들에게 전해졌다. 정령들도 세온의 의지를 받아들였다.

살라만다가 사방으로 화염비를 뿌렸다. 차가운 얼음의 창이 날아갔다. 땅이 흔들리고 갈라졌다. 정제되지 않은 파괴력이

어째신들을 향해 날아들었다.

 분노한 세온의 힘은 만만한 것이 아니었다. 남에게 피해를 주지 않고 얌전히 지내는데도 다짜고짜 건드리니 화가 날 수밖에 없었다. 더구나 개틀링보우건 때문에 심한 부상을 입은 단원들도 많았다.

 체린 역시 허벅지와 옆구리에 퀘럴이 꽂히는 부상을 입었다. 치명상은 아니지만 출혈이 계속되면 무슨 일이 벌어질지 알 수 없는 노릇이었다. 그 광경을 보면서도 참으라는 것은 아무래도 무리였다.

 "지금까지 내가 힘이 없어서 참은 게 아니야. 내가 정말로 화가 나면 어떻게 되는지 보여 주지!"

 세온이 선언하며 걸음을 내딛었다.

 쿠웅!

 단 한 걸음이었다. 그러나 담겨진 힘은 만만치 않았다. 그 안에 천하멸살(天下滅殺)의 술법을 담았기 때문이다.

 의지로써 눈에 보이는 모든 것을 죽이고 살릴 수 있는 술법의 위력이었다.

 세온의 분노가 향하는 이들은 그 한 걸음에 심한 타격을 입었다.

 "크윽!"

 "사, 살려줘……."

 세온의 보호를 받는 이들은 아무렇지도 않지만 어째신들은 공포에 빠져 들었다. 죽음과 공포의 기운이 몰려들었기 때문이다.

그들의 눈에는 자신들이 가장 무서워하는 것을 보고 듣고 느꼈다. 전신을 짓누르는 살의에 의지를 잃었다. 세온의 발걸음에 피를 토하며 주저앉았다.

마나를 다루는 어쌔신들만이 그나마 견딜 따름이었다. 세온은 차가운 눈으로 그들을 바라봤다. 어쌔신 하나가 철편으로 된 채찍을 휘둘렀다. 손가락 길이만 한 쇠 조각마다 오러가 실렸다.

굳이 오러를 실지 않아도 상대를 해치기에 충분할 무기가 내리쳐졌다.

그것을 보면서도 세온은 눈도 깜빡하지 않고 다시 한 걸음을 내딛었다.

쿠웅!

좀 전보다 더욱 커다란 발자국소리가 울렸다. 그 소리에 어쌔신의 채찍이 산산조각이 나 파편이 되었다.

파편들은 감히 세온을 범할 수 없다는 듯 허공에 멈추는가 싶더니 어쌔신에게 날아갔다. 그것들은 순식간에 무기의 주인의 몸에 틀어박혔다.

"감히 내게 해를 끼치려 하다니. 너희를 용서하지 않겠어! 거산이……."

『갈! 안 될 일이네. 그 술법은 안 돼!』

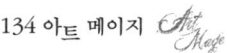

세온이 또 다른 술법을 사용하려 하자 운성의 의념이 머리를 울렸다. 세온은 미간을 찌푸렸다. 운성의 의념이 다시 뇌리를 울렸다.

『분노에 자신을 맡기지 말게. 헌원도 그렇게 해서 요괴가 되었어. 절대 해서는 안 될 일이야. 알겠는가?』

'하지만 이들 때문에……'

『그렇다고 똑같은 행동을 할 수는 없지 않은가? 더구나 자네의 법력으로는 아직 무리야. 잊지 말게. 자네는 이미 한 번 통제할 수 없는 술법을 사용한 적이 있어. 다시 되풀이할 생각은 하지 말게. 알겠나?』

'아, 알겠습니다.'

결국 세온은 운성의 만류에 분노를 억누르며 어깨신들을 노려봤다. 세온이 술법을 중지하자 잠시 주춤했던 어깨신들의 공격이 가해졌다.

"가소롭군. 발화!"

세온의 외침에 품에 있던 부적들이 저절로 빠져 나오더니 사방으로 날아갔다. 부적이 닿는 곳에서는 뜨거운 불길이 일어났다. 정령들도 바삐 움직였다.

살라만다가 화염을 일으키며 사방에 불을 질렀다. 노움이 땅을 뒤흔들며 중심을 잃게 했다. 발을 내딛는 곳을 패이게 만들며 진로를 방해했다. 더하여 운디네는 미끄러운 얼음을 만들었다.

이미 어쌔신들에게 승산은 보이지 않았다. 세온을 분노하게 하면 얼마나 나쁜 결과가 나오는지 확인했을 따름이었다.

어쌔신들의 상황은 더욱 나빠졌다. 큰 소란에 놀란 켈타이어 남작이 병사들을 이끌고 달려온 것이다.

남작은 병사들에게 어쌔신들을 포위하도록 명령했다. 병사들은 어쌔신들을 향해 창을 겨누었다. 남작이 어쌔신들을 노려보며 외쳤다.

"내가 다스리는 도시에서 무슨 일을 벌이는 것이냐? 감히 폴카스 왕국의 국왕폐하께서 인정한 귀족을 공격하다니. 제정신이 아니로구나! 지금이라도 무기를 버리고 머리에 손을 얹은 뒤 바닥에 엎드려라. 투항하는 자는 살려주지만 저항한다면 가차 없이 죽이겠다!"

켈타이어 남작은 평소 세온 등에게 대하는 것과 달리 위엄에 찬 모습이었다. 그러나 어쌔신 중 어느 누구도 투항하는 이는 없었다. 남작이 어쩔 수 없다는 듯 명령을 내렸다.

"병사들은 무비 남작과 그의 극단 단원들을 해치려는 자들을 제압하라! 저항하는 자는 죽여도 무방하다!"

남작의 말에 병사들이 창을 겨누며 발을 맞추어 전진했다. 일부러 강하게 땅을 구르며 상대에게 위압감을 주는 전법을 사용했다.

척척척!

병사들의 진군에 어쌔신들은 당황했다. 개개인의 무력은 어쌔신이 우위였지만, 병사들은 숫자가 많았다.

"어쩔 수 없다. 이대로 잡히느니 의뢰만이라도 수행한다!"

어쌔신들이 망설이자 누군가 한 사람이 고함을 질렀다. 병사들을 보며 망설이던 어쌔신들이 일제히 몸을 돌려 세온에게 달려들었다.

그렇다고 이제까지 병사들 없이도 몰아붙이던 세온이 갑작스럽게 당할 리도 없었다.

"기문둔갑(奇門遁甲) 지륜(地輪)의 술(術)!"

세온의 외침에 땅이 흔들렸다. 강한 지진이 일어나는가 싶더니 곧 소용돌이가 일어났다.

상식적으로는 일어날 수 없는 일이 현실로 벌어졌다. 단단한 땅이 해일처럼 들썩이며 소용돌이쳤다. 세온에게 달려들던 어쌔신들은 땅의 소용돌이에 휩쓸렸다.

거대한 해일과 소용돌이에 조각배가 빨려들며 침몰하듯 어쌔신들은 순식간에 땅속으로 빨려 들어갔다. 그 여파로 뼈마디가 부서지며 기이한 방향으로 관절이 꺾이는 이들도 있었다.

그 광경을 세온이 무심하게 바라봤다. 에그리앙은 경이로운 눈으로 그 광경을 지켜봤다. 놀라는 사람은 에그리앙만이 아니었다.

"대, 대단하군. 이것이 마법사로서의 세온 군이 가진 힘인가?"

켈타이어 남작이 입을 벌리며 말했다. 다른 병사들도 술법이라는, 평소에 세온이 내보이지 않던 생소한 힘에 놀라 입을 벌렸다. 세온이 남작을 향해 가볍게 고개를 숙여보였다.

남작이 아니었다면 어쌔신들이 최악의 선택을 하지 않았을 것이고, 전투는 좀 더 길어졌을 것이다.

남작의 등장으로 어쌔신들이 한데 뭉쳐 공격을 가했고 세온은 지륜의 술을 사용할 수 있었다. 의도한 것은 아니었지만 결과적으로 세온이 술법을 사용할 수 있도록 도운 셈이었다. 남작이 세온에게 권했다.

"세온 군, 분한 마음은 알겠지만 이들은 범죄자네. 법에 의해 심판을 받아야 해. 괜찮다면 목숨은 살려주지 않겠나?"

"그렇게 하겠습니다."

남작의 제안을 세온은 순순히 수락했다. 가볍게 손가락을 퉁겼다. 그러자 곧 술법이 멈추었다.

사람들의 시선이 술법에 휩쓸린 어쌔신들에게로 향했다. 그들은 하나같이 정신을 잃거나 항거불능의 상태가 되어 있었다.

그들 외에도 이미 저항할 의지를 잃거나 노움에 의해 땅에 파묻힌 이들이 한둘이 아니었다. 남작은 들으라는 듯 외쳤다.

"움직일 수 없도록 결박하고 연행하라! 하나라도 놓치면 안 된다. 저항하는 자는 죽여도 무방하다! 살아봐야 세상에 해를 끼치는 해충들이니."

남작의 말에 병사들이 움직였다. 저항할 생각을 가진 어쌔신이 없는 건 아니었다. 그러나 남작의 명령을 듣고 포기했다. 헛되이 죽고 싶지 않았기 때문이었다. 남작도 어쌔신들이 들으라고 한 말이었다.

어쌔신들이 검거되는 것을 확인한 에그리앙이 다친 단원들에게 달려갔다. 그러나 세온은 움직이지 않았다. 조용히 허공을 응시하며 빛의 구슬을 만들어낼 뿐이었다. 세온이 나직이 말했다.

"모습을 감췄다고 내가 모를 거라고 생각한 건가? 나타날 생각이 없다면 나타나게 만들 수밖에. 광염탄!"

빛의 구슬이 허공으로 날아갔다. 사람들이 세온의 하는 양을 가만히 지켜보았다. 무슨 영문인지 몰랐기 때문이다. 그러나 곧 이유를 알게 되었다.

퍼엉!

허공에 반투명한 장막이 만들어지더니 광염탄을 막아낸 것이었다. 빈 공간에서 사람의 모습이 나타났다.

주변에 어울리지 않게도 고급스러운 드레스를 입은 귀부인이었다. 그녀의 정체는 에그리앙의 입을 통해 밝혀졌다.

"브레타 부인?"

그녀의 등장에 켈타이어 남작은 혼란스러운 듯 머리를 부여잡으며 말했다.

"부인께서는 이곳에 무슨 일이오?"

"그야 당연히 로즈 클럽의 권리를 위해서죠."

"로즈 클럽의 권리라니 무슨 소리요?"

"잊었나요? 백색의 기사에 나오는 장면은 여성을 억압하고 남성에게 착취당하는 모습을 그렸어요. 오랫동안 남자를 기다리고 또 자신의 몸을 맡기는 장면은 여성이 남성의 부속물이라는 표현입니다. 그런 것은 당연히 사라져야 하지 않겠어요?"

브레타 부인의 대답에 켈타이어 남작의 얼굴이 굳어졌다. 뭔가 장황한 설명을 들었지만 도무지 이해되지 않았다. 상식을 벗어난 행동에 남작이 고함을 질렀다.

"그 납득할 수 없는 이유로 어쌔신들을 고용했소? 저 많은 이들을 몰아와 무고한 이들을 해친 것이오? 도대체 무슨 생각이오?"

"노리터의 단원뿐만이 아니에요. 당신 때문에 대륙의 별이라는 체린 민스터 자작님께서도 중상을 입었어요. 출혈은 멈췄지만 어서 치료를 해야 한다고요. 지금 무슨 짓을 한 건지 알기나 하나요?"

에그리앙도 참지 못해 소리를 질렀다.

그러거나 말거나 브레타 부인은 허공에서 아래로 사뿐히 내려섰다. 자연스러운 플라이 마법의 운용과 해제를 보며 지켜보는 이들의 안색이 굳었다.

그녀의 마법능력이 알려진 것 이상이라는 증거였기 때문이었다. 오직 세온만이 분노를 감추지 않았다.

"억지를 부리는 건 봐 줄 수 있지만 사람을 죽이려 드는 건 용서 못해. 당신은 그저 독선적인 쓰레기일 뿐이야. 내게 용서는 기대하지 마."

세온의 선언에도 불구하고 브레타 부인은 코웃음을 쳤다. 오히려 세온을 도발하기까지 했다.

"무비 남작님은 예의를 모르는군요. 하긴 천박한 연극 따위나 하는 사람이 예의를 알 리 없지. 조금 전의 마법은 놀랍긴 하지만 두렵지 않아요. 아무리 대단한 실력을 가졌어도 당신은 아직 세상 물정 모르는 애송이지. 나는 당신이 태어나기 전부터 마법을 익혔어. 다른 나라에서라면 궁정마법사도 할 수 있는 실력이라고."

"그 알량한 실력을 믿고 나를 도발하는 건가? 지저분하고 더러운 계집 같으니."

"역시 예의 따위는 기대할 수 없는 남자군요. 섀도우 리빙!"

세온의 말에 짐짓 화를 내던 브레타 부인이 마법을 사용했다. 그녀의 외침에 세온의 그림자가 땅에서 몸을 일으켰다. 그림자는 마치 살아 있는 인간처럼 세온을 향해 몸을 날렸다.

"가소로운 장난이군."

세온이 코웃음을 치며 광염탄을 날렸다. 빛의 구슬은 어둠에서 탄생한 요괴들에게 치명적인 힘을 발휘한다. 그것은 그림자에게도 마찬가지일 것으로 생각했다.

세온의 예상은 틀리지 않았다. 빛의 구슬이 폭발하며 그림자를 저만치 날려 보냈다. 그 광경에 브레타 부인이 웃음을 터뜨렸다. 사람들은 곧 이유를 깨달았다.

"세, 세온!"

"이게 대체……."

그림자에게 일격을 가한 세온이 갑자기 피를 토하며 쓰러졌다. 놀란 에그리앙이 세온을 일으켰다.

세온은 이미 정신을 잃은 상태였다. 영문을 알 수 없던 류텐이 저도 모르게 강철 바이올린을 바닥에 떨어뜨렸다. 브레타 부인이 친절하게 설명을 해 주었다.

"섀도우 리빙은 상대의 그림자에게 생명을 주는 마법이랍니다. 그림자는 자신의 본체를 죽이려는 습성이 있죠. 그렇다고 그림자의 주인이 반격을 할 수도 없죠. 그림자를 공격하면 그 데미지는 자기 자신에게 오거든요. 호호홋!"

"그런 마법 따위, 사용한 사람을 공격하면 없어지겠지? 가만두지 않겠어!"

에그리앙이 류텐에게 눈짓을 보냈다. 류텐이 말뜻을 알아듣고 세온을 부축했다. 그러는 동안 에그리앙은 살라만다에게 마나를 공급했다.

노리터의 재정을 담당하는 동안 정령과의 친화력을 높여왔던 에그리앙이었다. 그런 그녀가 진심으로 분노하며 상대에게 달려들었다.

에그리앙이 분노를 감추지 않고 힘을 냈다. 살라만다에게 마나가 더해질수록 좀 더 크고 강렬한 화염을 일으켰다.

"파이어 웨이브!"

에그리앙의 외침에 살라만다가 화염을 뿜었다. 화염의 파도가 브레타 부인을 향했다. 앞을 막으면 좀 더 강력한 불기운이 뒤따랐다. 가공할 열기에 주변을 지키던 사람들까지 숨이 턱턱 막힐 지경이었다.

그토록 무시무시한 힘을 브레타 부인은 실드 하나로 완벽히 막아내고 있었다.

"얼마나 막을 수 있는지 지켜보지. 파이어 드릴!"

에그리앙의 특기가 나왔다. 살라만다의 힘이 극점으로 모였다. 하나로 집중된 힘이 빠르게 회전하며 날아갔다. 힘이 집중되자 위력이 달라졌다. 넓게 펼쳐진 실드에 구멍이 뚫린 것이었다. 극점으로 모인 힘의 집중은 6클래스의 마법사도 막을 수 없었다.

콰콰쾅!

실드가 깨지며 폭음이 일어났다. 브레타 부인은 실드에 구멍이 생기자 블링크 마법을 사용했다. 강렬한 화염의 폭풍이 지나간 자리에는 아무도 없었다. 그저 실드 마법 하나만을 사라지게 했을 뿐이다.

"그렇게 강력한 수단을 계속 사용하면 곤란할 텐데요. 마나가 감당을 못하죠. 아직 어려서 생각이 부족한 건가요?"

브레타 부인이 이죽거렸다.

"그 전에 결판을 보면 돼. 파이어 토네이도!"

에그리앙이 크게 외쳤다. 이제까지 생각만 하던 수법이었다.

파이어 드릴은 살라만다의 힘을 극점으로 모아 회전시키는 공격법이다. 파이어 토네이도는 반대의 수법이다. 살라만다의 힘을 넓게 펼쳐서 상대를 가두고 회전시키는 공격법이다.

우연히 알게 되었지만 살라만다의 회전이 빨라질수록 화염의 위력도 강해진다. 물론 단점도 있었다. 막대한 마나가 소모되는 것이었다.

화염이 브레타 부인을 감싸며 회전했다. 브레타 부인도 이번 공격에는 당황하는 기색이었다.

사방으로 겹겹이 실드를 펼쳤다. 그와 함께 살라만다의 회전도 점점 더 빨라졌다. 열기가 점점 더 초고온으로 올라갔다. 펼쳐진 실드가 깨져나갔다.

실드 하나를 펼치면 하나가 깨지는 것이 반복되었다. 에그리앙의 공격이 갈수록 위력을 더하고 있었다. 브레타 부인은 실드를 펼치기에 급급하여 다른 마법을 사용하지 못했다.

에그리앙의 위협적인 공격에 류텐이 짧게 휘파람을 불었다. 승산이 있다고 여긴 것이다. 그러나 위기는 끝난 것이 아니었다. 세온의 그림자가 다시 달려들었다. 아직 섀도우 리빙은 지속되고 있었다.

류텐은 차마 세온의 그림자에게 반격을 하지 못했다. 이미 정신을 잃은 세온에게 더 큰 타격을 줄지도 몰라 걱정되었기 때문이다. 그저 바이올린을 휘두르며 방어에 열중했다.

"제, 젠장. 이거 상황이 복잡하게 됐네."

류텐이 안절부절못했다. 다행히 그림자는 술법이나 정령술을 사용하지 못했다. 그러나 빠른 움직임만은 어쩔 수 없었다. 대단한 공격수단은 없었지만 워낙 교묘하게 치고 빠지니 속수무책이었다.

세온의 위기에도 에그리앙은 브레타 부인에게 집중했다. 마법을 시전한 자를 무너뜨리면 마법도 풀릴 것이라고 여겼기 때문이다. 그러나 안타깝게도 에그리앙의 마나량은 그리 많지 않았다.

세온의 부상에 분노하여 연속하여 강력한 공격을 퍼부은 결과 마나가 바닥난 것이다. 억지로 마나를 쥐어짰다. 하지만 이미 살라만다의 불꽃이 점차 약해지고 있었다.

"그것 보세요. 무리한 공격은 마나를 바닥나게 한다고 했잖아요. 호홋!"

브레타 부인이 비웃었다. 세온은 기절했고 에그리앙도 마나가 다 되었다.

그에 비해 자신은 아직도 마법 몇 가지를 쓸 여유가 있었다. 이제 승리는 확정된 것이라 여겼다.

"부, 분해. 너 따위에게 지……고 싶지 않아!"

에그리앙이 억지로 마나를 쥐어짰다. 일순간 살라만다의 불꽃이 화르륵 타올랐다.

그 광경에 브레타 부인이 일부러 더 크게 웃었다. 그때 이변이 일어났다. 순간적으로 커졌던 불꽃이 꺼지지 않는 것이었다. 아니 열기는 점점 더 강렬해졌다.

"어, 어떻게 이런 일이……."

브레타 부인이 당황했다. 그녀의 생각으로 에그리앙은 마나의 고갈로 쓰러져야 했다. 마나의 공급을 받지 못하는 살라만다도 역소환을 당해야 했다. 안타깝게도 결과는 전혀 엉뚱한 방향으로 흘러갔다.

에그리앙을 중심으로 주변의 마나가 밀려들었다. 사방에서 밀려드는 마나가 에그리앙에게 흡수되었다.

에그리앙의 몸은 탐욕스런 괴물처럼 주변의 마나들을 끊임없이 빨아들였다.

브레타 부인도 이런 현상은 처음 본다. 그러나 지금 어떤 현상이 벌어지고 있다는 정도는 알고 있었다.

정령사에게 주변의 마나가 집중되어 흡수되는 현상이라면 한 가지밖에 없었다.

브레타 부인은 놀라워하며 외쳤다.

"스피릿 에볼루션(Spirit-Evolution; 정령진화)!"

세상에 잘못 알려진 상식의 하나가 정령에게도 능력에 따라 계급이 있다는 것인데 사실은 다르다. 정령들은 비슷한 능력을 가진 동등한 존재들이다.

다만 정령사의 능력이 다를 뿐이다. 살라만다는 불의 하급 정령이라고 알려졌지만, 엄밀히 말하면 하급 정령이 아니다. 그저 끌어낼 수 있는 힘을 분류할 때 하급이라고 말할 뿐이다.

스피릿 에볼루션은 정령사가 정령의 힘을 한 단계 더 끌어낼 수 있게 되는 것을 가리킨다.

스피릿 에볼루션의 계기는 강력한 염원에 의한다는 것이 가장 널리 알려진 학설이다.

스피릿 에볼루션이 이뤄지면 정령사의 몸에 마나집적현상이 일어난다. 정령의 모습도 변한다.

이것이 브레타 부인이 알고 있는 스피릿 에볼루션에 대한 것이었다. 그 현상이 바로 눈앞에서 벌어지고 있었다.

정령을 볼 수 없으니 어떤 모습으로 변하는지 알 수 없었다. 그러나 느껴지는 마나와 열기로 봐서 쉽지 않음을 알 수 있었다.

"어떻게, 어떻게 이런 일이……?"

스피릿 에볼루션이 계속되면 에그리앙의 힘은 강해질 것이다. 좀 더 진행되면 필연적으로 정령과 정령사의 합일이 이뤄진다. 그때까지 어떻게든 버텨야 했다. 그러나 지금 상황에서 버틸 수 있을지 장담할 수 없었다.

에그리앙에게 몰려드는 화염의 마나가 사방을 불바다로 만들었다. 화염의 바다가 펼쳐지며 참기 힘든 열기를 일으켰다.

열기를 견디지 못한 켈타이어 남작과 병사들이 물러섰다. 노리터의 단원들도 부상자들을 데리고 뒤로 물러섰다. 류텐도 그림자를 상대하며 조금씩 물러섰다. 강한 열기 때문에 세온은 정신을 차렸다. 미처 피하지 못한 어쌔신들 중 몇몇이 심한 화상을 입었다.

세온은 류텐의 부축을 물리고 일어섰다. 류텐이 붙잡아주려 했지만 만류했다.

"괜찮아."

세온은 불바다 속에서 무아지경에 빠진 에그리앙을 살펴봤다. 무슨 일인지 모르지만 좀 더 강해지고 있음을 알 수 있었다. 문제는 불기운 때문에 입고 있던 옷이 전부 타서 없어졌다는 것이었다.

"보는 사람도 많은데 칠칠맞긴. 은영부(隱映符)!"

세온이 품에서 부적 하나를 꺼내 던졌다. 종이로 만들어진 부적은 신기하게도 불에 타거나 그슬리지 않고 에그리앙에게 붙었다.

부적이 붙자 에그리앙의 모습이 사라졌다. 아니 정확하게는 보이지 않게 되었다.

세온이 술법으로 에그리앙의 나신을 가려주는 사이 그림자가 달려들었다. 세온은 뒤로 물러서며 식지를 물어 피를 내더니 허공에 글자를 썼다.

"영사필법 해(解)!"

술법은 강한 의념으로 발휘되는 힘이다. 언어는 의지의 구체적인 표현이다.

영사필법은 강한 의념을 글자로 표현하는 술법이다. 강한 의념으로 언어를 만들고, 이로써 세상에 없는 생명까지 창조할 정도의 힘을 가졌다. 그 힘을 바탕으로 글자를 만들었다.

붉은 피가 '解' 자를 쓰자 그림자가 세온의 발밑으로 돌아왔다. 그저 영사필법이라는 술법만으로 그림자의 공격으로부터 벗어난 것이었다. 그때 에그리앙의 살라만다가 세온에게 의념을 보냈다.

[나는 잠시 계약자와 한 몸이 되어야 한다, 인간. 계약자를

지켜다오, 인간.]

"그래, 그렇게 할게. 저 여자는 아무래도 내가 직접 혼내야 할 것 같거든."

[고맙다, 인간.]

"제발 그 인간이란 말 좀 빼면 안 되겠냐?"

세온이 투덜거리며 앞으로 나섰다. 살라만다의 의념이 다시 들려왔다.

[생각해 보겠다, 인간.]

살라만다는 세온에게 의념을 보내더니 곧장 에그리앙의 몸 안으로 스며들었다.

세온은 에그리앙이 좀 더 강해지는 과정으로 이해했다. 어떻게 된 것인지 모르지만 에그리앙이 자신을 지키려다가 기연을 얻은 것을 알았다.

세온의 입가에 미소가 번졌다.

"고마워."

세온은 에그리앙이 자신의 말을 듣지 못한다는 것을 알면서도 감사의 인사를 했다.

그리곤 눈을 들어 브레타 부인을 응시했다. 브레타 부인은 세온이 너무나 쉽고 간단하게 자신의 마법을 깨뜨리자 놀라는 눈치였다.

"어, 어떻게……"

"원래 내가 전투 경험이 풍부한 편이거든. 아무려면 이런 일이 처음이었겠어?"

세온이 비웃었다. 강대한 마법사라도 술법의 힘으로 이길 자신이 있었다. 아니 눈에 보이는 것만으로도 우세가 드러났다.

브레타 부인은 재빨리 도망가려고 했다. 그러나 세온의 술법이 좀 더 빨랐다. 술법은 소모되는 마나량은 크지만 발동 속도는 마법과 비교되지 않는다.

"기문둔갑 천륜(天輪)의 술!"

브레타 부인의 머리 위로 거대한 수레바퀴가 나타났다. 하늘에 나타난 바퀴가 어찌된 영문인지 브레타 부인의 이동 마법을 방해했다. 아무리 마나를 배열하려 해도 자꾸만 흐트러졌다. 그뿐이 아니었다.

수레바퀴가 회전을 시작했다. 처음엔 느렸다. 거대한 수레바퀴가 움직이며 위압감을 일으켰다. 수레바퀴에서 방전현상이 일어나며 두려움을 안겨줬다.

그 광경에 브레타 부인은 품에서 뭔가를 꺼냈다. 복잡한 문양이 새겨진 동판거울이었다.

거울에 마나를 주입하며 주문을 외우자 복잡한 문양에서 빛이 났다. 거울 전체가 붉게 달아오르고 그녀의 옷자락이 펄럭거렸다. 마침내 손에 들린 거울에서 밝은 빛이 번쩍일 즈음 큰 소리로 외쳤다.

"텔레포트!"

브레타 부인은 천문학적인 가격을 자랑하는 아티팩트를 사용했다.

적어도 5클래스는 되어야 사용할 수 있는 아티팩트다. 사용법이 까다롭지만 마법진 없이도 텔레포트가 가능한 물건이었다. 대륙 전체에서도 몇 없는 물건이었다.

이것이라면 능히 빠져 나갈 수 있으리라고 생각했다. 그러나 그건 단지 희망사항일 뿐이었다.

파캉!

텔레포트는 이뤄지지 않았다. 손에 들린 동판거울만 깨져 버렸다. 브레타 부인이 놀란 눈으로 머리 위로 시선을 돌렸다. 수레바퀴의 속도가 점점 더 빨라지고 있었다.

이제는 수레바퀴 전체가 거대한 뇌전의 바퀴로 보였다. 그 바퀴에서 무지막지한 거력이 지상으로 내리꽂히고 있었다.

쿠쿠쿵 쿠쿵—

천륜의 술은 하늘의 힘으로 만마(萬魔)를 제압하는 술법이다. 발동이 시작되면 하늘에서 일어나는 모든 종류의 현상들이 일어나며 상대를 공격한다.

폭우가 쏟아지고 우박이 떨어졌다. 칼날처럼 차가운 바람과 눈보라가 몰아쳤다. 뇌전이 번쩍이며 실드를 강타했다.

브레타 부인은 재능 있고 강한 마법사다. 그러나 아무리 대단한 마법사라도 하늘의 힘을 이길 수는 없었다.

그녀의 마법이 만든 실드로 세온의 징계를 감당할 수 없었다. 다시 블링크를 사용하려 했지만 소용이 없었다.

콰지직 콰직—!

사나운 폭풍이 실드를 찢어 갈기고 거대한 뇌전이 망치질했다. 주먹만 한 우박이 떨어져내렸다. 질기고 단단한 실드는 이리저리 찢어지고 부서졌다.

결국 브레타 부인의 실드는 더 이상의 공격을 막지 못했고 몸으로 공격을 감당해야 했다. 정신을 잃으며 땅으로 추락하는 것은 정해진 수준이었다.

남작이 재빨리 브레타 부인을 결박하더니 마나동결마법이 새겨진 수갑을 채웠다.

"이제 다 해결된 건가?"

남작이 땀을 닦으며 중얼거렸다. 그의 눈길이 화염의 바다가 된 광장으로 향했다. 세온의 술법 때문에 보이진 않지만, 그 중심엔 에그리앙이 있을 것이다.

어느새 하늘 높이 솟아오른 부적은 빛을 잃고 사라진 뒤였다. 세온이 남작에게 다가가 말했다.

"남작님께 뒷일을 부탁드리겠습니다."

"자네가 전부 제압해 준 덕분에 그냥 주워가기만 하면 되네. 어쩌다 하루스에서 이런 일이 벌어졌는지 한심한 일이야. 내 도시의 치안 상태가 이렇게 엉망인지 몰랐네."

"천만의 말씀입니다. 제때 병사를 데리고 와 주셔서 더 큰 피해를 막을 수 있었습니다."

"그렇게 생각한다니 고맙군. 자네도 일이 많을 것 같구먼. 수고하게."

남작은 병사들에게 명령하여 어쌔신들을 체포 및 결박하여 끌고 갔다. 남작이 병사들을 지휘하기 시작하자 세온은 부상을 당한 체린에게 달려갔다.

체린은 피를 많이 흘려 힘이 없긴 했지만 위험한 상태는 아니었다. 그나마 다행이었다. 세온은 류텐에게 단원들의 지휘를 맡겼다. 아무래도 이런 류의 일은 용병으로서의 경험이 많은 류텐이 더 나을 것 같았다.

류텐은 멀쩡한 단원들을 다독이며 부상자들을 옮기도록 했다. 모두 숙소로 옮기는 한편, 배우 한 사람에겐 치료사를 불러오게 했다.

단원들을 다루는 일의 분배가 시기적절하면서도 빠르고 간결했다. 과연 많은 전투 경험을 가진 실버 용병으로서의 경험이 고스란히 엿보이는 순간이었다.

세온은 류텐이 일처리하는 것을 보다가 다시 화염바다의 중심을 쳐다봤다. 은영부 때문에 다른 사람들의 눈에는 에그리앙의 모습이 보이지 않는다.

그러나 세온은 신목안을 가지고 있다. 만물의 본질을 꿰뚫어 볼 수 있는 제3의 눈은 어떤 술법이나 마법으로도 가릴 수 없었다. 그러니 나체가 된 에그리앙의 몸도 또렷하게 볼 수 있었다.

"잘 빠졌는데."

세온은 나직이 중얼거리더니 아무도 없는 허공으로 눈을 돌렸다. 마치 필생의 적수를 노려보듯 살피는 모습이었다. 한참을 응시하던 세온이 피식거리며 알 수 없는 말을 했다.

"결국 포기하고 자리를 뜨는군."

그러더니 다시 에그리앙에게 시선을 돌렸다. 역시 불기운에 발그레한 몸이 무척 아름답게 보였다.

『자네, 저 아가씨를 여자로 생각하지 않는다고 하지 않았나?』

'그건 그렇지만 저런 모습인데 눈이 안 갈 수 없잖아요.'

『하긴 내가 보기에도 늘씬하게 잘 빠졌군. 마음 있으면 지금이라도 고백하는 게 어떤가?』

'생각 없다니까 왜 그러세요? 그리고, 영감님은 쳐다보지 마세요.'

『난 자네의 눈을 통해서만 볼 수 있다는 걸 잊은 겐가?』

'……'

어둠 속에 숨어 있던 키첼은 두 자루의 시미터를 손에 쥔 채 격전의 현장을 관찰했다.

어쌔신의 공격을 막아내고 나중엔 브레타 부인의 마법까지 격파하는 모습을 목격했다.

'이제 안심하고 있겠지? 슬쩍 접근해서 기습할까?'

키첼은 한참을 궁리했다. 몸을 숨기는 것은 자신 있었다. 몸을 숨기는 비법 만큼은 대륙의 모든 어쌔신들 중 최고라 자부했다. 더하여 브레타 부인에게 좋은 아티펙트도 받았다.

그것은 반지였다. 그저 보기 좋은 반지로 보이지만 그것을 끼고 있으면 존재감이 사라진다.

그렇다고 투명화 마법이 발동되거나 하는 것은 아니었다. 분명 눈에 뻔히 보이는데도 누구의 시선도 끌지 않게 만드는 것이었다. 그야말로 어쌔신을 위한 아티팩트였다.

그 모든 준비를 한 채 세온의 격투를 지켜보던 키첼은 침을 삼켰다. 브레타 부인까지 물리친 뒤 여유롭게 마음을 놓은 모습을 보며 망설였다.

눈앞에서 목격한 실력만으로도 쉽지 않은 상대였다. 그런데 세온의 눈빛이 이상했다. 시선이 자신이 숨은 곳을 향하고 있는 게 아닌가?

키첼은 몇 번이고 기습을 생각하다 결국 포기했다. 어떻게 해도 알아챌 것 같았다. 하필 시선이 자신에게 향한 것도 마음에 걸렸다.

다행히 의뢰자가 수감되었으니 위약금을 물어줄 필요는 없었다. 마스터에게 정신을 잠식당했으니 딴소리를 하지도 않을 것이다.

'너무 위험해. 포기해야겠어.'

키첼은 나서지 않고 물러서기로 했다. 세온을 노려보며 뒷걸음질을 쳤다. 그러자 세온의 시선이 다른 곳으로 향했다. 혹시나 싶어 뒷걸음질을 멈추고 앞으로 전진했다. 세온의 시선이 돌아왔다.

'나를 느끼고 있어. 위험해. 무조건 피해야 해. 이 사람은 암살이 불가능해.'

키첼은 더 볼 것도 없다는 듯 뒤돌아 달려갔다. 그러면서 슬쩍 돌아봤다. 세온의 입가에 미소가 머금어졌다. 그것 하나로 키첼은 스스로의 판단을 확신할 수 있었다.

그렇다면 다시 돌아볼 필요가 없었다. 빠르게 달려갔다. 세온을 죽이려는 생각은 포기하기로 했다. 어쩔 수 없었다. 존재를 들킨 순간부터 암살은 실패한 것이다.

키첼은 브레타 부인에게 받은 윈드워커라는 신발의 힘으로 빠르게 내달렸다. 얼마 되지 않아 레이아웃에 도착했다.

레이아웃에 도착한 키첼은 골목으로 뛰어들었다. 습관적으로 빠르고 은밀하게 움직이는 그녀를 아무도 발견하지 못했다.

그대로 벨루프가 머무는 곳의 문을 열고 들어가도 마찬가지였다.

1층에서 자리를 지키고 있는 사내들은 문이 열리고 닫히는 걸 보면서도 키첼을 인식하지 못했다. 그녀는 2층으로 올라가 옷부터 갈아입었다.

어차피 한 겹만 입기 때문에 금방 갈아입을 수 있었다. 어쌔신의 복장을 벗고 손가락에 낀 반지를 뺐다.

혹시 몸에 뭔가 이상한 것이라도 묻지 않았나 확인하더니 메이드복을 입었다.

옷을 다 갈아입은 키첼은 복도를 걸어 벨루프의 방으로 들어갔다. 벨루프는 소파에 앉아 뭔가 생각에 잠겨 있었다.

"암살은 성공했나?"

"실패했습니다."

"정말인가?"

그때까지 눈을 감고 있던 벨루프가 눈을 번쩍 뜨며 되물었다. 키첼이 그렇다고 대답했다.

"크크큭, 재미있군. 실패했다 이거지. 그렇게 많은 걸 동원하고도 말이야."

"죄송합니다, 마스터. 원하신다면 벌을 내려주십시오."

"아니, 됐어. 너는 다른 머저리들과 다르잖아. 나도 충분히 관대한 편이라고. 뭔가 이유가 있었겠지. 말해 봐. 어떤 일이 있었지?"

벨루프가 손짓으로 자신의 무릎에 앉으라고 했다. 키첼은 시키는 대로 벨루프의 무릎에 앉으며 이야기를 시작했다.

키첼의 이야기가 진행되는 동안 벨루프의 손은 메이드복 안을 탐험했다. 손으로는 키첼의 몸을 더듬으면서도 세온의 무력에 대하여 연신 감탄하는 기색을 보였다.

"마법사 주제에 어쌔신의 매복을 미리 알고 있었다는 말이지? 그놈 애인도 만만치 않군."

벨루프는 키첼의 가슴을 주물럭거리며 감탄사를 터뜨렸다. 키첼은 그저 눈으로 본 그대로를 묘사하고 있을 뿐이었지만 묘하게 실감이 났다.

"대단하군. 일부러 틈을 만들려고 그렇게 많은 어쌔신들을 동원했는데도 아무렇지도 않았다 이건가? 정말 재미있어."

벨루프가 대소를 터뜨렸다.

그러면서도 치마 속을 파고든 손이 빠르게 움직였다. 키첼은 여전히 무표정한 얼굴이었다.

"큭! 재미없군. 이 정도 더듬고 만지면 뭔가 반응이 보여야 하는 거 아냐?"

"죄송합니다. 마스터께서 원한다면 흉내 정도는 낼 수 있습니다."

"흉내 따위는 필요 없어."

벨루프의 말에 키첼은 여전히 무표정한 얼굴을 했다. 벨루프가 혀를 차더니 키첼을 일으키며 말했다.

"그 세온이라는 녀석은 역시 보통이 아니야. 네가 숨어 있다는 걸 느낀 게 아니야. 제대로 보고 알았던 것 같아."

"……?"

"어떻게 알았는지 궁금하지? 아주 간단해. 그 녀석, 레이아웃에 들어왔거든. 널 따라온 모양이야."

"저도 모르게 미행을 당한 건가요? 죄송합니다."

"아니, 미행 같은 게 아니야. 당연히 나라고 생각하고 오는 모양이야. 어때? 지금부터 알리바이를 만들어야겠지? 나는 널 그곳에 보낸 적이 없고, 너도 간 적이 없다고 해야 하니까. 걱정할 필요는 없어. 이 골목의 사내들은 거칠고 험하거든. 조금은 시간을 끌어줄 거야. 그 정도 시간이면 우리 둘이 알리바이를 만들기에 충분하지."

벨루프의 말에 키첼이 고개를 끄덕였다. 언제 봐도 벨루프의 능력은 신기하기만 했다. 이것이 바로 벨루프가 하루스의 암흑가를 십여 년이나 지배할 수 있는 비밀이었다.

벨루프는 필요하면 레이아웃에서 벌어지는 모든 일을 알 수 있었다. 그뿐이 아니었다. 레이아웃에 있는 이들을 임의로 조종할 수도 있었다. 이것이야말로 벨루프의 숨겨진 힘과 능력이었다.

벨루프가 번들거리는 눈으로 바라봤다. 혀로 자신의 입술을 핥았다. 그 모습에 키첼이 옷을 벗었다. 벨루프 자신도 키득거리며 옷을 벗었다.

"영광으로 알아. 난 원래 아무 반응 없는 여자는 안지 않아. 네 알리바이를 만들어 주느라 안아주는 거다. 알겠지?"

"알고 있습니다, 마스터."

❖　　　❖　　　❖

 세온은 자신을 향하던 기운을 느꼈다. 마나의 틀어짐이 존재감을 지웠지만, 큰 의미는 없었다. 아니, 어떤 의미에서는 비정상적인 틀어짐이 더 의심스러웠다. 만물의 본질을 보게 만드는 신목안이 아니었다면 어림도 없는 일이었다.
 '어떻게 하지?'
 세온은 자신을 지켜보던 누군가의 존재감이 멀어지는 것을 느끼며 고민했다. 부적으로 발동한 은영술 덕분에 에그리앙의 모습은 보이지 않았지만, 신경이 쓰였다.
 정신을 차리고 자신이 벗은 상태로 길 한복판에 서 있다면 당황스러울 것 같았다.
 '자초지종을 알 수 있게 해 줘야겠지. 은영부만 떼지 않으면 투명 인간이 되는 셈이니까.'
 세온은 노움을 이용해서 땅에 글씨가 새겨지게 만들었다. 에그리앙이 정신을 차리면 바로 발견할 수 있도록. 부적만 떼지 않으면 다른 사람들 눈에 보이지 않으니 숙소로 가서 옷을 입으라는 내용이었다.
 에그리앙의 안전 문제는 걱정할 필요가 없었다. 에그리앙의 주변에 초열지옥이 펼쳐졌는데 누가 함부로 하겠는가?
 '이제 슬슬 추격해 볼까?'
 마음을 정한 세온이 부적을 꺼내 날렸다. 허공에 떠오른 부적은 어쌔신이 도주한 방향으로 날아갔다.

그 뒤를 세온이 뒤따랐다. 부적이 날아가는 속도는 상당히 빨랐지만 세온의 움직임도 만만치 않았다.

귀선문의 경공술이 발휘되자 바람과 같은 속도로 움직였다. 그 광경을 현장에 남아 있던 이들이 감탄하며 바라봤다. 그러나 특별히 신기하게 생각하지는 않았다. 마법이나 정령술을 응용한 것으로 여겼기 때문이다.

한참을 달리던 세온이 도착한 곳은 레이아웃이었다. 낮에도 마이너스적인 에너지가 넘치던 곳이었는데, 밤이 되자 더욱 음침했다.

사악함을 가진 원념체의 의지가 꿈틀거리는 것이 보였다. 평범한 사람의 눈에는 보이지 않는 암흑의 꿈틀거림을 보았다.

'인간을 조종하는군요.'

『그저 이용당할 뿐이라는 걸 잊지 말게.』

레이아웃에서 사람들이 걸어 나왔다. 하나같이 흉흉한 기색을 드러내는 그들은 손에 무기가 될 물건들을 들고 있었다.

손도끼, 곡괭이, 도살용 망치와 칼, 튼튼해 보이는 톱 등등. 본래 무기로 만들어진 것은 아니지만 사람을 죽이기에 충분한 물건들이었다.

'벨루프라는 녀석의 짓이겠죠?'

『원념체를 다루는 건 그놈뿐이니까.』

'이 정도면 뭔가 감추는 게 있다는 뜻이군요.'

세온은 사람들을 노려봤다. 그들의 등 뒤로 일그러진 그림자의 출렁임이 보였다. 증오와 살의, 원망과 저주의 원념이 정신에 파고들었다.

단순히 이용당할 뿐이지만 개개인의 약점을 파고드는 힘이었다. 아마도 저들은 자신들이 자발적으로 저지르는 일이라 생각할 것이다.

"어리석은 사람들 같으니."

세온의 의지가 정령들에게 전해졌다. 노움이 모래늪을 만들었다.

세온을 해치려던 이들이 모래늪에 빠지며 허우적거렸다. 그 와중에도 세온에게 들고 있던 물건을 던지는 이들이 있었다. 그래봐야 세온에게는 도달하지 않았다.

'시간이나 끌려는 속셈인가?'

수많은 어쌔신과 브레타 부인을 물리친 세온이다. 그저 오기와 근성만 남은 이들이 덤벼 이길 상대가 아니었다. 세온은 원념체에게 의지를 조정당하는 사람들 사이로 당당히 걸어갔다. 한참을 걷다가 무슨 생각이 났는지 빠르게 수인을 맺으며 주문을 외웠다. 이매술이었다.

『갑자기 웬 이매술인가?』

운성이 이해할 수 없다는 듯 의념을 보냈다. 운성의 의문에 세온은 대답하지 않았다. 아니, 대답할 수 없었다. 고도의 정신집중이 따로 마음을 분산하지 못하게 했다.

그런데 뭔가 이상했다. 얼마 전 어쌔신들을 상대하면서도 순식간에 발휘했던 술법을 지금은 매우 어려워하고 있었다.

그 이유를 세온의 내면에 자리잡은 운성은 쉽게 알 수 있었다.

『이미 의지를 가진 원념체를 이매로 만들어 부리려는 생각인가? 무모하네. 이매망량은 의지를 갖지 못한 사념의 집합이야. 스스로의 의지를 가진 원념체는 그렇게 쉽게 다룰 수 없어.』

운성의 만류에도 불구하고 세온은 이매술을 멈추지 않았다. 법력도 극도로 발휘되었다.

삼단전의 기운이 강한 힘을 발휘했다. 주변의 마나가 요동치며 묘한 공명음을 만들었다.

고오오오―

세온의 술법과 원념체의 보이지 않는 싸움이 이어졌다. 이미 영적인 존재로 성장한 원념체가 이매술에 저항했다. 세온은 술법으로 이매를 실체화시키려 했다.

그중에서도 특히 세온을 공격하려던 이들의 의지를 잠식했던 원념체에 집중했다.

세온의 공력이 들끓었다. 원념체가 세온의 의지마저 잠식하려고 달려들었다. 이제는 물러설 수도 없는 싸움이 되었다. 별수 없이 운성도 함께했다.

의지를 굳건히 하고 술법을 통제했다. 통제되지 않는 마나의 폭풍이 세온을 중심으로 휘몰아쳤다. 낮고 가냘프던 공명음이 점점 더해졌다.

쿠오오오—

마나의 폭풍은 한참이나 계속되었다. 마나에 대한 감각이 없는 이들조차 느낄 수 있을 만큼 격렬한 폭풍이었다. 그 강렬함이 가라앉을 즈음 세온의 눈앞에 거인 하나가 모습을 드러냈다.

"성공했군. 역시 내 생각대로야."

세온이 혼잣말을 했다. 거인의 정체는 원념체를 재료 삼은 이매였다.

뜨거운 열에 반쯤 녹아 버린 플리스틱 완구처럼 생겼지만 기본 형태는 거인이었다.

『원념체의 힘을 가진 이매라. 상당히 매력적인 존재지만 어찌할 생각인가?』

운성의 의념이 전해졌다. 세온도 무슨 뜻으로 하는 말인지 알고 있었다.

"이매는 술법이 해제되면 저절로 사라지는 존재죠."

『술법이란 본래 그런 것이지. 이매란 자연스럽지 않은 존재니 사라지는 것이 당연하고.』

"제 생각이 그겁니다. 원념체는 레이아웃을 병들게 할 따름이죠. 그냥 사라지는 게 나아요."

세온은 간단하게 결론을 내렸다. 세온은 힘들게 만들어낸 이매에게 그냥 가만히 자리를 지키고 있게 했다. 시간이 지나 술법이 해제되면 이매는 사라질 것이다.

그러면 최소한 자신을 습격했던 원념체의 존재는 사라지는 셈이다. 세온에겐 그 정도로 족했다.

원념체는 의지와 영성을 지녔지만 형태가 없는 존재다. 그러므로 좋은 기운으로 정화시키는 것도 힘이 든다. 차라리 요괴가 되는 편이 더 낫다.

『자네가 무슨 생각을 하는지 알았네. 그러나 위험했네. 덕분에 원념체를 제거했지만 일부에 불과하네. 고작 팔 하나를 잘라낸 정도에 불과해.』

"팔 하나만 잘라도 힘이 많이 줄었겠죠."

『혹시 원념체를 완전히 몰아낼 생각인가?』

"아니요. 제겐 영감님 같은 사명감은 없어요. 이 세상에 요괴가 들끓든 마물이 판을 치든 관심 없습니다. 다만 제 일을 방해하는 건 막고 싶어요. 벌써 오늘 다친 배우들 때문에 얼마 동안 공연에 지장이 생기게 됐잖아요."

『그럼 그저 화풀이를 할 생각인가?』

운성의 의념에 세온은 피식 웃고 말았다. 어찌 생각하면 화풀이라는 말이 맞는 것도 같았다. 아니 맞는 것 같은 게 아니라 정말 화풀이였다.

물론 그렇다고 세온에게 아무 이유가 없는 건 아니다. 세온도 명분 없이 싸울 만큼 바보는 아니었다.

"저는 노리터의 단장입니다. 노리터의 단원들은 저의 식구들이죠. 충분한 힘이 있는데도 가만히 맞아주는 건 바보짓 아닌가요?"

세온은 당당히 선언하듯 말하며 레이아웃 안으로 걸음을 옮겼다. 운성도 세온의 생각을 알았다는 듯 아무 말도 하지 않았다.

여전히 원념체에게 의지를 잠식당한 이들이 앞을 막았지만 역부족이었다. 노움을 이용해 가슴까지 묻어 버리니 어떻게 하지 못했다. 그들은 무력하게 땅속에 묻힌 상태로 원념체에서 탄생한 이매를 목격해야 했다.

세온도 처음 원념체를 이매로 만드는 것은 어려워했지만, 그것도 자꾸 하니까 늘었다. 할 수 있다는 확신을 가지고 술법을 사용하자 원념체도 더 이상 세온의 상대가 될 수 없었다.

연속 세 번이나 이매술을 사용하자 다시 덤비는 이들이 없었다. 세온도 일부러 덤비지 않는데 굳이 되풀이하여 이매술을 사용하진 않았다.

이매술로 원념체 전부를 어찌한다는 것도 불가능했고, 그럴 생각조차 없으니까.

세온이 날린 부적은 벨루프의 집 앞에서 멈춰 있었다. 세온이 건물의 문을 열자 부적이 먼저 안으로 들어갔다. 허공에 둥실 떠 있는 부적은 사냥개처럼 충실하게 어쌔신의 흔적을 쫓았다.

부적을 뒤쫓는 세온은 건물 전체에서 원념체의 두려움을 느꼈다.

두려움을 가졌다는 것만으로 이미 자의식이 있음을 증명하는 일이었다. 문 안으로 들어섰으나 1층에는 아무도 없었다.

부적은 세온이 따라오는 속도에 맞춰 2층 계단으로 향했다. 부적은 벨루프의 방문 앞에서 스스로 타오르며 재가 되었다.

방 안에 범인이 있다는 증거였다. 망설일 것 없이 문을 열었다.

문이 열리자 세온의 눈에 들어온 것은 한창 행위에 열중하는 벨루프였다. 벨루프는 소파에 앉은 채 키첼과 정사를 벌이던 도중이었다.

갑작스런 세온의 등장에도 두 사람은 전혀 놀라지 않았다. 심지어 벨루프가 누런 이를 드러내며 제안을 할 정도였다.

"죄송하게 됐군요. 보시다시피 지금 좀 바쁜 일이 있어서. 원하시면 구경해도 되고, 같이 하는 것도 괜찮습니다."

"잠시 기다리지."

세온이 문을 닫았다. 문 안에서 벨루프의 웃음소리가 들렸다. 비웃음처럼 느껴졌다. 주변의 원념체마저 진동을 했다. 거산인력의 술법을 고민할 정도로 기분이 나빠졌다.

문 안에서는 기묘한 신음소리가 들려왔다. 거친 호흡과 가구의 삐걱거리는 소리가 고요라는 확성기를 통해 귀를 울렸다. 세온은 한숨부터 내쉬었다.

정사 장면을 봤다고 얼굴 붉힐 정도로 순진한 건 아니다. 그보다 난잡한 장면을 얼마든지 봤는데 새삼스러울 일도 아니었다.

하지만 자신이 왔다는 걸 뻔히 알면서 행위에 열중한다는 것이 기분 나빴다. 목숨을 노리던 어쌔신이 아무 일 없었다는 듯 쾌락에 탐닉하다니……. 이대로라면 다친 동료들만 억울하지 않은가.

끼이익—

잠시 후 붉게 상기된 얼굴을 한 키첼이 메이드복을 입은 채 문을 열어주었다.

방 안은 여전히 후끈거리는 열기가 남아 있어 좀 전까지의 격정을 알려주었다. 방 한쪽에서는 하의만 입은 벨루프가 입에 궐련을 물고 있었다.

"무비 남작님께서 이 시간에 무슨 일로 찾아오셨습니까?"

"이미 알고 있을 텐데. 아니었나?"

"이해하기 어렵군요. 좀 전에 보셨겠지만 저는 좀 바빴습니다."

벨루프는 부싯돌로 궐련에 불을 붙이며 말했다. 세온은 그 얼굴에 주먹을 꽂아주고 싶은 충동을 애써 참았다.

"자꾸 말 돌리지 마. 난 네 능력을 알고 있어."

"놀랍군요. 저도 모르는 능력을 알아주신다니 영광입니다."

벨루프는 여전히 이죽거렸다. 그러나 이어지는 말에 더 이상 웃지 못했다.

"너는 다른 사람의 의지를 마음대로 할 수 있어. 내가 레이아웃에 왔을 때부터 너는 알고 있었을걸? 다른 사람들의 살의와 증오를 움직여서 나를 공격하게 했으니까."

"……!"

벨루프의 얼굴에 당황한 기색이 역력했다. 지금까지 어느 누구도 알지 못했다.

키첼도 자신이 알려주고 나서야 알았을 정도였다. 특히 자신의 능력은 레이아웃에서 전능한 신이 되도록 만들어 주었다. 이곳에서 벌어지는 모든 것을 알 수 있고, 모든 거주자들을 마음대로 조종할 수 있으니까.

벨루프의 능력은 탁월한 것이었다. 심지어 6클래스의 마법사를 간단히 농락할 정도였다. 그러면서도 그녀는 스스로 굴복한 것으로 여기고 있었다. 그런 능력이 통하지 않은 최초의 인물이 바로 세온이었다.

"나는 이곳 뮤우 대륙의 사람이 아니야. 마법을 알지만 이곳과는 조금 다른 체계를 가지고 있지. 내가 사용하는 마법은 주로 너 같은 놈에게 특화된 거야."

"크크큭! 놀랍군요. 맞습니다. 제게는 그런 능력이 있죠. 그렇다고 지금 무비 남작님께 심문을 받을 이유는 없다고 보는데요?"

"우습군. 수많은 어쌔신을 동원해 내 식구들을 습격하고 브레타 부인까지 조종하지 않았나? 그걸 지켜보던 어쌔신은 이곳으로 도주했다. 그 흔적은 바로 네 방문 앞에서 끝나더군."

"어떤 흔적을 말씀하시는지 모르겠습니다만."

"네가 이해할 필요 없어. 마법을 이용한 거니까. 내 마법에 의하면 나를 지켜보던 어쌔신은 이 방에 있던 사람 중 하나다. 마침 이 방에 있던 두 사람은 상하관계가 확실해 보이더군. 남자가 몸을 요구해도 당연히 바칠 정도로."

세온이 설명을 하며 손바닥에 광염탄을 만들었다. 귀선문의 술법은 기본적으로 항마척사의 기운을 가졌다. 사악한 요괴나 마물을 상대하기 위한 것이니 당연했다.

"그동안 너는 많은 잘못을 저질렀어. 그러나 증거가 없었지."

"지금이라도 다를 바 없지 않나요? 제가 잘못했다는 증거는 어디에도 없습니다."

벨루프는 두려운 기색을 보이면서도 할 말은 다 했다. 세온이 그런 벨루프를 노려봤다.

"증거가 없다고? 그래, 맞아. 네 말대로 증거 따위는 없어. 그러나……."

세온이 잠시 말끝을 흐렸다. 벨루프가 침을 삼켰다. 잠시의 정적이 천 년의 시간처럼 길게 느껴졌다. 마침내 세온의 입이 열렸다.

"넌 현행범이야. 그것도 정령사이자 마법사이며 이 나라의 귀족이기까지 한 내게 걸린 거지. 현행범에게 증거가 필요 없다는 정도는 알고 있잖나?"

"그런 말도 안 되는······!"

"왜 말이 안 되지? 내가 마법을 이용해서 어쌔신의 흔적을 쫓았다는 걸 증명해 줄 사람은 수백 명이 넘어. 그 다음 지목하는 범인은 바로 네가 될 거야. 널 처단하는 것도 직접 할 생각이야. 다른 사람에겐 네 능력이 통할지 몰라도 내겐 어림없는 일이거든."

세온의 말이 끝나기가 무섭게 벨루프의 눈빛이 변했다. 눈동자에 흰자위가 사라지고 온통 검붉은 색으로 물들었다. 그와 동시에 등 뒤에서 은밀한 기운이 몰려왔다.

벨루프의 의지가 키첼에게 닿았다. 키첼은 언제 준비한 건지 두 자루의 시미터를 꺼냈다.

시미터는 숙달된 자가 다루면 오러를 쓰지 않고도 사람을 참수할 정도로 예리하다. 그런 시미터를 들고 고양이처럼 조용히 다가와 휘둘렀다. 대륙 최고의 어쌔신이 은밀한 기습을 한 것이다.

두 자루의 시미터가 교차하며 세온의 뒷덜미를 노렸다. 단숨에 척추를 끊고 머리와 몸통을 분리할 기세로 날아들었다.

뼈와 뼈 사이를 향해 날아가는 시미터를 보며 키첼은 성공을 확신했다. 이대로 비명조차 지르지 못하고 머리가 날아가리라고 생각을 했다. 그러나······.

카캉!

콰콰쾅!

세온의 목에서 금속음이 일어났다. 그와 함께 광염탄이 날아갔다.

키첼은 뒤로 재주를 넘으며 광염탄을 피했다. 신음소리 하나 내지 않았지만 잔뜩 찡그려진 얼굴에선 고통이 느껴졌다.

"내가 아무 준비도 없이 왔을 거라고 생각했나?"

세온이 몸을 회전했다.

"어, 어떻게……."

"내가 유난히 기감이 발달했거든."

세온이 대답해 주었다. 작고 미약한 요괴의 존재도 눈치챌 정도의 기감이었다.

하물며 덩치 큰 사람은 세온의 감각을 피할 수 없다. 그뿐인가? 만물의 본질을 꿰뚫어 보는 신목안도 있었다. 더하여 어느 정도 벨루프를 경계하고 있기도 했다.

세온의 의지는 언제든 금위신갑을 펼칠 수 있도록 준비하고 있었다. 금위신갑의 방어력은 마스터의 오러 블레이드조차 견딜 정도다. 그러니 아무리 날카롭다 하더라도 오러조차 담기지 않은 시미터 정도는 간단히 튕겨낼 수 있었다.

"주, 죽어!"

사정을 모르는 키첼이 시미터를 휘둘렀다. 마나를 다룰 줄 아는 모양인지 시미터에서는 오러가 뿜어지며 세온을 공격했다. 세온도 순순히 당하지 않았다.

어쩌다 배우게 됐지만 귀선문의 무공을 익힌 세온이었다. 도주와 회피에 관한한 천하 일절이었다.

키첼의 공격이 계속되자 벨루프가 슬쩍 거리를 벌리더니 책장에서 뭔가를 꺼내들었다. 보우건이었다.

아직 장전되지 않은 모양인지 입에 쿼럴 하나를 물고 보우건의 조임쇠를 돌렸다. 그 소리가 세온의 귀에 유독 크게 울렸다.

끼리릭 끼릭.

"쳇, 여유 부릴 때가 아니군."

세온은 키첼의 공격에서 거리를 벌리며 부적을 꺼냈다. 세온의 부적을 본 키첼이 눈을 빛냈다.

어쌔신들을 동원했을 때 부적이 보여 주던 조화를 봤기 때문이다. 사용 방식은 모르지만 뭔가 심상치 않은 일을 벌일 것 같았다.

키첼이 심호흡을 하며 땅을 굴렀다. 얼핏 진각을 밟는 것과 비슷한데 소리는 들리지 않았다.

어쌔신으로서의 은밀함 때문인지 기합소리도 없었다. 그저 몸에서 일어나는 기세가 좀 더 격렬하게 변했을 따름이었다.

변화는 기세만이 아니었다. 두 개의 시미터에서 뿜어지던 오러가 1.5m 가량 늘어나더니 뚜렷한 검의 형상을 만들었다. 마스터의 상징이라는 오러 블레이드였다.

"뭐, 뭐야!"

세온이 당황하며 부적을 날렸다. 빠르게 날아간 부적은 오러 블레이드에 헛되이 잘리고 말았다. 그와 거의 동시에 시미터가 X자 모양으로 교차하며 오러 블레이드를 날렸다.

세상에 자르지 못하는 것이 없다는 오러 블레이드가 거칠게 밀려들어왔다.

다행히 왕궁에서의 경험이 세온을 침착하게 만들었다. 왕국 제일, 아니, 어쩌면 대륙 최강의 창수일지 모르는 뮤렐 자작 역시 마스터였다. 그것도 정령을 다룰 줄 아는 마스터였다.

세온의 두 다리가 일정한 순서를 밟았다. 우보법이었다. 아무리 마스터라도 억지로 다리를 붙잡는 술법에는 속수무책이었다. 키첼은 자신의 두 발이 바닥에 달라붙어 움직이지 않자 당황하는 듯했다.

"됐다."

세온이 승리를 확신하며 술법을 사용하려 했다. 바로 그때, 옆에서 강한 살기가 증폭되었다. 세온은 생각할 겨를도 없이 금위신갑의 술법을 펼치며 몸을 날렸다.

슈웅!

세온이 피한 자리엔 퀘럴이 들어박혔다. 어느새 벨루프가 보우건에 퀘럴을 장착했던 것이다. 근거리에서 발사되는 퀘럴의 위력은 철갑도 관통할 수 있다. 아무리 술법이라도 완전히 막을 수 있다고 자신할 수 없었다.

쿼럴을 피하느라 우보법이 깨지고 말았다. 일시적으로 자유를 잃었던 키첼이 다시 몸을 날렸다. 세온은 급히 몸을 피했고 벨루프는 새로운 쿼럴을 찾았다.

아니 이번엔 뭔가 좀 달랐다. 약간 다른 형태의 보우건에 둥근 원통을 부착하고 있었다. 개틀링보우건이었다.

'그렇군. 어쌔신들도 가지고 있었는데, 저 인간에게 없다면 말이 안 되지.'

세온이 얼른 벨루프를 저지하려 했다. 그러나 키첼의 공격이 워낙 빨랐다.

쿠콰쾅 콰콰쾅─!

시미터를 휘둘러 나는 소리라고는 믿을 수 없는 폭음이 일어났다. 소파가 터졌다. 주석으로 만든 반신상이 양단되었다.

벨루프의 방에 있는 물건들이 하나둘 망가졌다. 잘리고 부서지고 으깨졌다. 빠르게 휘둘러지는 오러 블레이드가 주변의 모든 것을 박살냈다.

『벨루프라는 자에게 가까이 가게.』

'그 방법이 있었군요.'

운성이 의념으로 조언을 해 주었다. 세온도 무슨 뜻인지 깨닫고 벨루프에게 접근했다.

갑작스런 접근에 놀란 벨루프가 미처 원통을 제대로 부착하기도 전에 방아쇠를 당겼다. 그러나 제대로 부착하지도 않은 쿼럴이 발사될 리가 없었다.

발사가 되려던 퀘럴은 중간에 걸려 버렸다. 작동되지 않는 무기를 겁낼 필요는 없었다. 벨루프에게 달려드는 속도에 무게를 실어 안면에 주먹을 꽂아 주었다.

퍼억!

벨루프가 급히 몸을 피하려 했지만 달려오는 속도가 워낙 빨랐다. 세온의 주먹이 광대뼈를 후려갈겼다. 후려치는 강도가 얼마나 강했던지 벨루프가 바닥에 나동그라졌다.

'제, 젠장!'

세온이 인상을 쓰며 아랫입술을 깨물었다. 얼굴이 비었다고 무작정 주먹을 휘둘렀지만 잘못 때린 모양이었다.

맞은 사람도 아프겠지만 때린 세온에게도 상당한 통증이 느껴졌다. 그렇다고 약한 모습을 보일 수 없었다.

"그만!"

세온이 어느새 부적 하나를 또 꺼내들었다. 부적 끝머리엔 불이 붙어 있었다. 아니 그저 불이 붙었다고만 표현할 수 없었다.

화염의 크기가 거의 한 사람의 덩치에 버금갈 정도였다. 그 무지막지한 화염이 벨루프를 향하고 있었다.

세온의 협박에 키첼은 감히 어쩌지 못하고 시미터를 들고 서 있었다. 두 개의 시미터에서는 여전히 흉흉한 오러 블레이드가 뿜어지고 있었다. 그 광경을 보며 세온은 정령들에게 의념을 보냈다.

세온의 의지를 따라 살라만다가 벨루프를 향해 화염을 뿜어내고 운디네가 도망가지 못하도록 다리를 얼려 버렸다. 언제라도 벨루프를 죽일 수 있다는 의사표현이었다.

"포, 포기해! 날 죽일 셈이냐?"

벨루프가 키첼에게 호통을 쳤다. 키첼은 어쩔 수 없다는 듯 시미터를 거뒀다. 그 틈에 세온의 부적 한 장이 키첼에게 날아갔다. 부적은 순식간에 담요만큼 커지더니 키첼을 덮었다.

부적은 붉은 빛을 뿜어내더니 곧 투명하게 변하며 사라졌다.

"휴우, 힘들군."

세온이 식은땀을 흘리며 중얼거렸다. 키첼이 당황하며 몸을 움직이려 했지만 소용없었다. 승리감에 도취된 세온이 말했다.

"미안하지만 오늘 하루 정도는 움직일 수 없을 거야."

세온이 사용한 것은 정지술이었다. 정지술은 상대를 멈추는 술법이다.

홀드 마법이나 점혈법도 상대를 멈추게 할 수 있지만, 정지술은 조금 달랐다. 날아가는 새에게 사용하면 차이점이 보다 극명하게 드러난다.

공중에 떠 있던 상대에게 홀드 마법이나 점혈법을 사용하면 땅에 떨어진다.

정지술은 상대가 공중에 뜬 상태 그대로 멈추게 만든다. 그러니 키첼이 아무리 마스터의 경지에 이르렀어도 세온을 어찌할 수 없는 것이다.

"이제 넌 끝장이야. 감히 내 연극을 망치려고 해?"

세온이 비웃는 얼굴로 벨루프를 쳐다봤다. 귀족에 대한 살인 미수는 극형에 처해진다. 더구나 죽이려는 이들의 이름값이 만만치 않다면 가중처벌이 뻔했다.

작가로서 체린의 가치는 백만의 군대보다 귀하다. 그의 책은 대륙에서 글을 배웠다 싶은 이들치고 한 권이라도 소장하지 않은 이가 없을 정도다.

정령사로서 에그리앙의 이름도 결코 낮지 않았다. 정령술만으로 따지자면 4대 정령 모두를 다루는 세온도 승부를 장담하기 힘들다.

"내가 폴카스 왕국에서 차지하는 위치가 어떤지 알아? 대외적으로 나는 마법사이자 정령사야. 전략적인 가치가 만만치 않지. 그런 사람을 죽이려 했으니 어떤 처벌을 받을까? 궁금하지 않아? 다른 꼼수 쓸 생각은 아예 포기하는 게 좋아. 나는 다른 사람처럼 의지를 잠식당하거나 할 일이 없을 테니까."

벨루프가 원념체를 움직여 세온의 의지를 움직이려 해 봤다. 원념체의 움직임에 세온이 비웃으며 이죽거렸다.

벨루프의 머릿속에서는 온갖 생각이 스치고 지나갔다. 그러나 당장 무력으로 세온을 어떻게 할 수 없었다.

벨루프로서는 한 번도 겪어보지 못한 굴욕이었다. 대륙 최강의 어쌔신이라는 키첼도 제압했고 브레타 부인도 농락했다.

　돈이 필요하면 빼앗으면 되고 여자가 필요하면 의지를 흔들어도 충분했다. 적어도 레이아웃 안에서는 가능한 일이었다. 이곳에서라면 신으로 군림할 수 있었다. 세온이 나타나기 전까지는 분명 그러했다.

　지금까지 누려왔던 모든 것이 세온 때문에 무너진다는 생각이 들었다. 앞으로의 희망도 없었다. 그 때문일까?

　벨루프의 의지가 무너졌다. 굳건한 의지에 빈틈이 생겼다. 그 틈을 레이아웃에 널리 퍼진 원념체들이 놓칠 리 없었.

　두두 두두두둥!

　미세한 진동이 일어나며 바닥에 흩어진 잡동사니들이 움직였다. 육안으로도 확인되는 검은 기류가 벨루프의 전신을 감쌌다.

　그 광경에 세온이 그만 뒤로 물러섰다. 반항을 하려던 키첼도 움직임을 멈췄다.

　"젠장, 가만히 둘 수가 없잖아."

　세온은 얼른 부적을 꺼내 키첼의 몸에 붙여주었다. 레이아웃을 찾던 당시 에그리앙에게 줬던 것과 같은 부적이었다. 벨루프의 방이 검은 안개로 가득 찼다.

　세온의 신목안이 떠지며 원념체를 꿰뚫어 봤다. 어둠 저편에서 벨루프의 몸이 검게 물들어갔다.

　'젠장, 요괴로 변하고 있잖아.'

『이대로 둘 수 없네. 기회를 놓치면 또 다른 헌원이 나타날 게 야.』

'할 수 없군요.'

세온이 뒤로 물러섰다. 그러는 사이에 벨루프의 전신에서 강대한 요기가 폭발하듯 터져 나왔다.

『이미 영혼과 원념체가 합일된 것 같네. 아직 완전히 요괴가 되지 않은 것이 신기할 지경이야.』

'그렇군요. 역시 귀천을 시킬 수밖에 없겠죠?'

『그렇지. 이곳에도 저승은 있겠지. 먼저 영혼을 속박하는 게 순서네.』

운성의 조언에 세온은 품에서 부적을 꺼내 날리며 수인을 맺었다. 벨루프의 몸에서도 좀 더 강한 요력이 터져 나왔다.

세온의 법력과 벨루프의 요기가 충돌하며 소용돌이를 일으켰다. 육안으로도 보이는 와선형의 회오리가 방 안의 집기들을 날렸다.

"원영출사(原靈出使)!"

세온의 입에서도 술법이 터져 나왔다. 원영출사는 자신이나 혹은 상대의 몸에서 강제로 영혼이 빠져 나오도록 하는 술법이다.

세온의 눈이 육체를 벗어난 벨루프의 영혼을 살펴봤다. 혹시나 원념체와 분리할 방법이 있지 않을까 생각했기 때문이다. 아쉽게도 벨루프와 원념체를 분리할 방법은 찾기 힘들어

보였다.

"탈혼포획(脫魂捕獲)!"

세온이 한숨을 내쉬며 또 다른 술법을 발휘했다. 모든 영혼은 본래의 육체로 돌아가려는 속성을 지녔다. 그러니 강제로 벨루프의 영혼을 구속할 필요성이 있었다. 세온의 손이 벨루프의 영혼을 붙잡았다.

그냥 눈으로 보기엔 세온이 허공을 잡은 듯 보였다. 영안을 뜨지 않는 한 세온의 손에 잡힌 벨루프의 영혼을 볼 수 없을 것이었다.

『그나마 다행이군. 원념체와 합일된 덕분에 이곳의 주민들이 구하러 오지 못하는 모양일세.』

운성의 생각대로였다. 하필 세온이 왔을 때 영혼과 원념체는 합일되는 중이었던 것이다. 레이아웃에 넓게 퍼진 원념체는 이미 벨루프의 영혼과 합일된 상태였다.

그 때문에 레이아웃 전역에 걸쳐 사람들의 의지를 잠식할 수 없었다. 그것은 세온에게도 다행스러운 일이었다. 아무 방해 없이 벨루프에게 귀천의식을 행할 수 있기 때문이다.

세온의 입에서 쉴 새 없이 주문이 흘러나왔다. 법력이 발휘되며 주변이 고요하게 가라앉았다.

품안에 있던 부적 8장이 저절로 빠져 나왔다. 품에서 빠져 나온 부적들은 새처럼 허공에 둥실 떠 있었다. 그중 하나가 벨루프의 영혼과 접촉했다.

푸쉬쉬—

부적과 벨루프의 영혼이 닿자 바람 새는 소리가 들렸다. 벨루프의 영혼이 고함을 지르며 반항을 했다. 당연한 노릇이었다. 영혼이 부적에 빨려 들고 있었던 것이다.

벨루프의 영혼과 원념체가 공포와 증오의 염을 보냈다. 세온을 향한 원망과 증오가 원념체에게 힘을 더해 줬다. 그러나 이미 제압된 영혼이 힘을 얻어봐야 아무 소용이 없었다. 그저 부적에 흡수되는 속도가 조금 늦춰졌을 따름이다.

마침내 원념체와 합일된 벨루프의 영혼이 부적에 완전히 흡수되었다.

그러자 세온의 주변을 맴돌던 다른 부적들이 벨루프의 혼이 담긴 부적과 뭉쳐졌다. 세온이 곧 식지를 물어 피를 냈다.

"영사필법 귀천(歸天)!"

그와 함께 부적에 불이 붙으며 하늘로 치솟았다. 건물 천장이 가로막고 있었지만 세온의 부적을 막지 못했다. 아니 막을 수 없었다. 부적은 환상처럼 천장을 통과하며 하늘 끝까지 날아갔다.

"휴우, 해결했군. 이로써 대요괴의 탄생을 막은 셈인가?"

세온이 안도의 숨을 몰아쉬었다. 그런데 또 다른 문제가 생겼다. 본의 아니게 벨루프를 죽게 만든 것이다.

❖    ❖    ❖

벨루프는 죽었다.

육체에 혼이 빠져 나간 상태가 뭐냐고 묻는다면 죽었다는 대답 말고는 달리 할 말이 없다. 혼이 빠져 나간 몸이지만 백(魄)이 남아 있었다.

백이 곧 육체는 아니지만 육체를 움직이는 영적인 에너지이다. 사람이 만물의 영장으로 존재하기 위해서는 영과 혼과 백이 한데 모여 있어야 한다. 영혼백은 하나이되 서로 다른 것이다.

"이거 곤란하게 됐는걸."

세온이 머리를 긁적이며 중얼거렸다. 백만 남은 육체는 껍데기에 불과했다.

의학적으로는 혼수상태 혹은 기절한 상태지만 술법사의 관점에서는 죽은 것이다. 몸은 살았지만 영혼이 없기 때문이다.

문제는 그 안에 다른 영혼이 들어가면 새로운 주인이 될 수도 있다는 것이었다. 대체로 그런 몸이 생기는 일은 그리 흔하지 않다. 그러나 막상 그런 몸이 생기면 수많은 원혼들이 노리는 대상이 된다.

생전의 한을 풀지 못한 원혼은 주인이 있어도 몰아내고 몸을 차지하려 한다. 하물며 주인을 잃은 몸이라면 두말할 필요도 없다. 먼저 차지하면 임자다.

아무 땅이나 먼저 말뚝 박으면 내 땅이 되는 셈이다. 그런 기회는 놓치는 것이 바보다.

더하여 레이아웃은 원혼이 많은 곳이다. 세상에 대한 원망과 증오를 품고 죽은 뒤 떠도는 원혼들이다. 원혼이 벨루프의 몸을 차지한다면 어떤 일이 벌어질지 뻔하다.

세온이 길게 한숨을 내쉬며 운성에게 의념을 보냈다.

'영감님 혹시 입주권 필요 없으세요?'

『새 집?』

'벨루프의 몸은 아직 멀쩡하잖아요. 그렇다고 원혼이 두려워서 제 손으로 명줄을 마저 끊어주는 것도 좀 그렇고요. 차라리 영감님이 차지하는 게 여러 가지로 좋지 않겠어요?'

세온의 제안을 운성은 길게 생각할 이유가 없었다. 정수리를 통해 원념체를 받아들이는 것은 상단전을 열기 쉬운 체질이란 뜻이다.

그러니 운성이 새로운 육체에 들어가 처음부터 술법을 익히는 데 무리가 없다는 얘기도 된다.

'어느 곳이든 어둠의 세력은 있기 마련이잖아요. 사람 사는 세상이 원리 원칙대로 돌아가면 좋겠지만, 반드시 그런 건 아니라고요. 그 중에도 연예계는 특성상 그런 어두운 세력과 연관될 가능성이 커요. 지금은 제가 어떻게 막고 있지만 언제까지 그럴 수는 없어요. 그러니까 차라리 영감님이 맡아주세요.'

『술법사인 나에게 뒷골목 깡패 두목이나 하라는 건가?』

'그렇다고 앞으로 계속해서 제 몸에 계실 순 없잖아요. 저도 나름대로 사생활이라는 게 있다고요.'

『그래, 알았네. 자네 말대로 하지. 잠시 자네의 법력을 빌려도 괜찮겠지?』

'원영출사를 사용할 생각이군요. 그럼 그렇게 하세요.'

세온이 인심 쓴다는 생각으로 몸의 통제권까지 운성에게 넘겼다. 일시적이지만 운성이 육체의 통제권을 받았다.

그러나 통제권은 얼마 되지 않아 세온에게 돌아왔다. 원영출사의 술법을 스스로에게 걸자 운성의 영혼이 빠져 나왔던 것이다. 세온의 몸에서 운성의 영혼이 빠져 나오니 몸의 본래 주인이 통제권을 갖는 건 당연한 이치였다.

세온의 몸에서 벗어난 운성의 영혼은 순식간에 벨루프의 몸으로 스며들었다.

운성이 벨루프의 몸에 들어간 뒤부터 세온이 할 일은 없었다. 주변에 다른 원혼들은 세온이 신목안으로 둘러보는 것만으로도 접근하지 못했다.

벨루프의 몸이 들썩거렸다. 낯선 영혼을 받아들이기 때문이었다.

원념체에게 서서히 잠식되어가던 육체라 그런지 낯선 영혼에 대한 저항력이 약했다. 운성은 순식간에 벨루프의 기억과 지식을 얻을 수 있었다.

그 광경을 세온은 조용히 지켜보다가 뒤로 물러섰다. 운성이 새로운 몸을 얻은 것은 축하할 일이지만 대신 벨루프라는 이름으로 살아야 한다.

'앞으로는 내 생각을 읽거나 마음을 진정시켜 주지 못하겠군. 이제 이 세상에 나와 같은 힘을 가진 사람이 나타나게 된 건가? 아니 어쩌면 나보다 더 강할지도.'

세온은 운성이 가진 힘을 생각해 보았다. 세온의 술법은 모두 운성에게 배운 것이다. 그뿐 아니다. 세온이 에그리앙의 정령에게 정령술을 배울 때 운성도 함께했다.

또 정령을 이용한 이매술을 만들 때도 내면에 함께했다. 그 모든 과정을 알고 있는 운성이 새로운 힘을 포기할 리 없었다.

'앞으로 나와 영감님의 사는 세상이 달라지게 되려나? 아니, 영감님이라면 뭔가 다른 길을 찾아내겠지. 설마 여기서도 술법사로서 요괴사냥이나 하러 다니지는 않겠지. 앞으로는 여기서 편안한 삶을 살아도 나쁘지 않잖아.'

세온은 간헐적으로 들썩이는 벨루프를 보며 뒤로 물러섰다.

"오늘은 경고만 하고 가겠다. 다음에 이런 일이 또 생긴다면 그때는 결코 가만두지 않겠다. 잊지 마라. 나는 정령사이자 마법사의 힘을 가지고 있다는 것을."

세온은 키첼이 들으라는 듯 협박을 했다.

자신의 생각에도 뭔가 억지스럽긴 했다. 이 상황에서 가장 자연스러운 것은 벨루프와 키첼을 구속하여 끌고 가는 것이다. 그러나 이후 내려질 처벌을 생각하면 곤란했다.

 평민이 귀족을 살해하려 했는데 관대한 처벌이 내려질 리 없었다. 특히나 건드리려 한 귀족 모두가 폴카스 왕국에서 비중 있는 위치에 있으니 더욱 그러했다.

 세온의 생각엔 내키지 않더라도 자기 자신을 과신하는 자만심 왕자 역이 최고였다.

 '그래도 역시 뭔가 어설퍼.'

 대뜸 힘을 과신하는 자만심 왕자 노릇을 하면서도 어색하기 짝이 없었다.

 아무리 뛰어난 연기력이라도 상황이 어색하면 어쩔 수 없었다. 그저 신속하게 자리를 벗어나는 것이 세온이 할 수 있는 최선의 선택이었다.

 '영감님, 이곳에는 나라를 해치는 요괴 따위는 없습니다. 그러니 새로 얻은 삶, 잘 사세요.'

 세온은 마음속으로 기원을 하며 방을 벗어났다. 어느새 벨루프는 눈을 뜨며 몸을 일으키고 있었다.

제5화
타협과 진행

 레이아웃에서 나온 세온은 부상당한 단원들과 체린이 옮겨진 치료소로 향했다.
 부상자의 수가 꽤 되었지만 세온이 도착했을 때는 대략 응급처치가 끝난 뒤였다.
 세온은 단원들과 체린이 무사히 회복할 수 있을지 물었다.
 "출혈이 많은 편이었지만 걱정할 정도는 아닙니다. 좋은 음식 먹으면서 푹 쉬면 며칠 지나지 않아 일상생활을 하는데 지장이 없을겁니다. 완전히 회복되려면 좀 더 시간이 필요하겠지만요."
 "다행이군."

세온은 안도의 숨을 몰아쉬었다. 언제 온 것인지 치료소에는 류텐과 남작도 함께 있었다.

치료사의 말을 듣고 안도하는 세온에게 남작이 말을 걸었다.

"이번 일은 상당히 복잡할 것 같네. 브레타 부인의 인맥은 상당하거든."

"그렇다고 해서 체린의 이름값을 넘을 정도는 아니겠죠."

"그야 그렇지만……."

남작이 곤혹스러운 표정으로 대략적인 설명을 해 주었다.

"그녀는 자네가 생각하는 것보다 많은 힘을 가진 여자라네. 마법사로서는 아르탄 님의 제자이며 사교계에 인맥도 넓은 편이네. 개인적인 실력도 무시할 수 없네. 6클래스의 마법사는 어지간한 나라라면 궁정마법사가 되기에 부족하지 않거든. 재력도 상당하지. 그녀는 브레타 상단의 주인이기도 하네. 그녀의 상단 역시 대륙 100대 상단의 하나에 속하네."

"그럼 남작님보다 돈이 많습니까?"

"그렇지는 않네. 같은 100대 상단이라도 어느 정도 차이가 나기 마련이니까. 더구나 나는 이곳 하루스의 시장이 아닌가? 대륙의 물류량 중 40%가 통과하는 곳이지. 그 때문에 대륙 10대 상단에서도 나를 무시하지 못하는 걸세."

"우와, 대단하시네요."

세온의 감탄에 남작은 잠시나마 웃음을 보여 주었다.

"우리 왕국은 제법 힘은 있지만 그렇다고 압도적인 힘을 가진 건 아니네. 오래전 데우스 왕국이 침략한 것도 만만하니까 그런 거지."

"국제관계라는 게 그렇게 간단한 건가요? 어떤 명분이나 이유가 있을 거라고 생각했었는데."

"호오, 다른 대륙에서 왔다면서 데우스 왕국의 침략을 아는 모양이군."

"전에 에즈몽 백작님께 들었거든요."

"아참, 그렇지. 자네와 에즈몽 백작님은 서로 친분이 있으니 당시의 무용담을 들었겠군."

"아하하, 뭐 그렇죠."

세온이 웃으며 대답했다. 에즈몽 백작에게 전쟁 때 벌어진 일을 들은 건 사실이다. 안타깝게도 무용담보다는 백작 개인의 비극이었지만.

남작의 말에 의하면 당시 에즈몽 백작은 전쟁영웅이었다고 한다. 뛰어난 검술과 전략, 전술에 해박하던 백작은 모든 기사들이 존경하는 인물이었다.

데우스 왕국의 침략은 여러 가지로 폴카스 왕국이 불리한 전쟁이었다. 그런 전세를 뒤집은 존재가 바로 에즈몽 백작이었던 것이다.

남작이 말을 이었다.

"자네 말대로 전쟁이 아무 이유와 명분 없이 벌어질 순 없지. 이유와 명분이 붙고 온갖 이야기들이 더해지는 게 당연해. 그러나 그 모든 것은 결국 구실에 불과하네. 아무리 좋은 말을 갖다 붙여도 이익을 얻으려고 싸움을 거는 거지.

생각해 보게. 어떤 육식동물이 자신이 다칠 걸 알면서 오우거나 트롤 같은 몬스터에게 덤비겠나? 쉽게 사냥할 수 있는 토끼나 사슴을 잡아도 배불리기엔 충분하네. 전쟁도 똑같아. 남의 고기를 뜯어먹으려고 사냥하기 쉬운 동물을 공격하는 거지."

남작의 말은 세온에게 묘한 설득력을 가졌다.

"그런데요?"

"잠시 이야기가 엉뚱하게 흘러갔군. 폴카스 왕국의 무력은 객관적으로 볼 때 그리 강하다고 할 수 없네. 뛰어난 기사와 인재들이 많지만 대륙 전체를 어찌할 정도는 아니지. 그럴 수밖에 없지. 일단 인구수에서 밀리니까."

남작의 말에 세온이 조용히 귀를 기울였다.

군사력을 결정짓는 중요한 요소 중 하나가 바로 인구다. 상식적으로 생각해도 그렇다. 병사 10만보다 병사 100만이 더 강하지 않겠는가? 그러니 가장 효과적인 전술이 인해전술이라는 말도 나오는 것이다.

"그럼에도 불구하고 다른 나라에서 우리 폴카스 왕국을 건드리지 못하는 이유가 뭔지 아나?"

"글쎄요? 잘 모르겠는데요?"

"그건 돈 때문이네."

"……?"

"전에도 말했다시피 우리 하루스는 대륙 전체 물동량의 40%를 감당하고 있네. 이 말을 거꾸로 생각하면 하루스에서 대륙 경제의 40%를 감당한다는 의미가 되지. 그런 형편이니 만일 우리 폴카스 왕국에 함부로 전쟁을 걸게 되면 어떤 일이 벌어지겠나?"

남작의 질문에 세온의 머릿속에 이런저런 시뮬레이션이 그려졌다. 따로 경제 이론을 공부한 적은 없지만 상식 수준의 지식은 가지고 있었다. 물류의 흐름은 곧 돈의 흐름이다.

"하루스가 흔들린다면 대륙 경제 전체가 흔들린다는 소리네요."

"자네 말대로야. 뮤우 대륙의 많은 이들이 알게 모르게 우리 하루스의 경제 구조에 묶여 있네. 만일 다른 나라에서 폴카스 왕국을 침범한다면 우리는 하루스를 봉쇄하게 될 거야. 물론 얼마 지나지 않아 다른 방법을 찾겠지. 그러나 그 전까지는 대륙 전체에 경제공황이 일어날 걸세. 각 나라마다 실업자가 늘어나고 귀족들의 경제사정이 곤란하게 되겠지. 엄청난 이들이 먹고살 수 없는 지경이 될 게야. 이것이 바로 우리 왕국이 가진 또 다른 힘이네."

"대단하네요."

남작의 설명을 듣던 세온이 침을 삼키며 고개를 끄덕였다.

남작의 말대로라면 폴카스 왕국의 힘은 생각했던 이상이 아닌가. 마음만 먹는다면 대륙의 경제를 암중 조정하는 게 가능한 수준이다.

"그렇다고 해서 무력이 중요하지 않은 건 아닐세. 국민들의 고통 따위 신경 쓰지 않는 나라들은 얼마든지 있으니까. 우리가 아무리 하루스를 통해 대륙의 경제를 움직일 수 있더라도 무력은 필요하네."

"그런 말씀을 저에게 해도 별 도움이 되지 않을 텐데요."

"아니, 도움이 되지. 자네에게 이미 말했던 것처럼 우리 왕국은 인구가 적어. 어떤 수단을 쓰더라도 동원할 수 있는 병사의 숫자에서 밀리는 건 어쩔 도리가 없지. 다행히 우리에겐 그 문제를 해결할 수단이 있네. 그게 뭔지 혹시 알겠나?"

"글쎄요?"

남작이 선언하듯 말했다.

"마법이네."

"마법은 다른 나라들도 사용할 수 있잖아요."

"물론 그렇지. 하지만 수준이 다르네. 자네도 알다시피 천년 전 폴카스 왕국에는 대륙을 구한 대영웅이 있었네. 인류 역사상 최초이자 마지막으로 9클래스를 마스터한 대마법사 룬드그란이지. 그렇게 대단한 마법사가 태어난 나라인데 마법은 또 얼마나 발전했겠나?"

남작의 말에 세온은 이어질 말을 짐작해 봤다.

마법은 군사력의 부족을 어느 정도 덮을 수 있다. 브레타 부인은 6클래스의 마법사다. 어지간한 나라에서는 궁정마법사를 하기에 부족하지 않을 실력이다.

"귀족들이 세온 군에게 신경 쓰는 이유는 마법사이면서 정령사이기 때문이네. 자네가 만드는 영화도 상당한 가치가 있지만 전략적 가치도 무시할 수 없지."

"브레타 부인도 마찬가지겠네요."

세온은 그녀가 보여 준 마법을 떠올렸다.

"맞는 말이네. 국가 전략의 관점에서 브레타 부인의 가치는 대단하네. 그렇기 때문에 쉽게 처벌을 할 수도 없네. 아마도 이 일은 수도에서도 상당한 논의가 이뤄지게 될 게야."

"마법사라는 게 그렇게 중요하다는 건 알겠는데 조금 이해되지 않는 부분이 있어요."

"그게 뭔가?"

"이전에 데우스 왕국은 뭘 믿고 쳐들어 온 건가요? 마법사나 경제적인 여파 때문에 쉽게 건드릴 수 없다면서요."

"그때는 나름대로 사정이 있었네. 왕국의 마법사들이 쉽게 움직일 수 없었거든."

"제가 알면 안 되는 일인가요?"

"특별히 비밀이랄 것도 없는 일이지. 드래곤 때문이었네."

"드래곤이요?"

"그래. 직접 가보진 않았지만 루스칸에 드래곤이 나타났었다고 하더군."

 남작의 말에 세온은 저도 모르게 마른침을 삼켰다.

 유랑극단 시절에 읽었던 책에 의하면 드래곤은 탐욕스럽고 파괴적인 존재다. 살아 숨쉬는 것 자체가 대재앙이나 마찬가지인 생명체.

 "수도에서 난리가 났겠네요."

 "난리가 났지. 그 때문에 루스칸에서는 마탑에 소속된 마법사들이 한꺼번에 몰려들었네. 심지어 다른 나라의 마법사들마저 신분을 속이고 숨어 들어올 정도였네."

 남작의 말을 듣던 세온은 뭔가 이상하다는 생각이 들었다.

 '드래곤이 나타나면 도망가거나 싸울 준비를 해야 맞는 거 아닌가?'

 의문은 곧 질문으로 이어졌다.

 "왕국의 마법사들이 모이는 건 그렇다 치고 다른 나라의 마법사들은 왜 오는 건데요? 드래곤이 나타나면 위험하잖아요."

 "그야 화가 난 드래곤은 위험하지."

 "……."

 "이번에 나타난 드래곤은 왕국에 황금을 요구했네."

 "원래 드래곤은 욕심이 많은 존재라고 들었어요."

 "그렇지. 그래도 이번에 나타난 드래곤은 황금에 대한 값을 하기로 했지. 황금을 받는 대신 일주일간에 걸쳐서 마법에 대한 질문과 답변, 논쟁, 토론을 해 줬거든."

남작의 대답에 세온은 상식 속에 담겨 있던 드래곤의 이미지가 사라지는 것을 느꼈다.

"자, 잠깐만요. 그러니까 그 황금이라는 게 일종의 교습비가 된 셈이네요."

"그렇지. 마법사들은 그 기회를 놓치려 하지 않더군. 당연한 일이었네. 드래곤에게 직접 마법을 배울 수 있는 기회 아닌가?"

"원래 드래곤들이 보석이나 황금을 요구하면 그런 일을 해주나요?"

"당연한 일 아닌가? 세상에 공짜는 없으니까. 덕분에 왕국의 마법사들은 좀 더 성장할 수 있었다고 들었네."

"설마 그런 일이 자주 있는 건 아니죠?"

"당연하지. 어떻게 그런 일이 자주 있을 수 있겠나? 구두장이 자작과의 협약이 맺어진 이후 겨우 5번째 일어난 일이네."

"구두장이 자작이요?"

"그래. 자네도 알지 않는가? 500년 전 왕국을 구하신 맥더 플레인 자작 말일세. 그분이 직접 드래곤과 협약을 맺었지. 500년이라는 세월이 인간의 입장에서는 엄청나게 길지만 드래곤에게는 그렇지 않거든."

남작의 말에 세온은 입을 다물었다. 맥더 플레인은 한창 지옥의 발톱이라는 연극의 소재로 사용되고 있는 인물이다. 당시에 또 무슨 일을 벌인 것인지는 모르지만, 왕국의 입장에서 크게 나쁜 일은 아닌 모양이었다.

"무슨 협약인지 나중에 책에서 찾아보죠."

"그렇게 하게. 내가 몇 권 보내 주지."

"감사합니다."

"그나저나 저렇게 배우들이 다쳐서 공연에 지장이 많겠군."

"다들 회복될 때까지 며칠 쉬게 해야죠."

"하여튼 그놈의 로즈 클럽은 언제나 말썽이군. 전에도 종종 사고를 치더니 이번엔 아주 제대로 저질러 버렸어."

남작의 말에 세온은 의아한 생각이 들었다. 전에도 로즈 클럽이라는 말을 들었지만 무슨 단체인지 이해할 수 없었던 것이다.

"그 로즈 클럽이라는 데는 뭐하는 곳입니까?"

"로즈 클럽은……."

남작은 로즈 클럽에 대하여 간단한 설명을 해 주었다. 다행히도 세온이 이해하기에 크게 어렵지는 않았다. 마침 본래 살던 세상에서도 비슷한 단체가 있었기 때문이다.

'뭐야? 그러니까 여성부하고 하는 짓이 비슷하네. 그나마 군인들한테 집 지키는 개라고 부르지 않는 건 다행이군. 역시 여자 기사가 있어서 그런 건가?'

세온은 로즈 클럽에 대해 간단히 정리할 수 있었다.

'여자들의 권리를 지킨다는 명분으로 억지 부리는 무개념 페미니스트네. 심지어 오히려 여자들 망신시킨다고 여자들이

더 싫어하는 것도 비슷하고.'

대충 이해해도 좋다는 생각이 들었다.

'영감님 생각은 어떠세요? 그렇지 않아도 대외 이미지가 별로 좋지 않은 것 같던데, 이번엔 제대로 타격받을 것 같죠?'

세온은 습관처럼 의념으로 운성에게 말을 걸었다. 그러나 운성은 아무 대답도 하지 않았다.

아니 대답을 할 수 없었다. 운성의 영혼은 이미 세온의 내면에 없었기 때문이다.

아무런 의념도 느껴지지 않자 그때서야 비로소 세온은 운성의 빈자리가 느껴졌다. 눈에 보이지 않는 존재였지만 오랫동안 함께했던 사이였다.

그보다 더 가까울 수도 없었다. 세온은 문득 레이아웃이 있는 방향으로 고개를 돌리며 운성에게 들리지 않을 의념을 떠올렸다.

'그동안 함께해 주셔서 감사합니다. 새로 얻은 삶, 행복하게 잘 사세요.'

브레타 부인이 저지른 일은 세온이 생각했던 것보다 더 큰 파장을 일으켰다.

"정말 기가 막힌 일이네."

"그러게. 어떻게 민스터 자작까지 죽일 생각을 한 거야?"
"대체 왜 그런 일을 한 거래?"
"백색의 기사라는 영화 때문이래."
"영화라면……?"
"그거 있잖아. 영상기억 마법이 담긴 수정구를 이용해서 만든 연극이라고 해야 하나? 연극과 마법을 결합한 새로운 예술이잖아."
"아, 그래. 나도 이야기는 들었어."
"나는 영화라는 걸 보기도 했지. 1실버를 내야 하지만 돈이 전혀 아깝지 않더라고."
"그런데 그 영화가 뭘 어쨌다고 그렇게 어쌔신들까지 동원한 거래?"
"그게 사실은……."

소문의 전파 속도는 말을 타고 달리는 것보다 빠르게 퍼져나갔다. 세온의 영화가 제법 인기를 얻었다고는 하지만 생소한 건 여전했다.

대륙 전체는 말할 것도 없고 폴카스 왕국에서조차 아직 영화라는 장르를 모르는 이들이 태반이었다. 그런 의미에서 이번 브레타 부인의 습격은 세온의 영화를 홍보하는데 큰 역할을 했다.

소문이 빠르게 퍼지는 데는 켈타이어 상단의 힘이 은근히 발휘되었다.

브레타 상단은 켈타이어 상단의 라이벌이었다. 마침 이번에 벌어진 일은 브레타 상단의 신뢰도를 떨어뜨리기에 매우 좋은 구실이었다. 소문을 듣고 나서 백색의 기사라는 영화에 호기심을 보이는 이들도 많았다.

세상에는 간혹 시간과 돈이 없어도 어떻게든 호기심을 채우려는 사람들이 있었다.

그들은 단지 호기심 때문에 백색의 기사가 상영되는 극장을 찾았다. 덕분에 켈타이어 상단이 운영하는 영화 상영관은 좀 더 많은 관객들이 몰려들었다.

켈타이어 상단이 브레타 부인이 저지른 일을 그렇게 풀어갈 때 왕궁은 연일 논쟁을 거듭했다. 국가적으로 6클래스의 마법사는 상당한 가치를 지녔지만, 체린의 가치도 만만치 않았다.

특히 많은 귀족들이 체린의 문학 세계를 사랑하고 지지했다. 특별히 먼저 나서서 사교활동을 하지 않았지만, 브레타 부인보다 더 큰 인맥을 만든 셈이다.

체린의 문제만이 아니었다.

브레타 부인과 겨루다가 정령진화를 경험하게 된 에그리앙의 비중도 크게 늘어났다.

에그리앙은 예전부터 폴카스 왕국에서 주시하던 인재였다. 그녀는 불의 정령사다.

불의 정령을 다룬다는 것은 화염계 마법을 마음대로 다룬다는 것과 같은 뜻이다. 그것만으로 5클래스 마법사와 대등한 대우를 받아왔다.

　브레타 부인은 세온의 목숨을 노리며 에그리앙의 적이 되었다. 그것만으로 왕국의 실력자의 하나인 프로슬란 가문과 척을 지게 되었다. 이미 프로슬란 자작의 이름으로 상당히 긴 내용의 항의문이 도착한 상황이었다. 그 정도로도 골치가 아픈데 에그리앙이 정령진화까지 겪은 것이다.

　정령진화를 거치는 정령사는 대륙 전체에서도 희귀한 존재다. 몇몇 강대국에나 존재하는 대마법사만큼이나 귀한 이들이다. 하필 에그리앙도 그런 존재 중 하나가 되었다.

　이제 실력으로도 브레타 부인은 에그리앙을 이길 수 없게 된 것이다.

　여기에 더해 세온의 가치 역시 새롭게 부각되었다. 전에도 세온은 왕국이 가치를 인정하는 인재였다. 4대 정령 모두를 다루는데다 용언과 비슷한 개념의 마법을 사용하는 마법사라는 것으로도 충분히 대단한 인재였다.

　그러나 대부분의 사람들이 판단하는 것은 그 정도였다. 심지어 뮤렐 자작과의 대련을 목격하고도 평가는 비슷했었다.

　정령술을 사용했지만 대부분 기초적인 수준을 벗어나지 못했다.

　사용한 마법도 크게 대단한 위력을 보이는 건 없어 보였다. 다만 마법사임에도 불구하고 마스터에 버금가는 몸놀림을 가진 것이 대단할 따름이었다.

여러 방면을 제법 상당한 수준까지 익혔지만 그 이상은 없는 인물. 세온에 대한 평가는 그 정도였다. 그러나 어쌔신을 상대하며 보여 준 마법의 위력은 상상했던 이상이었다. 통제력도 대단해서 죽은 사람이 아예 없는 건 아니지만 대부분은 살려 두었다.

일반적으로 마법을 사용하면 살리는 것이 죽이는 것보다 어렵다. 그것을 세온은 너무 당연한 듯이 간단하게 해낸 것이었다. 그것도 노리터의 단원들을 보호까지 해 가면서.

어쌔신과의 전투도 대단했지만 브레타 부인을 제압한 것은 충격적이기까지 했다.

켈타이어 남작의 증언이 사실이라면 세온 역시 대마법사에 버금가는 실력자라는 의미가 된다.

왕국에선 세온에 대한 문제로 연일 갑론을박을 펼쳤다.

"브레타 부인이 잘못한 것은 명명백백한 사실이오. 처벌에 예외란 있을 수 없소."

"그러나 그녀는 아르탄 님의 직계 제자이자 6클래스의 마법사이기도 합니다. 언제든 계기만 있으면 대마법사라 불리는 7클래스로 성장할 재목이요."

"대마법사 하나를 지킨다는 건 국가적으로 가치 있는 일이요. 그렇지만 그녀는 바로 그 대마법사급의 정령사를 해치려 했소. 또 무비 남작의 마법도 7클래스 이상의 위력이라는 게 증명되었소. 하나를 버려 둘을 얻는다면 손해는 아니외다."

"그렇게 계산적으로 생각할 일이 아니오. 알다시피 무비 남작은 국방력 강화에 관심이 없는 인물이요. 프로슬란 영애도 당분간은 움직이기 힘들고. 그에 비해 브레타 부인은 언제든 국가를 위해 움직일 수 있소."

왕궁에 모인 대신들은 이런저런 의견들을 주고받았으나 쉽게 결론을 내리지 못했다. 가장 골치 아픈 점은 어느 쪽의 주장이건 틀린 말은 아니라는 것이었다. 결국은 국왕이 중재안을 내놓았다.

"어쩔 수 없군. 차라리 당사자끼리 합의를 보도록 하는 게 어떻겠소?"

"폐하, 무비 남작을 다시 왕성으로 부르라는 말씀이십니까?"

"하하하, 무비 남작이 바쁘게 지내는 거야 세상이 다 아는 사실 아니오."

"그렇다면 어찌……?"

"그야 마법통신을 이용하면 되지 않겠소? 무비 남작이 하는 일은 많은 돈을 필요로 하고 브레타 부인에겐 많은 돈이 있소."

국왕의 말에 왕성에 모인 대신들도 대략 뜻을 짐작했다. 이유야 어쨌든 세온이 적당히 좋은 쪽으로 이해하고 넘어가 주는 편이 좋았다. 대신들이 반대할 이유는 없었다.

그날 저녁.

세온은 통신을 통해 브레타 부인과 오랜 시간 이야기를 나누었다. 브레타 부인도 자신의 처지를 알고 있었기에 대화는 쉬웠다. 그녀 자신도 생각보다 일이 크게 벌어졌다는 사실에 몹시 당황하는 눈치였다.

특히 가장 곤혹스러웠던 것은 꼽추의 합류였다. 당시 어째신들과 함께 체포된 꼽추의 증언은 브레타 부인을 상당히 곤란하게 만들었다.

꼽추는 노리터의 단원들에게 앙심을 품었다고 말했다. 특히 자신의 일을 적극적으로 방해한 에그리앙에게 원한을 보였다. 꼽추가 말하는 원한이란 음란한 영상을 담은 수정구 판매의 방해였다.

꼽추는 자신이 하던 사업을 방해한 것에 대한 원한을 악랄한 방식으로 풀려 했다.

에그리앙을 제압하여 남자들에게 윤간을 시키려 했다는 것이다. 그 장면을 수정구에 담아 팔면 큰돈을 벌 수 있으리란 말도 덧붙였다.

꼽추의 증언은 로즈 클럽이 명분으로 내세웠던 것에 정면으로 위배되는 것이었다. 이미 민스터 자작이라는 천재 작가를 다치게 한 것으로도 로즈 클럽의 힘이 약화되었다.

그에 더하여 꼽추의 증언은 로즈 클럽의 영향력을 곤두박질치게 만들었다.

브레타 부인의 입장에서 상황은 갈수록 악화되는 중이었다.

그것을 막기 위해서라도 세온과의 화해는 반드시 필요했다. 덕분에 세온은 많은 이득을 취할 수 있었다.

세온이 브레타 부인에게 요구한 것은 왕국 곳곳에 극장을 지어 달라는 것이었다. 이미 왕국에는 켈타이어 상단이 지은 극장이 있었지만 그리 많은 숫자는 아니었다.

남작은 영화산업의 수익성을 어느 정도 인정했지만 전폭적인 투자를 하지는 않았다. 최대한 안전하게 진행할 따름이었다.

세온의 생각에 영화산업을 키우기 위해서는 좀 더 공격적인 홍보가 필요했다. 그래서 생각한 것이 좀 더 많은 극장을 짓는 일이었다.

다행히 왕국의 국민들에게 영화에 대한 호기심은 널리 퍼진 상태였다. 그럼에도 극장이 없어서 영화를 보지 못하는 이들이 많았다.

1실버라는 돈은 어지간한 평민도 크게 마음먹으면 쓸 수 있는 액수였다.

브레타 부인은 세온과 꽤 오랫동안 대화를 나눴다. 결국 브레타 부인은 세온에게 총 8개의 극장을 지어주기로 했다. 세온은 갑자기 생겨난 극장 덕분에 싱글벙글하며 지난 일을 무마해 주기로 했다.

이 정도로 끝낼 수 있었던 것도 브레타 부인이 가진 마법사로서의 위치 덕분이었다.

한편 다른 사람들은 상당히 큰 처벌을 받게 되었다. 특히 에그리앙을 고약하게 이용할 계획을 가지고 있던 꼽추는 평생 감옥살이를 해야 할 처지가 되었다.

 세온은 이 모든 일의 배후에 벨루프가 있음을 알지만 밝히지 않았다. 아니 밝힐 필요가 없었다.

 진짜 벨루프의 영혼은 귀천시킨 지 오래였고, 그의 몸에는 운성의 영혼이 들어갔기 때문이다. 아마 운성은 벨루프의 기억을 수습한 뒤 벨루프로서 살아갈 것이다.

❖   ❖   ❖

 세온은 에그리앙과 류텐을 대동하고 한창 회복 중인 체린을 찾았다.

 부상을 입었던 당시 체린의 출혈량이 심각했지만 다행히 생명에 지장은 없었다. 여전히 파리한 모습이었지만 상당히 안정된 얼굴이었다.

 "몸은 괜찮아?"

 "크게 다치지는 않았거든. 덕분에 퀘럴에 맞으면 어떤 느낌이 드는지 알게 됐어. 좋은 경험을 한 거지."

 "그다지 권하고 싶은 경험은 아닌데."

 "나도 다시 하고 싶지는 않아. 하지만 이 느낌을 표현할 수는 있게 됐잖아. 내가 글을 쓰면서 부상병에 대한 묘사를 한

적이 몇 번 있거든. 그렇다고 진짜 부상병이 된 적은 없어. 아니 하다못해 군사훈련도 받은 적이 없지. 아마 앞으로도 그럴 거야. 난 겁이 많아서 싸움은 못하거든."

체린의 말에 뒤에 있던 에그리앙이 당치 않다며 나섰다.

"무슨 말씀이세요. 대륙 전체에서 체린 님의 명성은 누구보다 높잖아요. 사람은 각자의 몫이 있다고 들었어요. 저희들 셋이 힘을 모으면 만 명의 병사를 물리칠 수 있지만, 자작님의 소설 한 권은 십만 명의 마음을 움직이죠. 그러니 저희 셋을 합친 것보다 더 대단한 거라고요."

"좋은 말씀 감사합니다. 하지만 소설 한 권으로 십만 명의 마음을 움직이는 건 힘들어요."

"……?"

"책 한 권을 십만 명이나 되는 사람이 돌려 보면 다 헤져서 못쓰게 되잖아요."

체린의 농담에 문병을 온 이들이 웃음을 터뜨렸다. 웃음이 잦아질 무렵 체린이 다시 말문을 열었다.

"이번에 네가 쓰러져서 많이 놀랐어."

"내가 방심해서 그래. 상대의 마법이 어떤 특징을 가졌는지 확인했어야 하는데."

"누구나 실수는 하는 거잖아."

"실수라고 하기엔 너무 치명적이었지. 자칫 죽을 수도 있었으니까."

세온이 당시를 떠올렸다. 기절했을 당시 브레타 부인의 공격이 이어졌다면 틀림없이 죽었을 것이다.

"대신 프로슬란 영애가 너를 지켜주지 않았나? 프로슬란 영애가 싸우는 모습은 감동적이었네. 자네를 지키기 위해 자신을 돌보지 않더군."

체린이 묘한 눈치를 보이며 말했다. 에그리앙은 왠지 부끄럽다는 생각이 들어 발뺌을 했다.

"그, 그야 세온은 오랫동안 함께해 온 동료잖아요. 그러니까 동료로서 지켜주는 건 당연한 거죠."

"맞아, 두 사람은 동료지. 아아, 문득 생각났는데 말이야. 룬드그란 님과 엘루하 님도 원래는 동료 사이 아니었나?"

에그리앙의 변명을 받아치는 건 류텐이었다.

"이봐, 무슨 말을 하고 싶은 거야? 우리는 아직 아무 사이도 아니라니까."

"세온의 말대로야. 우린 아무 사이도 아니라고!"

"그래, '아직'은 말이지? 아직이라는 말은 앞으로는 그럴 수 있다는 뜻이잖아. 그렇지 않아?"

세온의 말실수를 류텐이 물고 늘어졌다. 에그리앙은 류텐에게 귀족에 대한 능멸이니 뭐니 하는 말까지 섞어가며 취소를 강요했다.

매일같이 되풀이되는 말다툼을 체린이 즐겁게 감상하다가 무심코 내뱉었다.

"역시 여러분은 언제 봐도 즐겁군요. 특히 세온과 프로슬란 영애께서는 사이가 무척 좋은 것 같아요."

"체, 체린 님, 정말 그런 게 아니라……."

"하하핫, 당장 두 사람의 관계를 정하는 건 중요치 않아요. 서로의 등을 믿고 맡길 수 있다는 걸 확인했으니 그것으로 충분하잖아요."

"세온에게 등을 맡긴다고요?"

에그리앙이 세온에게 시선을 돌렸다. 세온이 움찔하며 저도 모르게 한 걸음 뒤로 물러섰다.

"계속 물어본다는 걸 잊고 있었는데……."

"뭐, 뭐를?"

"왜 나를 그 자리에 내버려두고 갔던 거지?"

에그리앙이 두서없이 질문을 던졌다. 앞뒤 설명은 생략했지만 무슨 말을 하는지 모르는 이는 없었다. 세온이 궁색한 변명을 했다.

"어차피 너는 불바다 속에 있어서 안전했잖아. 게다가 내가 다른 사람들 눈에 보이지 않도록 마법까지 걸어 줬다고. 나로서는 최선을 다한 거란 말이야."

세온의 말에 에그리앙이 눈을 가늘게 뜨며 한 걸음 다가왔다.

"지금 벌거벗은 여자 하나를 광장 한복판에 남겨두고 도망갔다는 말을 하는 거지?"

"아니 그게…… 예전에도 말했다시피 자리를 뜨는 어쌔신 하나가 있어서 뒤를 캐느라고……."

세온은 나름대로 이해할 거라 생각하며 말했다. 그러나 에그리앙은 세온의 행동을 도저히 이해할 수 없었다. 극단의 단장으로서 단원들을 치료소로 제대로 인도한 것도 아니고, 자신을 지킨 것도 아니었다.

"뭔가 직책을 맡았으면 제대로 책임져야지. 겨우 종이쪽지 하나 붙여놓고 끝이야? 그나마 진짜 배후도 못 잡았다며!"

"그게 그러니까……."

에그리앙이 그 일로 상당히 화가 났었던 모양이다. 체린의 앞인데도 불구하고 전혀 조심하지 않고 화를 냈다. 이 와중에도 세온은 엉뚱한 생각이 떠올랐다.

'혹시 불의 정령사라는 게 다루는 정령의 종류가 아니라 성격 말하는 거 아냐?'

세온은 어떻게 수습할 수 없어 체린과 류텐에게 구원의 시선을 보냈다. 그러나 두 사람은 재미있다는 듯 즐거운 표정으로 구경만 할 뿐이었다.

'이거 참 벨루프에 대해서 자세히 말할 수도 없고.'

세온이 아무 말도 못하고 안절부절못하자 에그리앙의 잔소리가 더욱 심해졌다.

"연약한 여자인 나도 널 보호하려고 싸웠는데, 너는 어떻게 그냥 자리를 뜰 수 있어?"

"그…… 그게 나도 나름대로 이유가 있었거든."

"이유?"

에그리앙이 기가 차다는 듯 노려봤다. 세온이 움츠렸다. 아무리 이유를 말해도 벌거벗은 여자를 광장 한복판에 혼자 남겨둔 것은 변명의 여지가 없었기 때문이다.

"좋아, 지금부터 5분 줄게."

"……?"

"그 안에 날 납득시켜 봐. 목숨 걸고 싸운 동료를 버리고 갈 만큼 정당한 이유가 있다면 나도 이해해 줄 테니까."

에그리앙의 말에 세온은 입만 벙긋거렸다. 이유가 없는 건 아니었다. 그렇다고 모든 상황을 자세히 설명할 수도 없었다.

한순간의 곤경 때문에 원념체의 힘을 이용한 벨루프의 농간을 말하기엔 곤란했다.

모든 원흉이 벨루프이긴 하지만 지금의 벨루프는 전혀 다른 인물이다. 같은 몸이지만 다른 영혼을 가진 존재가 아닌가?

"나는 마나 고갈의 위험을 무릅쓰고 싸웠는데, 너는 그런 나를 버리고 간 거야. 남자가 어쩌면 그렇게 비겁할 수 있니? 나는 하마터면 널 구하려다 죽을 수도 있었어."

에그리앙의 말에 세온은 감히 변명도 하지 못하고 고개만 푹 숙이고 있었다. 뒤에서 히죽거리며 구경하던 류텐이 끼어들었다.

"그러니까 에그리앙은 자기 목숨보다 세온이 더 소중했다는 뜻이군. 자작님께서 보시기에도 그런 것 같죠?"

"세온을 위해 목숨을 걸었다고 직접 말했으니 그런 해석이 가능하군요."

류텐의 말에 체린까지 덩달아 맞장구를 쳐 주었다. 두 사람의 말에 에그리앙은 얼굴을 붉히며 반박했다.

"류텐, 내가 몇 번이나 말했지! 우리들은 그냥 같은 길을 걷는 동료일 뿐이야. 그러니까 자꾸 이상한 관계로 만들려고 하지 말라고!"

"이상한 관계라니? 무슨 관계를 말하는 거지?"

"세온과 내가 사랑하는 사이인 것처럼 말하는 거 말이야."

에그리앙의 말에 류텐이 휘파람을 불었다.

"뭐야, 결국 자기 입으로 말하는군. 서로 소중하게 생각하는 게 맞는 것 같은데 뭘 그래? 서로 숨겨봐야 마음만 복잡할 뿐이라고."

"자꾸 엉뚱한 소리 할래? 나는 아직 남자 따위 사귈 틈이 없어!"

에그리앙이 버럭 소리를 지르자 류텐이 휘파람을 불며 딴청을 부렸다.

류텐이 다시 체린에게 싱글거리며 말을 걸었다. 체린도 말을 받아주었다. 두 사람은 대화를 하며 은근히 세온과 에그리앙을 놀렸다.

지은 죄가 있는 세온은 감히 어쩌지 못한 채 에그리앙의 눈치만 살폈다. 에그리앙도 차마 화를 낼 수 없어 참고 들을 수밖에 없었다. 이들이 한창 이야기를 주고받는 도중이었다.

"몸은 좀 괜찮으신가요?"

이들에게 뜻밖의 손님이 찾아왔다. 벨루프였다.

"무슨 일이지?"

에그리앙이 딱딱하게 굳은 음성으로 물었다. 어느새 류텐의 손에는 강철 바이올린이 들려 있었다. 이들이 알고 있는 벨루프는 원념체를 다루는 사악한 힘을 가진 자다. 어쌔신들의 습격과 관련해서 뭔가 연관이 있으리란 의심은 진작부터 하고 있었다.

"그저 볼일이 있어 찾았을 뿐입니다."

벨루프가 점잖게 말했다. 에그리앙은 그에게서 느껴지는 기운이 뭔가 다르다는 것을 느꼈다.

전에 느껴지던 것은 더 낮아지려고 해도 낮아질 수 없이 저속한 인격이었다. 그런데 지금은 어쩐지 함부로 쉽게 대할 수 없는 기품마저 느꼈다.

에그리앙은 이해할 수 없었다. 사람의 기질이라는 것이 그렇게 쉽게, 한순간에 변할 수 있는 건가? 사람의 품성이란 오랜 세월 동안 끊임없는 교육과 환경이 뒷받침되어야 바꿀 수 있다. 그런데 어떻게 사람의 분위기가 이렇게 변할 수 있는 걸까?

"뭔가 변한 것 같군."

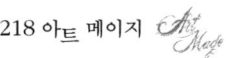

"세상에 한결같은 인간은 존재하지 않습니다. 상황에 따라 언제든지 변할 수 있는 것이 사람입니다."

"그런가?"

벨루프의 말에 에그리앙이 세온에게 시선을 돌렸다. 어쩌면 세온처럼 연기를 하는 것인지도 모른다는 생각이 들었다.

세온도 맡은 역할에 따라 전혀 다른 분위기를 내지 않던가? 어쩌면 그와 비슷한 것일지 모른다는 생각이 들었다.

세온이 무심코 물었다.

"무슨 일인가요?"

"왜 저런 인간에게 말을 높이는 거야? 나한테도 말을 높이지 않으면서."

"그, 그러게. 무…… 무슨 일이지?"

세온이 어색한 태도로 다시 질문을 던졌다. 벨루프가 세온에게 이해한다는 듯 미소를 보이며 말했다.

"전에 레이아웃을 찾았던 이유, 기억하시지요?"

"당연히 기억하지. 그렇게 음란하고 불쾌한 수정구 때문이었잖아."

세온이 여전히 머뭇거리자 에그리앙이 화가 난 듯 앞으로 나서며 말했다.

그녀의 말에 벨루프가 품에서 뭔가를 꺼내어 건네주자 세온이 그것을 받았다. 그것은 영상기억 마법이 담겨 있는 수정구였다.

"이게 뭐…… 지?"

"여러분께서 전에 보셨던 수정구의 제작자는 이미 체포되었다고 들었습니다. 그래서 저 역시 그것으로 끝났다고 생각했습니다. 그렇지만 이게 끝이 아니더군요."

"그렇다면 혹시……?"

에그리앙이 뒷말을 잇지 않았다. 그러나 모두가 무슨 말을 하려는지 알고 있었다. 벨루프는 친절하게 답해 주었다.

"맞습니다. 그것은 여러분께서 전에 보셨던 것과 비슷한 겁니다. 역시 남녀 간의 정사장면이 담긴 내용이죠. 레이아웃에서 제작되었더군요. 마침 그것을 만든 사람의 신병을 확보해 뒀습니다."

"어째서 우리에게 이런 걸 알리는 거지?"

에그리앙이 의심스럽다는 듯 물었다. 그녀가 알고 있는 벨루프는 이렇게까지 정의로운 인물이 아니다. 탐욕스럽고 사악한 인물이었다. 그런 인물이 정의구현 따위를 이유로 찾아올 리 없다고 생각했다.

"그것이 옳기 때문입니다."

"……?"

"문화란 그 나라의 정신입니다. 문화가 다양하고 풍부하게 발달할수록 젊은이들은 더욱 풍부하고 건강한 정신을 가집니다. 그러나 모든 것이 청년들의 정신을 풍부하게 하는 것은 아닙니다."

벨루프의 말이 이어졌다. 에그리앙이 뭔가 반박을 하려 했나 세온이 먼저 나서며 대답했다.

"좋은 생각이다. 이 일은 우리가 알아서 해결하도록 하지. 그렇다면 신병을 확보했다는 그 사람을 켈타이어 남작님께 보내줘."

"세온, 저 남자가 무슨 꿍꿍이를 가졌는지 모르잖아. 왜 이렇게 순순히 보내주는 건데?"

"에그리앙, 그렇게 세상을 너무 의심하고 살지 말자고. 이번엔 순수한 의도로 가져온 거잖아."

"저 남자가 순수한 의도를 가졌을 리 없잖아. 뭔가 꿍꿍이가 있는 것이 분명해."

세온과 에그리앙이 다투는 동안 벨루프가 뒤로 물러섰다. 그것을 본 에그리앙이 다급히 외쳤다.

"당장 멈춰. 속셈이 뭔지 솔직히 말해!"

어느새 에그리앙의 머리 위에는 불의 정령이 나타나 있었다.

정령은 전에 본 것과는 전혀 다른 모습이었다. 몸에서 불길이 이는 것처럼 보이는 건 똑같지만, 도마뱀이 아니었다. 긴 꽁지깃을 가진 불새라고 해야 할까?

벨루프의 시선이 정령을 향했다. 아니 정령을 보는 건 벨루프가 아니라 세온과 늘 함께하던 운성이었다. 세온이 보는 것과 같은 것을 보고, 듣고, 알았던 존재다. 그러니 불의 정령을 모를 리 없었다.

 운성이 세온의 표정을 살폈다. 그리고 이번엔 금방이라도 정령술을 쓸 듯한 에그리앙의 얼굴을 확인했다. 잠시 침묵하던 그가 마침내 결심한 듯 입을 열었다.

 "아름다운 새를 기르고 계시는군요."

 그 말에 에그리앙의 표정이 굳었다. 류텐과 체린은 무슨 말인지 몰라 서로의 얼굴을 살폈다. 세온만이 어찌된 영문인지 짐작할 따름이다.

 '영감님이 벌써 상단전을 열었구나. 그나저나 저 모습이 진화라는 걸 겪은 불의 정령의 모습인가? 꽤 멋있네.'

 세온이 한가로운 생각을 하는 동안 운성이 등을 돌렸다. 잠시 멍하니 있던 에그리앙이 나직한 목소리로 물었다.

 "당신 도대체 뭐지? 내가 알던 벨루프라는 사내는 가만히 있어도 사람을 기분 나쁘고 불쾌하게 만들었었어. 당신은 분명 얼굴은 똑같이 생겼지만 뭔가 달라. 게다가 어떻게 내 정령을 볼 수 있는 거지?"

 에그리앙의 질문에 등을 돌리고 나가던 운성이 간단히 수긍하며 대답했다.

 "맞아요, 아가씨. 아가씨가 알던 벨루프란 자는 이미 죽었소."
 "그럼 당신은 뭐야?"
 "내 이름은 클라우드(Cloud)요."
 대답을 들은 세온이 저도 모르게 미소를 지었다.

'영감님, 이 세상에 제대로 적응하고 살기로 결심하셨군요.'
 어쩐지 반가운 느낌이 들었다. 세온이 에그리앙의 어깨에 손을 올렸다.
 "그냥 보내줘."
 "그냥 보내서 어쩌겠다는 건데? 저 사람은……."
 "같지만 다른 사람이야. 그러니까 지금은 내 말대로 해 줘."
 "어, 어째서?"
 "저자에게 붙어있던 원념체는 이미 사라졌어. 물론 레이아옷의 어두운 원념이 완전히 사라질 수는 없겠지. 아니 사람이 살아가는 곳은 어느 곳이나 원념이 없을 수 없어. 그렇지만 저 사람에게 붙어 있는 원념체는 완전히 분리된 상태야. 게다가 정령친화력도 있잖아."
 에그리앙이 입술을 깨물었다. 이미 상대의 기질이 완전히 변했다는 정도는 알고 있었다. 게다가 어쩐지 세온의 말을 거부하기 어려웠다.
 "알았어. 네 말대로 할게."
 "그래, 고마워."
 세온이 웃으며 말을 이었다.
 "그나저나 신기한걸. 살라만다의 모습이 완전히 달라졌잖아. 정말 멋있는데."
 "당연히 다른 모습이 되지. 정령진화를 했으니까."
 "그 정령진화라는 게 대체 뭐야? 보니까 확실히 전과는 비교되지 않을 만큼 강해진 것 같은데."

세온의 말에 에그리앙이 거만하게 턱을 치켜올리며 설명을 해 주었다. 이제까지 정령진화라는 게 뭔지 몰랐던 세온으로써는 마냥 신기할 뿐이었다.

"정령진화를 하면 정령의 이름까지 변해. 그러니까 내 정령의 이름은 더 이상 살라만다가 아니야. 앞으로는 샐리온이라고 불러."

"이름까지 바뀐다는 거야?"

"그래."

세온이 신기하다는 눈으로 에그리앙의 어깨에 앉은 정령을 살펴봤다.

마치 불타는 금계 같다고나 할까? 풍기는 기운 자체도 전과 차원이 달라졌지만, 모습도 훨씬 멋있어졌다.

'무슨 포켓몬스터나 디지몬인가? 진화를 하면 모습과 이름이 변하게. 그래도 신기하긴 하네.'

세온은 잠시 한국에서 인기를 끌던 애니메이션을 떠올렸다. 어쩐지 애니의 개념을 도입해 생각하니 쉽게 이해가 되었다. 괜히 궁금한 생각이 들어 살라…… 아니 샐리온에게 말을 걸어보았다.

"꽤 멋진 모습으로 변한 것 같은데. 어때? 새로운 모습이 마음에 들어?"

[지금 모습도 진정한 내 모습은 아니다, 인간.]

"네 진정한 모습은 어떤 건데? 설마 그 도마뱀 모습이 진짜 모습이야?"

[중간계에 소환되었을 때의 모습은 발휘할 수 있는 힘의 크기가 구현된 것에 불과하다, 인간. 몇 번의 정령진화를 더 겪게 된다면 마지막에는 진정한 내 모습을 구현할 수도 있을 것이다, 인간.]

샐리온의 의념을 들은 세온이 고개를 끄덕였다. 언젠가 정령계에서는 모든 정령들의 힘이나 능력치가 거의 큰 차이가 없다고 한 것도 떠올랐다.

정령들에게 인간에게 소환되는 것은 일종의 유희가 아닐까 하는 생각까지 들었다.

"그나저나 모습이 변해도 뒤에 인간이라는 꼬리를 붙이는 버릇은 고치지 못하는구나."

[단순히 오랜 습관일 뿐이다, 인간.]

"그래, 그렇겠지."

세온이 웃으며 샐리온과의 대화를 마쳤다. 에그리앙이 대화 내용을 궁금해하자 세온이 대략 이야기해 주었다.

"그러니까 지금보다 비약적으로 강해질 수 있는 여지가 있다는 거네. 그거 꽤 괜찮은데."

"아니, 어째서 그런 결론이 나오는 건데? 지금도 충분히 강하잖아."

"아직은 멀었어. 내가 진정으로 강했다면 전에 브레타 부인에게 그런 굴욕을 당하지도 않았을 거야."

"굳이 그런 걱정을 할 필요 없잖아. 우리 둘이 힘을 합하면 어지간한 강자들은 걱정하지 않아도 되잖아?"

"내가 왜 너랑 힘을 모아야 해? 나는 너 없이도 충분히 강하다고."

"네가 약하다는 게 아니라, 우리가 힘을 합치면 좀 더 강할 수 있다는 거지."

"그러니까 내가 왜 하필 너 따위랑 힘을 모아야 하느냐고."

"내가 뭐가 어디가 어때서 따위라는 말이 붙어? 정령사이자 마법사인데다 지금은 돈도 제법 많다고!"

정령에 관한 이야기는 자연스럽게 두 사람의 말다툼으로 이어졌다.

그 광경을 지켜보던 체린과 류텐은 이번엔 조용히 구경했다. 류텐이 두 사람에게 들리지 않도록 나직하게 중얼거렸다.

"저 두 사람은 왜 싸우면 싸울수록 더 친하게 보이는지."

"자신들도 자신들의 속마음을 모르니까 더 싸우는 거죠."

체린이 여유롭게 웃으며 말을 받았다. 류텐이 공감한다는 듯 고개를 끄덕였다.

세온의 귀에 두 사람의 대화가 들렸지만 그냥 못 들은 척 넘어갔다. 당장은 에그리앙과 말다툼을 하는 것만으로도 골치가 아팠기 때문이다.

제6화
음란 수정구의 유통

 세온은 류텐과 에그리앙을 대동하고 남작을 찾았다.
 "이런, 공연을 못해서 한가한 모양이군. 내가 청하지 않아도 먼저 찾아오니 말일세."
 "죄송합니다. 앞으로 자주 찾아뵙겠습니다."
 "하하하, 이 사람 참. 농담일세. 아무렴 자네가 바쁜 걸 모르겠나?"
 "사실은 저도 농담이었습니다."
 "뭐, 뭐라고? 하하하핫!"
 남작은 서류들을 결재하며 한창 바쁜 와중에도 세온 등을 반갑게 맞아주었다.

"어서 앉게. 그렇지 않아도 괜찮은 차를 입수했지. 온 김에 다들 차 맛이나 보게."

"마침 목이 말랐는데 다행이군요."

"남작님께서 칭찬하실 정도라면 기대되네요."

남작이 직접 차까지 대접해 주었다.

이들은 잠시 연극 공연과 영화 보급에 대한 이야기를 주고받았다. 극장 건립이라던가 새 영화에 대한 투자와 인건비 등에 관련된 것도 대화에 올랐다. 그렇다고 뭔가 새로운 내용은 없었다. 서로 알고 있는 분야가 달랐기 때문이다.

영화 제작에 관련된 것은 세온이 아무리 설명해도 남작이 이해하기 힘든 부분이 있었다.

마찬가지로 영화 배급과 수출 등에 관한 부분은 세온과 류텐이 쉽게 알지 못할 부분이었다.

잠시 담소를 나누던 도중 세온이 먼저 화제를 돌렸다.

"사실 남작님을 찾은 것은 다른 이유가 있어서입니다."

"뭔가 일이 있어 찾아왔으리라 짐작은 하고 있었네. 그래, 무슨 일인가?"

"실은 이것 때문에 찾아온 겁니다."

세온이 클라우드에게 받은 수정구를 건네주었다. 남작은 아무 생각 없이 받아들며 물었다.

"이게 뭐지? 새로 만든 영화인가? 백색의 기사 이후 새 영화를 만들었다는 말은 듣지 못한 것 같은데."

"영화의 일종이긴 한데……."

세온은 에그리앙의 눈치를 보며 말끝을 흐렸다. 남작은 마나집적기를 가져와 수정구를 올렸다. 남작의 집무실에 영상이 나타났다. 대략적인 스토리도 있었다.

길거리에서 남자가 여자를 유혹했다. 아니 유혹이라기엔 너무 유치한 말장난이었다.

어떤 여자라도 넘어갈 수 없을 것 같은 유혹이었다. 그저 하룻밤 상대가 필요할 뿐이라며 유혹하는데 넘어갈 여자가 누가 있을까?

그러나 영상 속 여자는 넘어갔다. 자신의 동물적인 매력을 과시하는 남자의 말에 여자가 뒤따르는 것이었다. 대사도 대사지만 연기력도 영 엉망이었다.

"저건 꼭 책을 읽는 것 같잖아. 무슨 연기가 저래?"

세온을 따라 다니며 연기에 눈높이가 달라진 류텐이 중얼거렸다. 의외라는 생각이 든 건 세온도 마찬가지였다.

클라우드가 수정구를 건네주며 했던 말 때문에 무작정 남녀상열지사(男女相悅之詞)부터 나올 줄 알았던 것이다.

"영화 흉내를 낸 것 같은데? 연기는 조잡하지만."

영상에 등장하는 남녀는 어느 이름 모를 침실로 들어갔다. 침실에서 남녀는 세온이 생각했던 남녀상열지사를 벌이기 시작했다.

입을 맞추고 옷을 벗고 침대로 올라가더니 격렬한 정사를 벌였다.

  영상은 시작부터 끝까지 대략 70분 정도가 소요되었다. 남자가 여자를 유혹하는 장면이 5분 정도 나오고 나머지는 전부 정사 장면이었다. 에그리앙이 콧방귀를 끼며 말했다.

  "남자들은 전부 여자를 저런 식으로 꼬실 수 있다고 생각하는 모양이지? 예쁘다는 말만 들으면 옷까지 벗어주니 정말 유혹하기 쉽네?"

  "설마 그럴 리 없잖아."

  에그리앙이 씩씩거리며 빈정거렸다. 그렇다고 전에 수정구를 보던 것과 같이 화를 내며 날뛰거나 하진 않았다. 세온이 은근슬쩍 물어봤다.

  "이번엔 저번처럼 화 안 내?"

  "전에 봤던 거랑은 조금 다르잖아."

  "……?"

  "저번에는 여자를 짐승 취급하면서 힘과 폭력으로 능욕한 거잖아. 이번엔 여자도 합의한 거야. 조잡하게나마 연기까지 하잖아. 여자도 내용을 알고 적극적으로 행동하는 걸 보면 알수 있지. 얼마를 받았는지 모르지만 스스로 천박하게 행동하는 여자까지 동정하고 싶은 생각은 없어."

  에그리앙의 말에 세온이 고개를 끄덕였다. 일정부분 공감이 되었기 때문이다. 그렇다고 전적으로 에그리앙의 의견에 동의하는 건 아니었다.

"내 생각은 달라. 아까 클라우드가 말했잖아. 문화란 정신세계를 지배하는 척도라고. 이런 이상한 영상이 돌아다니고 활성화된다는 건 정신세계가 음란해진다는 뜻이야. 또 에그리앙의 말대로 스스로 직접 선택한 거라 하더라도 피치 못할 사정이 있었을지도 모르잖아."

세온의 말에 에그리앙이 코웃음을 쳤다.

"그 어떤 상황도 이유가 되진 못해. 사람에겐 누구나 여러 가지 선택의 길이 있어. 그중에 무엇을 선택하는가는 오로지 자신의 몫이야. 어느 누구도 선택을 강요한 사람은 없어."

"그야 그렇지만······."

세온과 에그리앙이 서로 다른 의견으로 티격태격할 때 켈타이어 남작이 뭔가를 한참 고민하다가 입을 열었다.

"이걸 제작한 자의 신병을 확보한 상태라고 했지?"

"그렇습니다."

남작이 가만히 눈을 감았다. 생각에 잠긴 모습이었다. 집무실 안에 있던 이들 모두가 하나같이 입을 다물었다. 남작이 무슨 말을 하려는지 기다리기로 했다. 얼마 되지 않아 남작의 입이 열렸다.

"그자를 데려오는 게 좋겠네. 이유야 어쨌든 이런 것을 만드는 것에 반대하네. 하루스는 대륙 전체에서 상업의 도시이기도 하지만 예술의 도시지. 나는 내가 다스리는 곳이 예술의 도시로 불리는 것을 자랑스럽게 생각하네. 물론 세온 군이 만든 연극과 영화도 마찬가지지. 그렇지만 영화를 흉내내서 이런 것을 만든다는 것엔 반대하는 입장이네. 결코 용납할 수 없어."

"알겠습니다. 그러면 저는 남작님께 모든 것을 맡기겠습니다."

"그래, 이번 일은 내가 알아서 처리하겠네. 이렇게 먼저 알려줘서 고맙네."

"아닙니다. 당연히 해야 할 일이었습니다."

그렇게 세온은 남작에게 수정구를 넘겨주고 일행들과 함께 집무실을 벗어났다. 세온의 일정은 늘 그렇듯 정신없이 바빴기 때문이다.

세온은 체린과 자주 만나 새 영화의 시나리오에 대한 이야기를 주고받았다. 이번 영화는 이미 연극으로 공연했던 룬드그란 전기였다.

연극에 비해 영화는 좀 더 자유롭고 다양한 연출과 표현이 가능하다.

무대라는 공간적 제한을 벗어나 넓고 확 트인 곳에서 보다 많은 인원을 동원할 수 있다. 그러나 또 다른 한편으로 그 때문에 신경 쓸 부분이 많았다.

연극에서는 무대가 채워지는 느낌의 인원만 동원하면 대규모 전투신의 연출이 가능하다. 연극이라면 50명 정도만 동원해도 관객에게 대규모 공연이라 인식시킬 수 있다.

그러나 영화는 다르다. 국가 간의 전쟁을 표현하기 위해 50명의 병사만이 동원된다면 장난으로 보일 게 뻔했다. 대규모 전쟁을 표현하려면 그만큼 많은 인원을 동원해야 했다. 아니 최소한 영상에 보이는 장면은 그래야 했다.

"네가 원하니 쓰긴 쓰는데 제작할 수 있겠어? 사람을 도대체 얼마나 동원해야 하는 거야?"

"그 부분은 어떻게 마법으로 해결할 수 있지 않을까?"

"지금 마왕이 수많은 부대를 무너뜨리는 장면을 마법으로 눈속임하자고?"

"눈속임이 아니라 특수효과라니까. 어차피 영화에 등장하는 장면이 실제 상황이라 생각하는 사람은 없잖아."

"그래도 최대한 실제와 비슷해야 하지 않겠어? 파괴된 도시에 대한 부분들은 어떻게 해결한다 하더라도 병사들을 동원하는 건 쉽지 않겠는데. 확보할 수 있는 배우들의 숫자도 그렇고 이런 부분들은……."

체린이 이런저런 문제점들을 지적하며 말을 이었다. 세온도 체린의 의견을 쉽게 반박하지 못했다. 아니, 반박할 수 없었다. 당연했다. 조목조목 맞는 말만 하고 있었으니까.

그런 문제들 때문에 세온이 지금까지 적은 인원만 참가하는 소규모의 영화를 제작했던 게 아닌가? 그렇다고 생애 최초의 블록버스터에 대한 욕심을 아주 버릴 수는 없었다. 한참 이야기를 듣던 세온이 한숨을 내쉬며 말했다.

"방법이 없는 건 아니지."

"그럼 제작할 수 있다는 거야?"

"그래, 제작 자체는 가능해. 그만큼 더 많은 돈이 필요해서 그렇지."

체린이 고개를 끄덕였다. 세온의 말대로 인원을 동원하는 건 돈을 뿌리면 된다.

병사 역할을 한다거나 마왕에게서 도주하다 죽는 장면 등에 특별한 연기력이 필요한 건 아니다.

세온이 요구하는 특수한 장면들도 마찬가지였다.

"마탑에 도움을 얻으려면 어지간한 대가로는 힘들 텐데."

"그야 그렇지."

체린의 말에 세온이 고민했다.

큰 규모의 도시가 불타 무너지는 장면은 따로 생각한 부분이 있었다. 약간의 시간과 노력이 필요하겠지만 마탑을 동원하는 것보다는 나을 것 같았다.

크고 굵직한 장면 연출이 해결된다고 문제가 다 풀리는 건 아니었다. 아니 어떤 면에서는 또 다른 문제가 드러날 뿐이었다.

"그러면 검성 류스하임의 검술은 어쩔 생각이야?"

"그게 왜? 무슨 문제라도 있어?"

"당연히 있지. 네가 그랬잖아. 연극은 사람의 목소리에 의지하기 때문에 어쩔 수 없지만, 영화는 연기처럼 보이면 안 된다고 말이야. 마법이나 신성력 같은 부분은 그냥 적당히 빛이 번쩍이는 정도로 속일 수 있겠지. 그런 쪽은 귀족들조차 상식적인 지식밖에 없으니까. 그렇지만 검술은 달라. 평민이 귀족이 될 수 있는 가장 쉽고 빠른 방법은 기사가 되는 거잖아. 우리처럼 다른 분야에서 실력을 증명해서 귀족이 되는 경우는 드물다고."

체린의 말에 세온이 고개를 끄덕이며 잠시 생각에 잠겼다.

'그래. 가만 생각해 보면 사람들이 이소룡에게 환호하던 것도 결국 그 사람 스스로의 무술 실력이 대단해서 그런 거잖아. 그 당시의 촬영기법으로도 부족한 무술실력을 카메라 조작으로 적당히 속이는 게 가능했을 텐데도 말이지.'

세온이 떠올린 사람은 바로 액션스타 이소룡이었다.

그에게는 수많은 수식어가 따라다녔다. 한국의 수많은 젊은이들이 쿵푸도장에 다니며 쌍절곤을 연습하게 만든 장본인이기도 했다.

이소룡 덕분에 전 세계는 무술영화의 제작 열풍에 휩싸이기도 했다. 그것은 헐리웃도 마찬가지였다. 그러나 헐리웃에서 만든 무술영화들은 대체로 한국에서는 별 인기를 끌지 못했다.

'인기가 없을 수밖에 없었지. 동양인들은 어지간해선 무술 하나 정도는 배운 경험들이 다 있으니까. 무술 시범을 볼 기회도 상당히 많았고. 눈높이가 다르다고 해야 하나? 조금만 동작이 엉성해도 곧 시시해져서 흥미가 사라졌잖아. 이곳 사람들도 마찬가지 아닐까? 한국의 수많은 이소룡 키드 때문에 실력 있는 액션배우가 필요한 것처럼.'

세온은 고민에 빠졌다. 체린의 말을 듣고 보니 류스하임 역할을 아무에게나 맡길 수 없다는 생각마저 들었다.

'어떻게 하지? 오디션이라도 봐야 하나? 그래봐야 별로 호응이 없을 것 같은데. 연극에 대한 위상이 달라졌어도 배우 지망생들이 그리 많을 것 같진 않은데, 이것 참 고민이네. 잘 만들면 적어도 2, 30년 이내에서는 최고의 명작으로 손꼽힐 텐데. 역사에도 길이 남을 테고.'

고민에 잠겼던 세온의 눈이 순간 번쩍였다. 자신이 너무 연기에 치중해서 생각했다는 것을 깨달은 것이다.

연기의 측면으로만 생각하면 제법 뛰어난 검술 실력을 가진 배우가 거의 없는 것은 사실이다. 그러나 만일 뛰어난 검술의 소유자를 배우로 키운다면?

'전처럼 영감님이 내 속에 남아 있었으면 꽤 놀렸겠는걸. 이렇게 쉬운 문제로 한참 동안 고민했으니.'

세온이 해답을 찾은 듯 빙그레 미소를 머금었다.

"체린, 어떻게 생각해? 우리 극단에서 검술대회를 개최하면 어떻겠어?"

"검술대회?"

"그래. 아마 내 생각엔 최고의 대작이 될 거야. 규모도 그렇고 동원되는 효과도 그렇고. 영화라는 건 압도적인 스케일의 화면도 상당히 중요하거든."

"나도 인정해. 네가 말하는 시각적인 효과라는 건 무시할 수 없더군."

"그렇지? 그런 의미에서 이번에 만들 영화는 성공하지 않을 수 없다고."

세온의 자신감 넘치는 말에 체린이 웃으며 대꾸했다.

"지금까지 세온은 실패한 적이 없으니까. 나도 그럴 거라고 믿어."

체린의 말에 세온도 은근히 웃음이 나왔다. 세온도 지금까지의 성공에는 상당부분 운이 따라 주었다는 것을 잘 알고 있었다. 당장 처음으로 천막을 치고 하루스에서 공연을 하게 된 것만 봐도 그렇다.

하루스는 대륙 전체에서 손꼽히는 상업도시이자 예술의 도시이다. 물질적으로 여유 있는 이들이 많고 새로운 예술 형식에 대한 편견이 적었다.

그렇기에 세온이 처음 천막을 치고 연극을 공연했을 때 사람들이 선뜻 비싼 돈을 내고 공연을 관람했던 것이다.

연극이 성공하게 된 계기도 그렇다. 세온의 입장에서 당연한 연기 방식이나 연출 기법이 이곳에선 획기적인 것이었다. 보다 앞선 것이 뒤처진 것을 흡수하는 것은 당연하다.

와중에 여러 사건들이 터졌지만 결과적으로 연극 영화를 홍보하는 역할을 해 주었다.

일종의 노이즈 마케팅(Noise Marketing; 상품 자체보다 온갖 이슈나 시끄러운 소문으로 사람들의 호기심을 이끌어내는 마케팅 기법)이랄까?

"그런데 새 영화가 성공하는 것과 검술대회가 무슨 상관이 있는 거야?"

"당연히 상관이 있지."

"갑자기 극단을 지키는 기사라도 뽑고 싶은 거야?"

"아니, 세인트 오브 소드라고 불렸던 류스하임을 뽑으려는 거야."

세온의 머릿속엔 순식간에 여러 상황들이 떠올랐다. 물론 모든 것이 계획대로 된다는 보장은 없다. 그러나 자신 있었다.

아직까지 이곳 사람들은 노이즈 마케팅 같은 기법을 모른다. 세온도 개념만 알 따름이지만 남들보다 한 걸음 앞서 간다는 것은 큰 무기다.

세온이 웃으며 자신만만하게 대답했다.

"반드시 성공할 거야."

세온이 새 영화를 준비한다는 소문이 폴카스 왕국 전역에 퍼져 나갔다. 이미 두 편의 영화로 사람들의 기대를 모으는 세온이었다. 백색의 기사는 새로운 극장이 건립되는 중임에도 수요를 따르지 못하는 형편이었다.

 심지어 소재까지 알려졌다. 아니 알려질 수밖에 없었다.

 "대마법사 룬드그란 님의 일대기를 영화로 만든다고?"

 "그렇다던데."

 "마탑에서 난리가 났겠네."

 "마탑도 마탑이지만 검 좀 다룬다는 기사들도 마찬가지던데."

 "아니, 기사들이 왜?"

 "룬드그란 님의 동료가 누군지 혹시 모르는 거 아냐?"

 "왜 몰라. 그건 상식이잖아."

 "그럼 생각해 보라고. 룬드그란 님의 동료 중에는 기사들이 가장 동경하는 분이 있잖아."

 "그래, 알아. 검성 류스하임 님을 모르는 사람이 어디 있다고 그래?"

 "그래서 기사들 사이에 난리가 났다는 거야."

 "아니, 왜?"

 "그게 사실은……."

 대륙에는 많은 검술대회들이 있다. 물론 대회 자체의 권위는 규모와 역사에 따라 다르지만, 대부분의 대회는 우승자에게 큰 혜택을 준다.

 좋은 검이나 방어구를 주기도 하고 작위를 내리기도 한다. 역사와 전통이 깊으면 최고의 기사라는 명예를 얻을 수도 있다.

 그에 반해 극단 노리터가 주최가 되어 열리는 검술대회엔 아무것도 없었다.

 처음 열리는 대회이니 역사와 전통이 있을 리 없다. 단장인 세온이 극단을 지키기 위한 기사를 얻으려 하는 것도 아니다. 거액의 상금이나 좋은 검이나 방어구도 없다. 그럼에도 많은 검술가들이 관심을 보였다.

 "그러니까 이 검술대회에서 우승하면 검성 류스하임 님의 역할을 맡게 된다는 거지?"

 "그렇다니까."

 "검을 다루는 사람이 천박하게 연기 따위를 한다는 건 말이 되지 않아."

 "꼭 그렇게 생각할 게 아니야."

 "그래, 맞아. 굳이 천박한 연기를 한다고 생각할 게 아니라니까."

 "영화에 출연하면 대륙의 모든 사람들에게 검술을 뽐낼 기회가 되는 거야. 그것도 검성 류스하임이라는 이름으로 말이지. 그냥 무슨 대회에서 우승했다라고 자랑하는 것과는 차원이 다르다고."

 "검성 류스하임이란 이름으로 대륙 전체에 나의 검술을 알린다라……. 그거 끌리는데?"

 검성 류스하임의 이름은 세온이 생각한 것보다 훨씬 크고 무거웠다.

 검을 다루는 사람들에게 있어 류스하임은 거의 신격화된 존재였다. 검사로서 류스하임을 대신할 수 있다는 건 영광이었다. 특히 영화라는 건 오랫동안 남겨지게 될 게 아닌가.

 검술대회 참가를 위해 하루스를 찾는 이들의 숫자는 세온이 예상했던 것을 훨씬 뛰어넘었다.

 덕분에 그렇지 않아도 늘 호황이던 숙박업소들이 더욱 큰 호황을 맞게 되었다.

 검술대회 때문에 대회장을 찾는 이들은 비단 검사만이 아니었다. 실력 있는 인재를 찾기 위한 귀족들과 그의 수행원들도 따라왔다. 덕분에 하루스 곳곳의 여러 업소들이 특수를 누릴 정도였다.

 많은 이들이 몰려오는 와중에도 하루스의 중앙광장에는 임시 대회장이 설치되고 있었다.

 실력 있는 목수들이 기초를 다듬었다. 그 위에 단단한 돌을 올리고 마법사들이 강화 마법을 걸었다. 그러고도 안심이 되지 않아 세온은 술법까지 걸었다.

 대륙의 소문난 검사들이 몰려드는 동안 하루스에선 또 다른 흥밋거리가 있었다. 켈타이어 남작이 공개재판을 열었기 때문이다. 죄인이 심판을 받는 일은 언제나 있어온 일이다.

 아무리 치안이 잘 된 사회라도 범죄가 없을 수는 없다. 그러니 누군가 나쁜 짓을 저질러 심판을 받는다고 흥미를 끌 일은 없다. 대체적으로는 그렇다.

그러나 세상 모든 일은 예외가 있는 법이다. 이번 재판도 마찬가지였다. 검술대회를 위해 하루스를 찾은 검사들조차도 재미있다는 생각을 할 정도였다. 범죄의 종류가 하루스가 원조라고 알려진 영화와 관련된 것이기 때문이었다.

켈타이어 남작이 심판을 하려는 인물은 40대 중반의 사내로 음란한 영상을 만들었던 자다. 그는 클라우드에 의해 신병이 확보된 상태로 남작에게 인계가 되었다.

남작은 하루스의 정신세계가 오염될 수 있는 음란물을 용납할 수 없다는 의지를 보였다.

그 일환으로 남작은 하루스에 퍼지기 시작하던 수정구를 최대한 회수했다.

그러나 사람이 하는 일은 언제나 허점이 있기 마련이라 완전히 회수가 된 건 아니었다. 몇몇 돈 많은 남성들이 레이아웃을 기웃거리며 수정구를 구한 것이다.

레이아웃에서 판매하는 수정구는 남자들이 서로 웃돈까지 얹어가며 몰래 구입해 돌려보고는 했다. 마나집적기의 보급이 활발히 이뤄지는 중인데다 곧 가격까지 낮춰질 것이라는 소문이 돌았다.

마나집적기의 보급은 마나를 다루지 못하는 보통 사람도 영화를 볼 수 있게 해 주었다. 집에서 은밀하게 감상할 수 있다는 점은 음란 수정구의 유통을 감춰주는 역할도 했다. 남작이 심판하는 자가 제작한 수정구는 돈 있고 발 빠른 사람은 이미 봤던 것이다.

은밀한 음란 수정구의 유통을 남작은 결코 용납할 수 없다는 태도를 보였다. 그 때문에 그런 물건을 제작한 사내를 향하여 죄를 물으며 호통을 쳤다. 여기까지라면 사람들이 흥미를 보일 이유가 없었다.

"그 친구 참 걸물일세."

"그러게. 별로 배운 것도 없는 친구가 정말 대단해."

재판 과정을 구경한 이들이 저마다 이야기를 주고받았다.

평범한 사람은 재판을 받는다는 이유만으로 주눅이 들기 마련이다. 그런데 이번에 재판을 받은 사내는 전혀 그런 기색이 없었다. 오히려 당당했다.

억지 논리가 대부분이었지만 일견 그럴 듯한 말들도 있었다. 벌을 받을 사람이 너무 당당하게 무죄를 주장하고 나서자 재판은 자연스럽게 연기되었다.

사람들은 '특이한 논리와 사고방식을 가졌다'라고 여겼다. 잠시 동안의 흥미는 되었지만 그 이상은 아니었다. 대부분의 사람들은 사내에게 결국 유죄가 선고되고 벌을 받으리라 생각했다.

어떤 신념을 가지고 있더라도 증명하지 못하면 그른 것이 되는 것이 현실이다. 옳은 것을 증명하더라도 권력과 싸워 이긴다는 건 어려운 일이다.

하물며 하루스를 방문하는 이들 모두가 옳지 않은 일이라 생각한다면 두말할 나위 없다.

세온 역시 음란 수정구를 두고 잠시 동안 흥미를 보였다. 뭔가 대륙 최초의 음란물 유통업자가 될 뻔했던 상황이 재미있게 느껴졌다. 그러나 그저 함께하는 이들과 웃고 떠들 화제 이상은 되지 못했다.

여느 때와 마찬가지로 세온은 에그리앙과 류텐을 대동하고 체린과 식사를 하기로 했다. 이들이 찾은 곳은 한 끼 식사비만 1골드가 넘게 드는 고급 식당이었다.

평범한 이들에겐 상당히 부담스러운 가격이었지만 세온에겐 그 정도 돈은 있었다.

세온이 에그리앙과 류텐을 대동하고 식당으로 들어갔다. 곧 웨이터가 안내를 맡았다.

"체린 민스터 자작님께서 기다리고 계십니다. 제가 안내해 드리죠."

"그럼 부탁해."

"아닙니다. 무비 남작님을 안내하게 되어 영광입니다."

웨이터는 세온을 보자마자 알아보며 체린이 앉은 자리로 안내했다. 식당 안은 그윽한 향기가 실내에 풍기고 있었다. 잘 모르는 사람이라도 고급 향수라는 것을 알기에 충분했다.

에그리앙과 세온이 웨이터의 뒤를 따랐다. 거친 용병생활을 하던 류텐도 고급 식당이 처음은 아닌 듯 여유로웠다. 세온이 의외라는 듯 류텐에게 귓말을 했다.

"류텐은 왠지 시끌벅적한 펍이 아니면 어울리지 않을 것 같은데. 꽤 여유로운걸?"

"당연하지. 나는 그냥 평범한 용병이 아니었어. 실버등급이면 의뢰인 경호를 위해 이보다 더 좋은 구경도 얼마든지 하거든. 심지어 나는 제국의 수도에도 다녀왔었다고."

"그럼 좋은 구경도 많이 했겠네."

"그렇긴 해도 폴카스 왕국만큼 살기 좋은 곳은 드물더라. 치안도 잘 되어 있고 몬스터도 별로 없잖아. 바로 옆에 있는 데우스 왕국만 하더라도 정기적으로 몬스터 토벌을 해야 해. 그렇지 않으면 언제 몬스터의 대군과 싸워야 할지 모르거든."

일행이 웨이터의 안내를 받는 동안 류텐이 자신의 무용담을 이야기해 주었다.

제법 입담도 있어 그럴 듯하고 재미있었다. 이야기를 들으며 걸은 지 얼마 되지 않아 체린의 모습이 보였다. 체린은 뭔가 한참을 들여다보고 있었다.

세온이 슬쩍 다가가 보니 한창 원고를 검토하는 중이었다. 붉은 펜으로 표시를 하고 설명을 덧붙이기도 했다. 세온 등은 체린을 방해하지 않기 위해 최대한 조용히 자리에 앉았다.

체린은 글을 쓰는 도중에는 신경이 유난히 예민해진다. 평소엔 온화한 사람이 꼭 글쓰기에 방해를 받으면 불같이 화를 내곤 했다.

그런 일을 몇 번 겪은 다음부터 세온도 체린이 글을 쓸 때는 최대한 조심했다. 화를 내지 않더라도 집필중인 작가를 방해하지 않는 것은 기본적인 예의다.

한참 원고를 들여다보던 체린이 기지개를 켜다 일행들을 발견했다.

"언제 온 거야? 사람이 온 것도 모르고 원고만 보고 있었네."

"우리도 방금 왔어. 새로 출판할 원고야?"

"뭐, 그렇지."

체린은 옆에 내려놨던 가방에 원고를 넣으며 웨이터에게 손짓했다. 웨이터가 공손하게 메뉴판을 내밀었다.

"프로슬란 영애께서 먼저 고르시죠."

"어머, 감사합니다."

체린은 메뉴 선택의 기회를 에그리앙에게 양보하며 세온에게 말을 걸었다.

"어떻게 검술대회 준비는 잘 되고 있어?"

"그럭저럭 대회장도 거의 다 만들었고, 신청자도 생각했던 것보다 많아. 문제는 참가자들이 이번 검술대회의 기준을 납득해 줄지……."

세온이 걱정스럽게 말했다. 체린이 이해한다는 듯 고개를 끄덕이자 류텐은 고개를 갸웃거렸다.

"뭐가 문제야? 어차피 실력 좋은 사람 뽑는다고 한 거 아니었어?"

"꼭 그런 것만은 아니야."

"그러면 실력이 떨어져도 괜찮다는 거야?"

"물론 검술이 어느 정도는 돼 줘야지."

"그러면 문제없잖아."

"일반적인 경우라면 상관없지. 잊었어? 내가 필요한 것은 뛰어난 기사가 아니야. 영화에 출연할 배우라고."

류텐은 여전히 알 수 없다는 듯 고개를 갸웃거렸다. 옆에 앉아 있던 에그리앙이 답답했는지 대신하여 설명해 주었다.

"영화에서 시각적인 효과가 중요한 건 알고 있지?"

"그야 물론이지."

"그러면 다른 질문을 할게. 적을 상대할 때 실력이 좋은 쪽과 모자란 쪽 중에서 누가 더 검을 많이 휘두를까?"

"당연히 실력이 모자란 쪽이지. 진정한 실력자는 검을 두 번씩 휘두르는 법이 없잖아."

"바로 그거야."

에그리앙의 말에 비로소 류텐도 말뜻을 알아들었다.

항상 그런 것은 아니지만 실력 있는 검사일수록 적을 대할 때의 움직임이 적어지게 된다.

최소한의 움직임으로 가장 효율적인 공격을 선호하게 되기 때문이다.

"극한까지 다듬고 또 다듬어진 절제된 동작이라는 거 좋지.

그런 몸가짐을 가진 사람들치고 약자는 없을 거야. 나도 인정한다고. 정말 존경할 만한 무인이지. 그렇지만 무술연기를 한다는 입장에서는 별로야. 왜냐하면 볼거리가 없잖아.

무심히 적을 바라본다. 검을 든 자세로 석상처럼 미동도 없다. 그러다 갑작스럽게 움직인다. 주변 사람들이 미처 무슨 일이 생겼는지 깨닫기도 전에 칼집에 검을 꽂는다. 그리고 적이 쓰러진다. 이런 장면은 실력 있는 작가가 글로 표현하면 그럴 듯하지. 하지만 그걸 직접 눈으로 본다면 어떻겠어? 그냥 칼 들고 눈싸움하다가 한 사람이 쓰러지는 거잖아. 차라리 어설픈 풋내기들이 수십 합을 겨루는 것만 못하다고."

"뭐야, 그런 건 검술이 아니라 사람들 앞에 보여 주는 묘기잖아."

"내가 원하는 게 그거야. 앞으로 그런 용도로 수정구가 사용될지 모르지만, 적어도 내 영화는 아니야. 영화는 재미있어야 해. 관람자의 눈이 즐겁지 않으면 아무 소용없다고."

세온의 설명에 류텐이 고개를 끄덕였다. 이것으로 세온이 생각하는 검술대회가 무엇인지 알 수 있을 것 같았다. 에그리앙이 다시 끼어들었다.

"그렇다고 정말 실력 없는 사람이 뽑히진 않을 거야. 검술 중에는 화려한 것들도 많거든."

"프로슬란 영애의 말대로 검술의 종류는 무척 많다고 들었어요. 힘을 중시하는 검술이 있고 기교를 중시하는 화려하고 빠른 검술도 있죠. 제가 검술을 익히지는 못했지만 제법 책은 많이 읽었거든요."

체린의 말에 세온이 그런 사람을 찾는다는 말을 덧붙였다. 그리고 체린은 이미 완성된 시나리오를 건네주었다.

"수고했어."

"내가 하기로 한 일이잖아."

"그래도."

세온이 감사의 말을 하며 읽어보았다. 중간에 의문이 생기면 질문을 하기도 했다. 체린도 그동안 희곡과 시나리오를 쓰며 공연을 염두에 두게 되었다. 덕분에 세온이 대본을 확인하기가 전보다 편해졌다.

시나리오는 세온이 예상했던 대로 상당히 잘 되어 있었다. 대륙 제일의 작가가 쓴 시나리오는 역시 세온이 고심하며 만든 것보다 훨씬 나았다. 전문 작가가 왜 필요한지 실감하는 순간이었다.

세온이 엄지손가락을 세우며 최고라는 찬사를 했다.

"체린 님이 직접 쓰신 거라고. 세온의 하찮은 글과는 차원이 다른 게 당연하잖아."

"내 글이 뭐 어때서? 나도 어릴 적에는 글 잘 쓴다는 말 많이 들었다고."

"호오, 그래? 그럼 세온도 체린 님처럼 책이라도 낸 거야?"

"아…… 아니 그건 아니지만……."

"그럼 글 잘 쓴다고 말한 사람이 누구야?"

"그야……, 어른들이. 나도 어린 시절엔 상도 받고 그랬다고. 정말이야."

"글 쓴다고 상을 줘?"

"그럼, 당연하지."

세온이 당당하게 가슴을 펴며 대꾸했다. 에그리앙이 의심스럽다는 듯 팔짱을 끼고 바라봤다. 류텐이 뭐 그럴 수도 있지 않겠느냐며 세온을 거들었다.

"사람을 겉보기로 판단하면 안 돼. 나를 보라고. 나도 내 외모가 음악가로서 어울리지 않는다는 거 잘 알거든. 세온도 비슷한 거겠지."

"그 말을 듣고 보니 또 묘하게 공감이 되는데."

류텐의 말에 에그리앙이 팔짱을 낀 채 고개까지 끄덕이며 말했다. 류텐이 가슴을 탕탕 두들기며 비슷한 말을 반복했다. 세온이 체린에게 살짝 고개를 돌리며 물었다.

"지금 저거 내 편 드는 거 맞아?"

"글쎄?"

체린은 미리 주문한 와인 잔을 기울이며 대답을 회피했다. 세온이 아무 말도 못하고 어깨를 으쓱이며 화제를 돌렸다.

"체린, 재판에 대한 이야기 들었어?"

"잘 모르겠는데. 요즘은 출판 준비로 정신이 없거든. 무슨 일인데 그래?"

"그게 말이지……."

세온이 음란 수정구에 관한 이야기를 해 주었다. 그로 인해 벌어지는 재판에 대한 이야기도 이어졌다.

"웃기는 건 그 남자의 항변이었지. 이름이 팬텀이라고 하던가?"

"특이한 이름이군. 뭐라고 그랬지?"

"남녀 간의 정사는 언제나 일어나는 일인데 영화로 만드는 게 왜 불법이냐는 거지. 백색의 기사에서 살인이 연기인 것처럼 자기 영화에서 벌어지는 정사도 연기일 뿐이라는 거야."

세온의 대답에 체린이 생각에 잠겼다. 체린의 침묵으로 식탁에는 갑작스럽게 어색한 분위기가 맴돌았다. 화제를 돌리려 이야기를 꺼냈던 세온은 뭔가 말실수라도 했나 싶어 고개를 갸웃거렸다.

잠시의 침묵 후 체린이 세온에게 말을 걸었다.

"세온, 지금까지 내가 뭔가 부탁을 한 적이 없었지?"

"그렇지. 희곡과 시나리오가 필요해서 아쉬운 말을 하는 건 늘 내 쪽이었으니까."

"그건 충분한 대가를 받았으니까 괜찮아. 어쨌든 내가 지금까지 친구로서 뭔가를 부탁하거나 한 적은 없었지?"

"그랬지."

"그러면 지금 한 가지 부탁을 해도 괜찮을까?"

"무슨 부탁?"

체린은 공개적으로 음란 수정구에 관한 의견을 밝힐 테니 호응해 달라고 했다. 세온은 깊이 생각할 필요도 없다는 듯 알겠다며 고개를 끄덕였다.

"좋아. 별로 어려운 일도 아니니까."

"이해해 줘서 고마워."

"친구의 부탁인데 당연히 들어줘야지."

세온은 체린이 음란물 유통이 사회적으로 얼마나 해가 되는지 성토할 것이라 생각했다.

세온의 생각도 별반 다르지 않았기에 그리 대수롭지 않게 생각했다. 그러나 얼마 지나지 않아 상황은 전혀 엉뚱한 방향으로 전개되었다.

노리터의 전용 극장은 지어진 지 일 년도 되지 않아 하루스의 명소가 되었다. 켈타이어 남작이 상단의 자금까지 동원하여 지은 극장은 매일같이 많은 관객들이 몰렸다.

극장은 1개의 대극장과 2개의 소극장으로 이뤄졌다. 대극장은 현재 지옥의 발톱이라는 작품이 성황리에 공연 중이다.

소극장도 규모는 작지만 연극 공연에 부족함은 없다.

200여 개가 조금 넘는 객석에 무대 장치도 그럭저럭 나쁘지 않아 공연에 지장이 없었다.

마탑에서 나온 수습 마법사 덕분에 마법을 이용한 조명도 괜찮았다. 그중 한 군데는 노리터에서 소규모의 연극을 공연 중이고, 한 군데에선 영화를 상영 중이었다.

간혹 노리터 이외의 유랑극단에게 초청공연이라는 명목으로 공연을 시키기도 했다. 연기 방식이나 무대 연출 방식은 노리터가 한 수 위지만, 간혹 참신한 발상을 하는 이들도 있었다.

남는 극장의 활용도는 그것만이 아니었다. 지금이 바로 그러했다.

체린은 음란 수정구의 문제로 할 이야기가 있다며 하루스에서 활동하는 예술가들을 불렀다. 특유의 화려한 문장으로 정중하게 쓴 초대장은 도저히 거절할 수 없는 마력이 있었다.

초대를 받아들인 이들이 모여들자 소극장은 순식간에 사람들로 가득 채워졌다. 초대받은 손님들은 무대에 의자를 두고 앉아 있는 이들을 발견할 수 있었다. 체린과 극단 노리터의 주요 관계자들이었다.

제법 사람들이 채워지고 약속된 시간이 되었다. 노리터의 단원들이 객석을 돌아다니며 미리 준비한 음료와 과자를 나눠주었다. 입이 심심할까봐 입가심이나 하라는 배려였다.

모인 이들이 하나둘 자리를 잡았다. 다들 들은 이야기가 있어 음란 수정구에 대한 나름대로의 의견을 나눴다. 서로 안면 있는 이들끼리 사소한 잡담을 나누기도 했다. 자연 문화 예술계 인사들의 모임이 되었다.

세온이 나서서 모두를 조용히 시켰다. 곧 체린이 앞으로 나섰다.

"세온, 부탁할게."

"걱정하지 마. 작게 말해도 극장 구석까지 목소리가 다 전해질 테니까."

세온이 실프에게 체린의 음성을 최대한 잘 전달해 달라고 부탁했다. 연극배우처럼 발성법을 배운 적이 없는 체린에겐 이 정도 넓이도 부담스러웠던 것이다.

체린이 나서자 좀 전까지 수군거리던 이들의 이목이 집중되었다. 갑작스레 시선이 모이자 체린은 심호흡을 했다.

문득 사람들 앞에 나서서 이야기하는 것이 그리 쉬운 일이 아니라는 것을 느꼈다. 다행히 할 말은 미리 생각해 둔 참이었다.

"바쁜 와중에 찾아와 주셔서 감사합니다. 저는 글로써 꿈꾸고 숨쉬며 살아가는 체린 민스터라고 합니다. 어쩌다 운이 좋아 과분한 영광 속에서 살아가는 작가입니다."

체린은 그리 크지 않은 목소리로 말을 했다. 그러나 체린의 말을 듣지 못하는 이는 없었다.

얼마 퍼지지 못하고 흩어질 소리를 실프가 바람에 담아 퍼뜨렸다. 덕분에 모인 이들의 귀엔 바로 옆에서 말하는 것처럼 똑똑히 들렸다.

"제가 이 자리에 선 것은 여러분께 드릴 말씀이 있어서입니다."

체린은 간단하게 음란 수정구로 인한 재판에 관하여 이야기를 시작했다. 마침 하루스에서는 그 일로 크게 시끄러운 상태라 모르는 이가 없었다.

덕분에 체린의 이야기는 좀 더 쉽고 간단하게 진행되었다. 세온도 뻔한 이야기를 하리라 여기며 딴생각을 했다.

그러나 체린의 이어지는 말에 세온은 그만 저도 모르게 자리에서 벌떡 일어나고 말았다.

놀란 것은 비단 세온만이 아니었다. 그만큼 체린의 말은 파격적이었다.

"……저는 이번에 팬텀이라는 자의 구명을 위해 힘을 쓰려 합니다. 아울러 그 음란 수정구를 범죄가 아닌 합법적인 영화로 인정해야 한다고 봅니다."

음란 수정구의 해악(害惡)에 관한 이야기를 하리라 예상하던 이들이 입을 벌렸다. 혹시 잘못 들었나 싶어 옆 사람에게 체린이 한 말을 묻는 이도 있었다.

그러나 체린은 진지한 얼굴로 다시 음란 수정구의 제작을 규제하지 못하게 하자고 했다.

사람들 사이에선 당연히 소란이 일어났다. 체린의 발언은 지금까지 체린이 쌓아왔던 고아한 이미지를 깨뜨리는 것이기도 했다. 어째서 그런 말을 하는지 아무도 이해하지 못했다.

그나마도 사람들이 자리를 뜨지 않고 앉아 있는 것은 체린의 이름값 때문이었다.

누군가 한 사람이 손을 들며 말했다.

"지금 민스터 자작님의 말씀은 이해하기 힘듭니다. 음란 수정구는 무비 남작님이 만든 연극이나 영화와는 전혀 다릅니다. 무비 남작님의 영화는 예술의 한 장르로 인정할 수 있지만 음란 수정구는 전혀 그렇지 않습니다. 짐승처럼 본능에 충실할 뿐 아닙니까?"

그 발언에 다른 이들도 너나 할 것 없이 비슷한 말을 했다. 체린이 난처한 표정을 지었다.

세온 역시 체린의 말을 쉽게 받아들일 수 없었지만 친구로서 믿어주기로 했다. 이미 체린이 무슨 말을 하든 호응하기로 약속하기도 했고.

"걱정하지 말고 말해. 사람들이 아무리 크게 떠들어도 실프가 알아서 잘 해 줄 거야."

세온의 격려에 체린이 고개를 끄덕이며 다시 입을 열었다.

"여러분의 말씀도 맞습니다. 저 역시 음란 수정구가 세상에 해가 된다고 생각합니다. 가능하다면 음란 수정구가 없어지는 것이 좋다고 생각합니다. 그렇지만 역시 법에 의하여 표현의 한계가 정해져서는 안 됩니다."

체린이 '법에 의하여'라는 말에 유독 힘을 주며 말했다. 그제야 사람들이 수군거리며 귀를 기울였다.

모인 이들은 하나같이 예술가들이다. 그런 이들이 법에 의하여 표현의 한계가 정해지는 예술을 바랄 리 없었다.

"문학을 비롯한 각종 예술은 사람에 따라 여러 해석이 나올 수 있습니다. 실례로 일전에 브레타 부인이 영화 백색의 기사에 대하여 색다른 해석을 한 적이 있습니다. 그 일로 어떤 불미스러운 일이 있었는지 잘 알고 계실 겁니다. 모든 문화 예술 작품은 해석방식에 따라 전혀 엉뚱한 답이 나올 수 있습니다. 그러니 만약 표현에 대하여 법의 제한을 받는다면 우린 권력자의 눈치를 보게 될 수 있습니다."

체린이 잠시 말을 멈추고 사람들의 반응을 살폈다. 몇몇 사람들이 고개를 끄덕이며 나직하게 '맞아, 맞아.'를 연발했다. 세온도 체린이 말한 '법에 의한 표현의 제한'에 관하여 공감했다.

"그렇다고 표현 방식에 대한 기준을 정하는 것도 말이 되지 않습니다. 예를 들어 보겠습니다. 남녀 간의 애정을 묘사하는데 스킨십의 한계를 어디까지 표현해야 할까요? 손목에서 팔꿈치까지는 예술이고, 어깨부터는 외설이라고 할까요? 혹은 키스 장면은 5줄까지는 괜찮지만 6줄부터는 제한을 받아야 합니까? 영화를 기준으로 했을 때 끌어안는 장면이 10초까지는 예술이지만 11초가 넘으면 외설입니까? 여러분은 법적인 기준은 어떻게 정해야 한다고 생각하십니까?"

체린의 질문에 아무도 대답하지 않았다. 예술가들도 서로 이야기를 주고받는 중이기 때문이다. 화가들이 의견을 내고 조각가들이 고개를 끄덕이기도 했다. 그들도 할 이야기들이 많았던 것이다.

"과연 민스터 자작님의 말씀이 맞습니다. 저는 그저 아름다운 여체를 화폭에 담았을 뿐인데 그것을 천박한 그림으로 취급하는 사람이 있더군요."

"저도 비슷한 일이 있었습니다. 역동적인 힘을 표현하기 위해 근육이 꿈틀거리는 남자의 알몸을 조각했다가 이상한 소릴 들었었죠."

"그 정도는 약과입니다. 달빛을 표현한 곡을 음탕하다고 한 사람도 있어요."

하나둘씩 자신의 경험담을 말하는 소리가 체린의 귀를 파고 들었다. 다들 표현하려던 의도와 다른 해석으로 상처 입은 기억들이 있었다. 문화 예술 분야에 종사하는 이들이 겪어야 할 어쩔 수 없는 숙명이었다.

"여러분은 자신의 작품을 사람들의 천박한 해석으로 상처 입은 경험이 있을 겁니다. 그런 일은 있을 수 있는 일입니다. 감상하는 사람의 주관에 따라 천차만별의 해석이 나올 수 있을 테니까요. 그런데 여기에 법의 적용이 들어간다면 어떤 일이 벌어질까요? 하필이면 내 작품을 보고 천박한 해석을 한 사람이 권력자라면? 자식 같은 작품 하나가 사장되는 일이 생길 겁니다."

체린의 말에 사람들이 호응하며 박수를 쳤다. 그 말이 옳다고 외쳤다.

뒤에 있던 세온도 고개를 끄덕였고 류텐도 자리에서 일어나 박수를 쳤다. 잠시 사람들이 환호가 사라지길 기다린 체린이 결론을 내렸다.

"음란 수정구의 유통은 분명 나쁜 일입니다. 저도 음란 수정구는 반대합니다. 그러나 그것은 문화계 스스로의 자정작용에 의존해야 합니다. 법에 의한 표현의 통제는 결코 있어서는 안 될 일입니다. 한 번 선례가 만들어지면 이후에도 법이 통제할 수 있는 명분을 주게 됩니다. 어떤 상황에서든 창작자의 자유는 보장되어야 합니다. 적어도 자신의 작품 속에서는 하고 싶은 말을 하고 꿈꾸는 것을 꿈꿔야 합니다. 법에 의하여 음란 수정구 제작자의 처벌을 막으려는 이유가 여기 있습니다."

체린의 말에 세온도 웃으며 자리에 앉았다. 자신으로서도 체린을 막을 생각이 전혀 없었다. 아니 오히려 적극 호응하고 도와주는 것이 좋았다.

체린은 대륙 전체에 널리 명성을 알려진 대작가다. 세온도 연극 영화로 인해 상당한 인지도를 쌓은 상태였다.

연극은 하루스를 방문하지 않은 이들은 얼마나 대단한지 모른다. 그저 좋다는 말만 듣고 그런가 보다 생각할 따름이다. 그러나 영화는 달랐다.

영화가 연극보다 좋은 점이 공간적 제약이 없다는 것이다.

필름, 아니, 수정구만 있으면 어디서든 상영할 수 있다.

대륙인들이 이전엔 본 적 없는 연극과 마법의 결합은 세온의 명성을 높여주었다. 그런 세온이 체린을 호응해 줬다.

대륙에서 가장 명성 높은 두 사람이 같은 뜻을 내세웠다. 내세우는 명분도 창작자들이 공감하는 것이었다.

체린은 사람들의 공감을 얻은 뒤 곧바로 행동에 들어갔다. 세온의 의견을 받아들여 뜻을 같이 한다는 동의서부터 받았다.

'한국에서도 영상등급위원회 때문에 꽤 고달팠지. 평가 기준이 명확한 것도 아니고, 같은 방식의 표현도 전혀 다른 잣대를 들이댔잖아. 외국에서 하면 예술이고 한국에서 하면 외설이라는 말처럼 짜증나는 건 없었어. 영화에 대해서 아무것도 모르는 사람들이 제멋대로 평가하고 재단한다는 게 말이 돼?'

세온이 체린의 뒤를 따랐다. 세온의 양옆에는 류텐과 에그리앙이 함께했다.

류텐은 표현의 자유라는 부분에 큰 공감을 하고 있었다. 지금은 세온을 만난 덕분에 음악이 빛을 보고 있지만, 이전에는 그렇지 않았다.

류텐의 음악은 대륙을 기준으로 너무 파격적이었던 것이다. 규격에 맞지 않는다는 이유로 음악을 금지시킨다면 류텐이 먼저 대상이 될 것 같았다.

에그리앙은 단순히 노리터의 단장이 가니까 함께 가는 것이

옳다며 따라왔다. 세온도 그 말에 고개를 끄덕였다.

생각해 보니 에그리앙이 동참해 주는 것이 나쁘지는 않았다. 대외적으로 뛰어난 정령사가 함께한다면 힘이 된다.

그렇게 일행들이 켈타이어 남작이 집무를 보는 관청 앞에 도착했다. 경비병들은 갑자기 200명이 넘는 인원이 몰려오자 당황했다.

이름 높은 예술가들이라 무력충돌은 없으리란 생각을 했지만 불안은 어쩔 수 없었다. 당장 앞장서고 있는 세온이나 에그리앙, 류텐은 발군의 실력자들이 아닌가.

"무, 무슨 일입니까?"

경비병들이 당황하며 용건을 물었다. 체린이 고개를 돌려 세온과 시선을 마주치자 세온은 고개를 끄덕였다. 체린에게 대표를 맡으라는 무언의 표시였다. 체린이 경비병에게 말했다.

"우리는 켈타이어 남작님께 볼일이 있어 찾아왔습니다. 평소엔 따로 볼일이 없어도 만나러 왔었잖아요."

"그렇지만 이렇게 많은 인원이 몰려오면 좀 곤란합니다."

"걱정할 필요 없어요. 우리 4명만 들어가면 되니까요."

"알겠습니다."

경비병이 체린과 세온 일행에게 길을 열어주었다. 체린이 다른 예술가들에게 잠시 자리를 지켜달라는 당부를 했다. 모두들 걱정하지 말라고 호언장담을 했다.

예술가들을 뒤로 하고 일행은 곧 남작을 만나기 위해 집무실로 향했다.

집무실에 있던 남작은 창문을 통해 관청 바깥에 운집한 예술가들을 보고 있었다.

"불쑥 찾아와서 죄송합니다."

"아닙니다. 대륙의 별이라는 민스터 자작님의 방문인데 제가 영광이죠."

체린의 말에 남작이 공손하게 고개를 숙이며 대답했다. 체린과 남작은 의례적인 인사를 주고받았다. 잠깐의 침묵 후 체린이 먼저 용건을 꺼냈다.

"사실은 일이 있어서 남작님을 찾았습니다."

"무슨 일인지 알 수 있을까요?"

"팬텀이라는 자의 신변에 관한 겁니다."

"팬텀이라면 음란 수정구의 제작 유통으로 체포된 범인 말입니까?"

"예, 맞습니다. 그 사람 때문에 찾아왔습니다."

체린의 대답에 남작은 이해할 수 없다는 듯 고개를 갸웃거렸다. 아무리 생각해도 팬텀과 체린의 연관성을 찾기 힘들었기 때문이다.

"이해할 수 없군요. 팬텀이 벌인 일이 흥미롭긴 하지만 민스터 자작님까지 나서시게 될 줄은 몰랐습니다. 혹시 그자가 제 생각보다 사회적 영향력이 깊은 인물이었나요?"

"그렇지 않습니다. 저는 한 번도 그를 본 적이 없고, 저와 함께한 대부분의 사람들도 마찬가지입니다."

"그렇군요. 그러면 죄질이 깊으니 가중처벌을 부탁하러 오신 건가요?"

"아니요."

체린이 고개를 저으며 대답했다.

"저희는 그의 사면을 위해 찾아왔습니다. 아니 정확히는 팬텀이라는 사람보다 창작의 자유를 위해 찾아왔다고 해야겠죠."

"창작의 자유라고요?"

"그렇습니다."

체린의 말에도 남작은 여전히 이해할 수 없다는 얼굴이었다. 아니, 대답을 들으니 더 이해할 수 없었다. 그런 남작을 위해 체린이 차분하게 설명을 해 주었다. 설명을 들은 남작은 길게 한숨을 내쉬며 대답했다.

"그렇군요. 자작님이나 다른 창작자들은 그런 생각을 할 수 있겠군요. 생각하지 못한 부분입니다."

남작이 솔직하게 항복을 선언했다. 체린은 이해해 줘서 고맙다는 인사를 했다.

세온이 옆에서 체린을 거들어 주었다. 류텐도 규격에 얽매인 잣대가 얼마나 위험한지 열변을 토했다. 에그리앙만이 아무 말 없이 팔짱을 낀 채 구경할 따름이었다.

"평범한 문관이라 그런 문제는 도저히 생각할 수 없었습니다. 민스터 자작님의 입장은 잘 알았습니다. 이번 일은 죄가 없는 것으로 처리하도록 하지요. 말씀하신 대로 표현의 자유를 위해서 말입니다."

"쉽지 않은 결단을 내려주셔서 감사드립니다."

"그러게 말이죠. 예술의 도시라는 명성을 깎아내리는 일이 될지도 모를 텐데."

세온의 참견에 남작이 손을 저으며 대답했다.

"꼭 그렇지도 않네. 그만큼 자유로운 예술 활동이 보장된 곳이라는 선전도 될 수 있지. 그만큼 더 많은 예술가들이 몰려들고, 그만큼 예술애호가들도 몰리겠지. 그리 나쁜 것만은 아니야. 다만 팬텀이라는 자를 무죄로 만들면 다른 문제가 생길 것 같은데……."

남작이 난처하다는 듯 말했다. 팬텀에게 벌을 주면 법에 의한 표현의 통제라는 전례가 만들어진다.

반대로 팬텀에게 벌을 주지 않으면 음란 수정구의 유포가 활성화될 여지가 있었다. 남작의 고민에 체린과 다른 이들도 마찬가지로 고민에 잠겼다.

그러나 세온만은 별 고민을 하지 않았다. 세온은 문화교류에 있어 보다 발달한 세계에서 살았던 몸이다.

마음에 들지 않지만 영상등급에 관련된 부분도 질리도록 겪었었다.

"그건 크게 걱정할 필요 없어요."

"뭔가 방법이 있나?"

"유해성에 따라 등급을 나누죠. 높은 등급은 상영에 대한 제약이 없지만, 등급이 낮으면 제한된 장소에서만 상영하는 거죠. 자유로운 창작활동을 보호하기 위해서라지만 음란 수정구가 유해영상이라는 건 사실이잖아요. 가치관이 성립된 어른들은 봐도 상관없지만, 사춘기 아이들에겐 문제가 될 수 있죠. 그렇지 않더라도 이런 건 당당히 볼 것은 아니잖아요."

"그거 괜찮군."

남작은 엄지와 검지로 자신의 콧수염을 꼬아대며 잠시 고민하더니 고개를 끄덕였다.

세온의 의견을 따르는 것 말고는 특별한 대안이 없었던 것이다. 좀 더 세부적인 방식에 관해서는 나중에 따로 이야기를 나누기로 했다. 당장 급한 것은 아니었다.

다음날.

남작은 체린을 비롯한 예술가들의 의견을 수용해 팬텀을 석방해 주었다. 음란 수정구 유포에 대한 대책도 발표했다.

대부분의 예술가들은 등급제를 비롯한 각종 대책이 남작의 발상이라 생각하고 환영했다. 어쩌다 음란 수정구를 옹호하는 형태가 되었지만, 유해성에 관해서는 모두 동의했기 때문이다.

우습게도 세인트 오브 소드의 역할을 위한 검술대회 덕분에 소문이 빠르게 퍼져 나갔다.

하루스의 많은 예술가들은 남작의 결단을 환영했다. 한편으로 음란 수정구에 대한 대책도 적절한 방법이었다고 칭찬했다.

음란물의 상영 장소를 제한한다는 발표에 당사자인 팬텀이 나섰다. 음란 수정구 제작으로 벌어들인 돈이 꽤 됐던 모양이다. 자신이 직접 전용 극장을 짓겠다고 했다.

남작의 허락에 팬텀은 레이아웃에서 멀지 않은 공터를 구입하여 극장을 건축했다.

수완이 좋은지 음란 수정구 제작으로 돈이 된다는 것을 과시하며 상단을 끌어들였던 것이다.

팬텀은 주로 사창가를 돌아다니며 반반한 여자들을 뽑았다. 그는 빚 때문에 어쩔 수 없이 창기가 된 여자들에게 선불을 주고 영화 촬영을 했다.

하루 종일 여러 남자들에게 몸을 팔고 화대를 모으는 것보다 편하고 수입도 컸다.

온종일 몸을 팔며 몇 달간 화대를 모아도 모이지 않던 돈이 단 한 번의 촬영에 주어졌다.

이미 인생을 포기한 창녀 중 많은 수가 이 새로운 직종에 뛰어들었다. 그 중에도 유난히 인기를 끄는 이들도 있었다. 그녀들은 남들보다 더 많은 촬영기회가 있었다.

체린이 팬텀을 옹호한 것은 '법에 의한 표현의 제약'을 받지 않기 위해서였다. 그러나 우습게도 하루스에 공식적인 음란 수정구 제작소가 생기게 되었다.

 뿐만 아니라 음란 수정구 제작을 위한 전문 배우와 전용 극장까지 생기는 결과를 낳았다.

 "포르노 전용 극장에 포르노 전문 프로덕션에 포르노 전문 배우라니. 이것 참 기가 막히다고 해야 하나?"

 어느 날 문득 레이아웃 부근의 극장을 먼발치로 본 세온의 한 마디였다.

　세온은 음란 수정구의 일을 마무리하고 또다시 정신없이 바쁜 나날을 보냈다. 룬드그란 전기를 영화로 제작하기 위해 준비해야 할 것이 한둘이 아니었기 때문이다.
　극장 안에 마련된 조그만 사무실에서 세온은 에그리앙과 함께 새 영화 제작 준비를 위한 의논을 하는 중이었다. 검성 류스하임 역을 뽑기 위한 검술대회도 그중 하나였다.
　"좋은 배우를 뽑는 것도 문제지만, 정말 실력 있는 사람들의 불만이 많을 거야."
　"사전에 영화 출연을 위한 검술대회라는 걸 알리면 문제없잖아."

"왜 문제가 없겠어? 검사들은 대체로 자존심이 강하다고."

"그러면 진짜 실력자들을 수상자로 뽑고, 캐스팅은 떨어진 사람 중에서 뽑으면 되잖아."

세온이 뭘 고민하냐는 듯 쉽게 대답했다. 그 말에 에그리앙이 기가 막힌다는 듯 대꾸했다.

"바보야, 그러면 그 수상자에게 뭘 줄 건데?"

"노리터가 상금을 줄 정도의 자금력도 없어?"

"검을 쓰는 사람들은 자존심이 강해서 돈으로 만족하지 않아. 특히 이번에 모인 사람들은 검성 류스하임을 대행하고 싶어 하는 사람들이잖아. 어지간한 보상으로는 그걸 대신할 수 없을걸."

"참 어렵네."

에그리앙의 말을 들으니 걱정스럽기 짝이 없었다. 만일 실력 있는 검사들이 다 함께 난동이라도 부린다면 이만저만 골치 아픈 일이 아닐 수 없다.

그나마 다행이라면 마스터급의 검사들은 체면 때문에 오지 못했다는 정도랄까?

두 사람은 한참 의논한 끝에 세온이 가진 귀족으로서의 작위를 이용하기로 했다. 우승자에게 약간의 상금과 귀족의 권한으로 기사수여식을 하기로 했다.

"내가 기사를 거느릴 일은 없는데."

"기사가 되는 사람도 널 모시고 싶지는 않을걸?"

"……그건 또 무슨 말이야!"

에그리앙의 말에 세온이 버럭 화를 냈다. 그러나 에그리앙이 그 정도에 꿈쩍할 리가 없었다. 그냥 무시하고 할 말을 할 따름이었다.

"기사의 작위를 준다고 꼭 거느려야 하는 법은 없지 않을까? 검성 류스하임도 특별히 주군을 모시진 않았지만, 대륙의 모든 사람들이 최고의 기사라는 걸 인정하잖아."

"지금은 그런 사람이 없잖아."

"지금까지 네 방식의 연극이나 영화라는 것도 없었어."

에그리앙의 반박에 세온이 탄성을 내질렀다. 가만 생각해 보면 기사에게 주군이 있어야 한다는 것도 일종의 고정관념이었다. 평범한 사람도 아니고 연기를 하는 연예인이 고정관념을 버리지 못하다니.

"에그리앙의 말이 맞아. 그런 고정관념에 묶일 필요는 없지. 좋아, 네 말대로 우승자에게 기사의 작위를 주는 거야. 그리고 주군이 되는 대신 멋진 호칭을 하나 지어주는 거지. 예를 들면 빛의 기사라던가 하는 식으로 말이야."

세온의 의견에 에그리앙도 괜찮은 생각이라며 찬성했다.

두 사람이 검술대회 문제로 한창 의논을 하고 있는데 노크 소리가 들렸다. 세온의 들어오라는 말에 문이 열렸다. 프레그였다.

"오랜만이야. 영화 때문에 정신이 없다 보니 얼굴 볼 틈이 없네."

"세온은 바쁘니까."

세온의 엄살에 프레그가 다 이해한다는 듯 대답했다. 프레그의 대답에 세온은 왠지 미안해졌다. 극단 노리터의 전신인 프레그 유랑극단의 단장이었던 프레그가 아닌가?

점차 희미해진 연기 정신을 다시 일깨워준 인물이기도 했고, 외모와 어울리지 않는 섬세한 연기 감각을 갖추고 있기도 했다. 지금은 노리터에 없어선 안 될 주역 중 하나를 자주 볼 수 없었다니.

'많이 반성해야겠는걸.'

세온이 앞으로 단원들과 함께하는 시간을 늘리겠다는 결심을 하는데 프레그가 먼저 말문을 열었다.

"사실 나, 할 말이 있어."

"뭐든 말해 봐."

세온은 내심 무슨 요구든 들어주겠다는 생각을 하며 이어질 말을 기다렸다. 그러나 프레그의 말은 예상치 못했던 것이었다.

"노리터를 떠나고 싶어."

"……!"

세온은 잠시 무슨 말을 하는가 싶어 아무 대꾸도 못했다. 그러다가 너무 성급하게 판단했다는 생각이 들었다.

'프레그는 연기를 떠나서 살 수 없는 사람이지. 진정한 연기자잖아. 그런데 극단을 떠나겠다고? 내가 말을 잘못 이해한 걸 거야. 그냥 잠시 머리를 식히고 싶다는 뜻이겠지.'

"그, 그래. 잠깐 여행을 다녀오는 것도 나쁘지 않지. 여행경비 좀 챙겨줄까? 얼마나 오래 떠나 있으려고?"

"여행 이야기가 아니야. 지금 말한 그대로 노리터를 떠나겠다는 뜻이야."

"설마 노리터를 탈퇴한다는 건 아니지?"

"맞아."

"아니, 왜?"

세온이 이해할 수 없어 되물었다. 그러다 문득 떠오르는 생각이 있었다. 이유라면 하나밖에 없었다.

연극 룬드그란 전기에서 검성 류스하임 역할을 맡았던 사람이 프레그였다. 인기도 있었고 개인적인 팬도 있었다. 그게 섭섭했던 게 아닐까 생각했다.

"류스하임 역을 다른 사람에게 줘서 그러는 거야?"

"아니, 그거랑 상관없어. 그게 섭섭했다면 진작 얘기했지. 검술대회를 생각한 건 벌써 오래 됐잖아."

"그러면……?"

"나의 공연을 하고 싶어."

프레그의 대답에 세온이 할 말을 찾았다.

조금만 더 도와달라고 하고 싶었다. 좀 더 나은 대우를 해주겠다고, 더 많은 돈을 받게 될 거라고 설득하고 싶었다. 그러나 그 말은 그저 머릿속에서만 맴돌 뿐 입 밖으로 나오진 않았다.

"지금처럼 지내는 것도 좋아. 노리터의 부단장이면 어디서든 대우를 받잖아. 예전 프레그 유랑극단 시절이라면 상상도 못할 일이지. 받는 돈도 상당하잖아. 예전엔 하루 두 끼만 먹어도 좋았거든. 그거 생각하면 엄청난 출세지."

"앞으로 더 좋아질 거야. 노리터의 규모가 점점 더 커지는 중이잖아. 브레타 부인에게 받은 8개의 영화 상영관도 극단 소유로 돌렸어. 거기서 나오는 수익금만으로도 우린 부자야."

"그래, 알고 있어. 지금 노리터의 부단장이라는 이유로 받는 돈도 굉장하잖아. 앞으로 더 대단하겠지. 지금까지 그 돈 전부 차곡차곡 모아뒀어. 나 이제 부자야. 지금까지 모은 돈으로도 평생 놀고먹을 수 있다고. 그런데 어쩐지 뭔가 부족한 것 같아."

"……"

"왜 그럴까? 누가 봐도 전보다 지금이 훨씬 좋은데 가끔씩 예전이 더 좋았다는 생각이 들고는 해. 왜 그런지 곰곰이 생각해 봤지. 답이 나오더라. 지금은 세온이 가르쳐 준 길만 걷잖아. 전보다 더 쉽고 편한데, 그냥 가만히 있어도 배부를 수 있는데 싫어. 세온은 지금 내 마음 이해할 수 있겠어? 나 스스로 걷고 싶은 마음 말이야."

프레그의 말에 세온은 아무 대답도 못했다. 자신의 연극을 하고 싶다는 말을 빙빙 돌려서 표현한 것이었다.

보통 사람에게는 쉽게 이해시킬 수 없는 감정이었다. 세온도 연극을 공연하지 않았다면 이해할 수 없었을 것이다.

"무슨 마음인지 알아. 그렇지만 조금만 더 도와주면 안 될까? 지금 나는 모든 것을 투자해서 룬드그란 전기를 만들 생각이야. 지금까지 만들었던 영화와는 차원이 다르다고. 룬드그란 전기가 성공하면 프레그에게도 많은 배당이 돌아갈 거야. 아니 지금도 원하면 소극장 하나는 언제든 비울 수 있잖아. 거기서 너의 연극을 하는 거야."

세온의 간곡한 말에 프레그가 웃어보였다.

"그래, 나도 처음엔 그런 생각을 했어. 세온에게 부탁하면 내가 공연하고 싶은 무대 정도는 언제든 만들어 줄 거라고."

프레그도 제법 오랫동안 고민했던 모양이다. 평소와 달리 말이 상당히 조리도 있고 설득력도 있었다.

"결국 세온에게 의지하는 거잖아. 그러면 안 될 것 같아. 지금까지 너무 세온만 의지했던 것 같아. 내가 나의 연기 생활을 하려면 노리터를 떠나는 게 좋아. 다시 프레그 극단을 만들어야지."

"그러면 룬드그란 전기가 완성될 때까지만 기다려 주면 안 될까?"

"아니야. 결심했을 때 빨리 떠나는 게 좋아. 계속 미련이 남잖아. 그러면 떠나기 힘들어. 사실은 지금도 자꾸 미련이 생긴다고."

프레그의 말에 세온은 설득을 포기했다. 여기서 더 붙잡는 것도 자신의 욕심이란 생각이 들었다. 자신만의 공연을 하고 싶은 마음에 공감했기 때문인지도 모른다.

"어떻게 시작할 생각이야?"

"그동안 저축 많이 했다고 했잖아. 알아보니까 300석 정도의 극장 하나는 지을 수 있겠더라. 거기다가 나와 같이 가겠다는 단원들도 좀 있고."

"잠깐, 혼자 떠나는 게 아니라 다른 단원들까지 데려 가겠다고? 도의적으로 그건 좀 아니잖아. 어떻게 그럴……."

"에그리앙, 그만. 나는 충분히 이해하고 있으니까."

"하지만……."

에그리앙이 중간에 끼어들자 세온이 만류했다. 에그리앙이 기가 막혀 두 사람의 얼굴을 번갈아 살폈다. 그녀의 상식으로써는 도저히 이해할 수 없었던 것이다.

"당연한 결과야. 흥분하지 마."

에그리앙과 달리 세온은 이미 겪어봤던 일이었다.

한국에 있을 때 극단이 분리되는 일을 겪었었다. 프레그와 같은 이유로 연기팀장이 극단을 그만뒀었다. 그때 단원 중 상당수가 함께했고 새로운 극단이 만들어졌었다.

이미 겪어봤던 일이기에 프레그의 독립으로 벌어질 일을 어느 정도는 예상할 수 있었다. 그렇더라도 갑자기 많은 단원들이 빠져 나가다니……

"얼마나 되지?"

"50명 정도 될 거야."

"희곡이나 조명은 어떻게 할 거야? 극장을 만든다고 했으니 지금 노리터의 방식으로 할 거잖아."

"노리터의 공연이 인기를 끌면서 희곡작가들이 생겼어. 벌써 출간된 희곡집도 몇 권이나 돼. 무대에 대한 이해가 부족하지만, 적당히 다듬으면 공연을 할 수 있어."

"조명은?"

"그 문제도 의외로 쉽게 해결될 것 같아. 오랫동안 수습 마법사를 벗어나지 못해 포기한 사람들은 얼마든지 있거든."

프레그는 차분히 설명했다.

많은 마법사들이 4클래스라는 벽을 넘지 못해 수습 마법사로 머물게 된다.

그중 일부는 포기하지 않고 끊임없이 도전하여 늦게나마 4클래스가 되기도 한다. 그러나 벽을 넘지 못한 상당수는 정식 마법사의 길을 포기하곤 했다.

그들은 마법사의 길을 포기하는 대신 남다른 지식과 수학적 능력을 발휘했다. 행정 관료나 상단의 중간관리자로서 살아가는 것이다.

"그나마도 다른 일을 하는 경우는 잘 풀린 경우지. 일거리가 늘 넘쳐나는 건 아니니까. 폴카스 왕국에서도 실업자들이 많거든. 마탑에서 지원해 준 마법사들에게 물어 보니 그런 사람들을 소개해 주겠다고 하더라고. 마법사의 길을 포기했다지만 배운 마법이 사라지는 건 아니잖아. 연극에 필요한 마법사의 수준이 대단한 걸 요구하는 것도 아니고."

설명을 듣고 나서야 세온은 프레그의 준비가 만만치 않다는 것을 알았다.

한편으로 이 세상에서 연극 영화가 새로운 문화의 축이 되어가고 있다는 것도 실감했다. 지금까지 없던 희곡작가가 생기고, 수습 마법사들의 일자리가 창출되는 셈이니까.

"그래, 프레그는 성공할 수 있을 거야. 나는 공짜로 입장해도 괜찮지?"

"당연하지. 세온에겐 언제나 무료야. 나에게 새로운 길을 열어준 스승이잖아."

"그렇게 생각해 주니 고마워."

"영화도 만드는 거야?"

"당분간은 연극에 집중하려고. 나중에 규모가 커지면 다른 생각을 하게 될지도 모르겠지만."

"그래. 그럼, 같이 나갈 사람들 명단이나 만들어 줘."

세온은 프레그를 내보낸 뒤 머리를 부여잡았다.

웃는 낯으로 좋게 보내주긴 하겠지만, 무려 50명이나 되는 단원들이 빠져 나가는 것은 큰 타격이었다. 다른 때라면 몰라도 블록버스터 영화를 준비하는 과정에서는 한 명의 연기자라도 아쉬운 상황이 아닌가. 옆에서 지켜보던 에그리앙도 걱정스러운 모양이었다.

"괜찮겠어? 한꺼번에 너무 많은 인원이 빠져 나가잖아."

"사람은 더 뽑으면 돼. 우리 무대에 서고 싶어 하는 배우들은 많으니까. 단원모집을 해야지."

"알았어."

"프레그와 같이 나가는 사람들한테 얼마 정도 챙겨 주는 것도 잊지 말고. 좋은 기억이 남도록 말이야."

"얼마나?"

에그리앙의 말에 잠시 생각하던 세온이 퇴직금의 개념을 떠올리며 말했다.

"1년 이상 있던 사람들에겐 1개월의 급료를 지불하는 걸로 하자."

"그렇게 하면 못 받는 사람도 있을 텐데."

"그만두는 사람에게 돈을 챙겨 주더라도 최소한의 기준은 있어야 하지 않겠어?"

"그야 그렇지. 그래도 그만두는 인원이 워낙 많아서 자금이 꽤 빠져 나갈 텐데, 괜찮겠어?"

"괜찮아. 노리터의 자금력은 그럭저럭 괜찮은 편이잖아."

"룬드그란 전기가 있잖아. 거기에 투자하는 돈도 만만치 않다고. 이번에 벌이는 검술대회의 운영비용도 생각해야 하고. 그 외에도 써야 할 돈 천지라고."

"투자자를 모집해야지. 마법사들을 모아서 촬영 기법에 대한 방법도 찾아보고. 어떻게든 길은 열리겠지."

세온의 무책임한 말에 에그리앙이 다시 잔소리를 해댔다. 세온은 그저 어깨를 으쓱이며 다 잘 될 거라고 말할 뿐이었다.

"프레그가 그만두면 앞으로 노리터의 경쟁상대가 되는 거잖아. 타격이 생기지 않을까?"

"난 나쁘지 않다고 생각해. 이왕이면 좀 더 많은 극단이 생겼으면 좋겠어."

"호오, 자신감이야?"

에그리앙이 물었다. 세온이 장난스럽게 웃으며 반문했다.

"혹시 브로드웨이나 헐리웃이라는 곳에 대해 들어본 적 있어?"

브로드웨이나 헐리웃 모두 세온이 본래 있던 세상에 있던 장소다. 뮤우 대륙에 없는 곳인데 에그리앙이 알 수 있을 리가 없다.

"브로드웨이? 헐리웃? 그게 뭐지?"

"내가 앞으로 하루스에서 이루고 싶은 꿈과 희망이야."

세온이 웃으며 대답했다. 그 모습이 너무나 밝고 환해서 에그리앙은 멍하니 바라보고 말았다.

❖   ❖   ❖

검술대회는 무사히 진행되었다.

가장 걱정했던 것은 류스하임 역을 맡을 배우 선택이었다.

검성 류스하임이 되기 위해 검사의 자존심까지 접고 연기를 하려는 이들이었다. 그런 이들에게 실력보다 화려한 검술이 더 중요하다고 말하긴 힘들었다.

다행히 대부분의 참가자들이 영화에서 시각적 효과가 중요하다는 것을 쉽게 납득했다. 그렇지 않은 이들도 우승자에게 주어질 포상에 만족했다. 주군을 모실 필요 없는 자유기사의 의미는 잘 몰랐지만 흥미를 가졌다.

대회는 토너먼트 형식이었다.

대회의 권위를 위해 초청한 참관인들이 세온과 함께 경기를 관람했다. 초청된 참관인은 하루스의 시장인 켈타이어 남작과 체린, 에그리앙이었다. 참관인의 숫자는 적었지만 체린이나 에그리앙의 명성 덕분에 부족함이 없었다.

대회가 진행되는 내내 세온은 류스하임 역할을 맡을 검술가를 찾았다. 다행히 세온의 눈에 드는 인물이 있었다. 그냥 보기에도 눈이 황홀해지는 검술을 가진 이었다.

실력도 괜찮아서 3명의 경쟁자를 무너뜨리고 16강까지 진출했다. 8강 진출은 무산됐지만, 그보다 알맞은 인물은 없을 것 같았다.

우승자는 브람토크라는 돌처럼 단단한 인상의 사내였다. 팔뚝에 큼직한 흉터가 있는데 특별히 가릴 생각은 없는 모양이었다. 남들보다 체구는 작았지만 검술은 대단했다. 어떤 상대와 맞서도 검을 3번 이상 휘두른 적이 없었다.

우승자가 결정되자 세온은 에그리앙과 의논한 대로 기사수여식을 해 주었다. 학창시절 교내에서 상장 한 번 받아본 문장력을 동원하여 그럴싸한 말을 읊어 주었다.

"브람토크 경에게 폴카스 왕국과 국왕폐하께서 내리신 권한으로 나 세온 드 무비 남작의 이름으로 기사의 작위를 내린다. 더불어 브람토크 경에게 '여명의 기사' 라는 칭호를 내리노라."

작위를 내리며 세온은 주변을 둘러봤다. 대체로 귀족이 내리는 기사의 작위는 주군을 정할 때 받는 것이다. 국왕이 작위를 내릴 때는 그나마 상관이 없다. 백성으로서 왕에게 충성을 하는 것이 마땅하기 때문이다. 그러나 귀족이 내리는 작위는 달랐다.

세온은 브람토크가 자신을 주군으로 삼지 않아도 될 명분을 만들어 주기로 했다. 그 부분도 에그리앙과 미리 말을 해 두었었다. 그럴 듯한 말 한마디면 충분하다.

"여기 여명의 기사를 보라. 그의 주군은 정의와 진리다. 기사의 본분은 자신이 모시는 주군을 목숨으로 지키는 것이다. 이제 브람토크 경은 주군인 정의와 진리를 위해 싸우게 될 것이다. 정의와 진리를 수호하며 세상에 빛을 밝힌 검성 류스하임의 뒤를 좇는 자가 될 것이다. 이것이……."

 세온이 적당한 명분을 주느라 만든 것이 '그의 주군은 정의와 진리'라는 것이었다. 만든 본인은 별 생각 없이 대충 만든 것이지만, 받아들이는 입장은 또 달랐다.

 기사수여식을 지켜보던 몇몇 사람들이 탄성을 뱉었다. 정의와 진리를 주군으로 삼고, 주군을 수호하기 위해 검을 든다는 말이 마음에 들었던 것이다. 세온이 생각 없이 뱉은 말은 곧 우승자에게 크나큰 자부심과 명예가 되었다.

 기사수여식이 끝나자 브람토크가 세온에게 감사의 인사를 했다.

 "감사합니다. 무비 남작님 덕분에 여명의 기사가 되었습니다. 말씀대로 정의와 진리를 저의 주군으로 삼아 검을 들겠습니다. 주군을 지키기 위해 검을 드는 것은 기사의 마땅한 본분이니까요."

 "좋게 생각해 줘서 고마워."

 "아닙니다. 저야말로 감사합니다. 여명의 기사라는 칭호도 어둠에 빛을 밝힌다는 의미겠죠. 아직은 과분합니다. 그러나 그 이름에 어울리는 실력을 쌓겠습니다."

 브람토크는 여명이 기사라는 칭호에 대단한 의미를 부여했다. 아쉽게도 세온은 그렇게 깊은 생각을 한 적이 없었다. 그냥 생각나는 대로 붙인 이름이었다. 그러나 때로 진실은 모르고 넘어가는 편이 더 아름답다.

룬드그란 전기 287

세온이 민망하여 긍정도 부정도 하지 않고 마냥 웃자 다른 사람들은 긍정으로 받아들이는 모양이었다. 곁에서 대회 참관인으로 있던 켈타이어 남작이 끼어들었다.

"정말 멋진 의미일세. 어쩌면 검성 류스하임 님의 뒤를 따르는 것은 여명의 기사일지도 모르겠군. 하루스의 시장으로서 여명의 기사에게 상금 50골드를 하사하겠네. 세온 군, 어떤가? 이왕 이렇게 된 거 매년 대회를 개최하는 게? 대회운영비가 부족하다면 내가 보탤 수 있네."

"그게 그러니까……."

"어머나, 그거 괜찮은 생각인데요. 매년 여명의 기사를 한 명씩 뽑는 것도 나쁘지 않겠어요."

"저도 찬성입니다. 세상에 정의와 진리를 주군으로 삼는 기사들이 많아지는 것도 좋을 것 같습니다."

에그리앙과 체린까지 찬성을 하며 끼어들었다. 이 상황에서 세온은 차마 못하겠다는 말을 할 수 없었다.

"그, 그렇게 하죠. 매년 여명의 기사를 하나씩 뽑는 겁니다. 나중에 숫자가 많아지면 여명기사단이 될지도 모르겠네요."

"하하하, 그렇다면 브람토크 경은 첫 번째 여명의 기사니까 여명기사단의 단장이 되는 셈이군."

세온의 농담에 남작이 말을 받으며 웃었다. 검술대회는 계획에 없는 기사단을 급조하며 끝을 맺었다. 대회마다 배출되는 여명의 기사가 정말로 기사단을 만들지는 세온의 관심 밖이었다.

 검술대회가 끝나고 룬드그란 전기의 영화화가 본격적으로 진행되었다.
 검성 류스하임 역할은 대회장에서 세온이 눈여겨보던 이로 큐란이라는 사내였다. 어깨까지 내려오는 금발이 검술만큼이나 화려한 미남자였다. 세온은 영화 촬영 도중 그만두지 못하게 하기 위해 계약서를 쓰도록 했다. 큐란이 검술대회에 참가한 이유도 영화출연을 위한 것이었기에 군말 없이 서명했다.
 류스하임의 역이 정해지자 다른 배역을 정하는 건 어렵지 않았다. 연극으로 공연하던 룬드그란 전기의 주요 배우들이 대부분 남아 있었기 때문이다. 주인공인 룬드그란은 당연히 세온이 맡았고, 엘루하 역은 스칼라가 맡았다.
 그 외에도 룬드그란의 동료로 활약했던 이들의 배역을 정하기는 어렵지 않았다. 다만 드워프 전사 란돌프만큼은 쉽게 결정할 수 없었다. 엘프인 엘루하의 경우에는 예쁜 여배우의 귀만 뾰족하게 분장하면 된다. 그러나 평범한 사람을 찍어 눌러 작게 만들 수는 없지 않은가?
 세온은 시나리오 상단부에 직접 써놓은 룬드그란의 동료에 관한 메모를 확인했다.

룬드그란 : 인류 최초의 9클래스 대마법사.
나이를 알 수 없는 남성.
류스하임 : 그랜드 마스터의 경지조차 뛰어넘었다고 추정되는 검사. 30대 중반의 남성.
란돌프 : 액스마스터. 나이 삼백을 넘긴 드워프 남자 전사.
엘루하 : 궁수이며 정령사. 나이 불문의 엘프 여성.
특이사항 : 룬드그란의 연인.
칸나 : 류이엘 여신의 신관. 류스하임의 연인으로서 성녀라 불릴 정도의 신성력 소유.

세온은 메모를 여러 번 되풀이하며 확인했다.
"칸나 역할도 메를린에게 다시 맡기면 되는데, 역시 란돌프가 문제네. 차라리 루스펠처럼 분장으로 다 해결할 수 있으면 괜찮을 텐데."
세온이 시나리오를 확인하고 중간 중간 체크를 해 가며 고민을 했다. 시작하기 전부터 어려운 작업이 되리라고 각오했었다. 그러나 막상 뚜껑을 열어 보니 생각했던 것 이상으로 문제가 많았다.
세온이 시나리오로 고민할 때 에그리앙은 자금문제로 고민을 했다. 룬드그란 전기에 투입될 자금이 만만치 않았던 것이다. 영화의 특성상 대규모 인원이 동원되는 장면이 한둘이 아니었다. 그런 장면들은 하나하나가 전부 돈이었다.
세온과 에그리앙이 영화 때문에 고민하고 있을 때 체린이 찾아왔다. 체린의 손에는 도수가 낮은 와인 한 병과 책 몇 권이 들려 있었다.

"체린 님, 어서 오세요."

"무슨 일이야?"

에그리앙과 세온이 체린을 맞아주었다. 체린이 손에 들린 책을 들어 보이며 말했다.

"프로슬란 양, 맞아 주어 감사합니다. 세온은 역시 바쁘구나. 새 책이 나와서 자축하려고 찾아왔지. 받아, 서점에서도 쉽게 구할 수 없는 체린 민스터의 초판본이라고."

체린이 한쪽 눈을 찡긋거리며 말했다. 세온이 마주 웃으며 책을 받았다. 내심 허풍이 심하다는 생각을 하는데 에그리앙이 폴짝거리며 좋아했다.

"정말 고마워요. 체린 님의 초판본이라니. 정말 꿈만 같군요."

"그게 그렇게 대단한 거야?"

에그리앙의 태도에 세온이 이해할 수 없다는 듯 물었다. 그 질문에 체린은 그저 웃을 뿐이었다. 에그리앙은 기가 막힌다는 듯 혀를 찼다.

"정말 바보 아니야? 체린 님의 새 책은 언제나 출간되는 그날에 다 팔린다고. 심지어 출판사 앞에서 진을 치고 있다가 한꺼번에 100권씩 사는 수집광도 있어. 아마 이 책도 내년 즈음엔 백 권 값을 불러도 너도나도 달려들걸?"

"초판이라고 해도 안에 적힌 내용은 똑같잖아."

"그야 그렇지만 초판은 의미가 다르잖아. 게다가 체린 님의 초판본은 소장가치를 높이려고 적게 찍는다고."

"그러면 그게 엄청나게 대단한 거구나. 체린, 어서 사인 좀 해 줘. 사인까지 있으면 더 귀한 물건이 될 거 아냐."

에그리앙의 설명에 세온이 펜을 내밀며 재촉했다. 체린은 흔쾌히 두 사람에게 다시 책을 받아 사인해 주었다. 세온은 '이게 그렇게 대단한 거구나.'라고 중얼거렸다. 에그리앙은 몇 번이고 사인을 재확인하더니 소중하게 꼭 끌어안았다.

"고마워. 일부러 찾아와서 책도 주고."

"당연히 찾아 와야지. 룬드그란 전기의 촬영 준비는 잘 되고 있어?"

"아무래도 규모가 커서 그런지 쉽지 않네. 다른 배역들은 쉽게 결정했는데, 란돌프 역할은 어려워. 이럴 때 진짜 드워프가 나타나면 좋겠는데 말이야."

"엘루하 역할도 진짜 엘프에게 맡기진 않았을 거 아냐."

"차라리 엘프 역할을 정하는 건 쉽지. 사람들 중에서도 미인들은 많잖아. 분장도구를 이용해서 귀만 조금 손을 보면 간단히 해결되니까. 그런데 드워프는 대책이 없네."

"그거 정말 고민되긴 하겠다."

"일단 란돌프가 나오지 않는 장면부터 시작해야지. 어떻게든 길이 열리지 않겠어?"

"그래, 잘 될 거야."

세온이 배역 문제를 이야기하자 에그리앙이 다른 문제를 꺼냈다.

"자금 문제도 만만치 않아요. 이건 뭐 규모가 어지간해야죠."

"그것도 그렇군요."

에그리앙의 말에 체린이 고개를 끄덕였다. 시나리오의 원작자이기 때문에 스케일이 얼마나 큰지 잘 알고 있었다. 체린의 생각에도 결코 쉽지 않은 장면들이 한둘이 아니었다.

"괜찮겠어? 많은 출연자가 필요한 건 돈으로 해결할 수 있겠지. 그렇지만 도시 하나를 완전히 파괴하고 폐허로 만드는 장면은 어떻게 할 생각이지?"

체린의 말에 에그리앙도 마찬가지로 궁금하다는 듯 고개를 끄덕였다. 시나리오 상에는 마왕 루스펠이 도시 하나를 파괴하며 대량학살을 하는 장면이 있다. 죽는 장면은 배우들이 죽은 척 연기를 하면 된다. 그러나 도시를 파괴하는 건 아무리 생각해도 쉽지 않았다.

"조그만 오두막이나 건물 하나라면 모를까 도시는 어렵지 않아? 지금이라도 시나리오를 좀 수정해 볼까?"

"아니, 그럴 필요 없어. 룬드그란 전기에서 압도적인 스케일은 아주 중요한 요소라고."

"그래도 영화 때문에 멀쩡한 도시 하나를 부숴 버릴 수는 없잖아."

"나도 도시를 부술 생각은 없어. 나름대로 생각한 게 있거든."

"뭔가 계획이 있는 거야?"

"당연하지. 내가 대책도 없이 일을 시작할 것처럼 보여?"

세온이 턱을 치켜들며 거만한 태도로 말했다. 그러자 에그리앙이 당연하다는 듯 고개를 끄덕였다.

"그렇게 보여."

"……."

"아무리 봐도 책임감 따위와는 거리가 멀어 보이잖아."

"무슨 말을 하는 거야. 나처럼 책임감 강한 남자가 얼마나 된다고. 나도 알고 보면 꽤 괜찮은 남자라고."

"그건 그렇다 치고 대책이라는 거 먼저 말해 봐. 설마 그 잘난 마법으로 도시를 날리겠다는 생각은 아니지?"

"나한테 그렇게 대단한 능력은 없어. 먼저 시범을 보여 줄게."

세온은 책상에 놓여 있는 조그만 모형 오두막집을 가져다 탁자에 올려놨다. 에그리앙과 체린이 호기심을 가지고 그 광경을 지켜봤다. 세온이 웃으며 수정구 하나를 꺼냈다.

"이건 마탑에서 새롭게 개발한 줌 마법이 포함된 영상 수정구야. 이걸로 일단 오두막을 최대한 확대해서 담는 거야. 그리고 여기서……."

세온은 설명을 하며 살라만다에게 불꽃을 떨어뜨리게 했다.

최대한 가늘고 약하게 만들어 뿌렸다. 불꽃의 크기를 최소한으로 했다지만 모형 오두막집 역시 작았다. 세온의 정령술이 만든 불꽃이 아무리 약해도 그 정도를 태우는 건 아무것도 아니었다. 살라만다의 불꽃으로 오두막이 완전히 재가 되는 데는 얼마 걸리지 않았다.

"오두막이 타는 과정이 전부 이 수정구에 담겼지. 그러면 한번 영상을 확인해 볼까?"

세온이 수정구를 든 손에 마나를 주입했다. 그러자 수정구에서 하나의 영상이 나타났다. 그 영상을 보고 나서야 체린과 에그리앙은 세온의 생각을 알 수 있었다.

"대단하군. 이것만 봐서는 오두막집에 화염이 쏟아져서 재가 된 것 같은데?"

"정말 오두막집 하나가 불타는 것처럼 보였어. 그러니까 세온은 이런 식으로 도시를 만들어서 태우겠다는 생각이구나."

체린과 에그리앙이 연신 탄성을 내질렀다. 영상에서 보여지는 오두막집이 불타는 모습이 상당히 그럴 듯했던 것이다.

세온이 보여 준 것은 미니어처였다. 한국이라면 영화 촬영에 미니어처가 사용된다는 것은 상식이었다.

그러나 이곳 세상은 아직 영화라는 장르조차도 생소한 곳이다. 그런 환경에서 미니어처 같은 개념은 새롭고 기발할 수밖에 없었다.

"비슷한 모형을 만드는 게 쉽지 않겠는데."

"그렇지. 오두막처럼 간단한 건물만 있어서도 안 되고. 잘 발달된 도시 하나를 만드는 일이잖아."

세온은 미니어처 제작을 위한 준비는 에그리앙에게 맡기기로 했다. 지금은 체린의 새 책을 축하하는 것으로 충분했다.

마침내 룬드그란 전기의 제작에 들어갔다.

"먼저 시작할 장면은 류스하임과 룬드그란이 만나는 장면부터야. 큐란은 시나리오 읽어 봤지?"

"몬스터들과 싸우다가 룬드그란이 끼어드는 부분이군요. 시작은 좀 삐딱한데요?"

"어쩔 수 없어. 류스하임의 경지는 그랜드 마스터조차 뛰어넘는다고 알려졌잖아. 당연히 상대가 대단한 마법사라고 해서 주눅이 들 필요는 없지. 아니, 그 정도가 아니야. 혼자 힘으로 충분히 물리칠 수 있는데 끼어들어서 적당히 화가 나는 것도 괜찮아."

"그럴 수도 있겠군요."

세온은 배우들에게 이런저런 잔소리를 해 가며 연기하랴 감독하랴 정신이 없었다. 최대한 외부 노출이 되지 않게 하기 위해 인원통제를 하는 것도 잊지 않았다.

하루스의 시장인 켈타이어 남작의 도움이 큰 것은 두말할

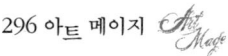

필요도 없었다.

씬 하나를 촬영한 세온은 좀 전에 연기한 영상을 살피며 어떻게 할지 고민하고 있었다. 마침 촬영을 위해 함께한 배우들이 웅성거리는 소리가 들렸다.

무심코 고개를 든 세온은 남작이 보내준 병사들이 누군가에게 길을 열어주는 것을 발견했다.

"뭐지?"

남작에게 신신당부를 받은 병사들이 아무에게나 길을 열어줄 리가 없었다. 세온이 무슨 일인가 싶어 고개를 들었다. 병사들이 길을 열어준 것은 다름 아닌 남작이었다.

'역시 남작님이시네. 그런데 옆에 같이 있는 자는 누구지?'

남작 옆에는 정체를 알 수 없는 자가 로브로 모습을 감추고 있었다. 머리가 남작의 허리에 닿을 정도로 작은 난쟁이였는데, 발걸음은 당당하고 힘이 있었다.

"남작님, 어서 오십시오. 그런데 옆에 계신 분은 누구……?"

"사실은 부탁할 게 있어서 모시고 온 분이네."

"부탁이요?"

"그렇다네. 내가 듣기로 아직 란돌프 역의 배우가 마땅치 않다고 들었네. 맞나?"

"그렇긴 한데……."

남작의 질문에 세온이 말끝을 흐리며 옆에 있는 자를 살폈다. 로브를 뒤집어 쓴 난쟁이 사내를 보니 드워프 역할을 맡겨도 괜찮을 것 같기도 했다. 그렇더라도 뭔가 마음이 찝찝한 것은 어쩔 수 없었다.

'권력에 의한 배역 청탁인가?'

세온이 입맛을 다셨다. 하루스는 세온으로 인해 연예계가 형성되고 있었다.

그것은 세온 스스로도 인식하고 있었다. 그런데 벌써부터 배역청탁이 들어오다니. 내키지 않지만 그렇다고 쉽게 거절할 수도 없었다. 어쨌든 세온이 남작에게 많은 도움을 받고 있는 것은 사실이기 때문이다.

그런 세온의 마음을 아는지 모르는지 남작은 할 말을 계속했다.

"그럼 소개하겠네. 이분은 켈타이어 상단과 거래 중인 드워프 일족의 전사라네."

"반갑네, 젊은이. 나는 블루 마운틴 족의 란돌프라고 하네."

남작의 소개에 이어 난쟁이가 로브를 벗으며 자기소개를 했다. 놀랍게도 로브 속의 주인공은 드워프였다. 게다가 이름도 어디서 많이 듣던 이름이었다.

"저…… 란돌프라면 대마법사 룬드그란 님의 동료라는 건가요?"

"하하하하, 설마 그럴 리 있나? 그저 그분과 같은 이름을 가졌을 뿐이라네. 인간들에겐 동명이인이 없다는 건 아니겠지?"

"아하하, 그렇군요."

드워프의 대답에 세온이 머리를 긁적였다. 그러면서 남작에게 시선을 돌렸다. 대체 어떻게 된 일이냐는 질문이었다. 세온의 눈빛에 남작이 헛기침을 하더니 사정을 이야기했다.

"상단에서 자네가 만든 영화를 드워프 마을에 선물로 가져갔던 모양일세. 하루 일과를 끝내고 여가를 즐기라는 의미로 영상 수정구와 마나집적기를 선물한 거지. 자네의 영화는 드워프들에게도 꽤 인기가 있었네. 가상의 연기일 뿐이라는 것을 알면서도 드워프들의 감성을 자극했던 모양이야."

"드워프는 감성이 메…… 험험, 무디지 않나요?"

남작의 말에 세온이 이해할 수 없다는 듯 질문했다. 그 말에 란돌프가 대신해서 대답했다.

"잘못된 속설일세. 어느 누가 손기술만으로 예술품을 만들 수 있겠나? 마음이 담기지 않고는 결코 예술품을 만들 수 없는 법이네. 자네의 연기 역시 마찬가지 아닌가?"

"듣고 보니 그렇네요. 어쩐지 좀 이상하다고 생각했습니다. 정말 감정이 없는 종족이라면 절대 뛰어난 예술품을 만들 수 없을 테니까요."

"맞아. 우리 드워프들은 누구보다 솔직한 종족이지. 슬프면 울고 기쁘면 웃고 떠들지. 그저 뭔가를 만들고 창조하는데 열중하는 건 사실이지만, 그렇다고 감정이 없진 않아. 오히려 그 누구보다 풍부한 감성을 지녔지."

"정말 그럴 것 같네요."

란돌프의 대답에 세온도 공감하는 듯 고개를 끄덕이며 말을 이었다. 옆에서 둘의 대화를 듣고 있던 남작이 설명을 계속했다.

"영화를 본 드워프들은 호기심 때문에 자네의 소식을 물어봤지. 그러다가 이번에 룬드그란 전기를 영화로 만든다는 이야기까지 들어가게 되었네."

"란돌프는 인간들에게도 위대한 영웅의 하나지만, 우리 드워프들의 자랑이기도 하네. 룬드그란이 대단한 영웅인 것은 사실이지. 그러나 란돌프 님이 돕지 않았다면 룬드그란이 마왕을 막을 수 있었을까? 당시 함께했던 동료들 모두가 힘을 모았기 때문에 마왕도 물리친 거지."

"맞는 말입니다. 어쩌다 보니 룬드그란 님이 가장 결정적인 역할을 했지만, 다른 분들의 도움이 절대적이었죠."

"잘 아는군."

란돌프가 고개를 끄덕이며 말을 이었다.

"당시 대마법사 룬드그란과 함께했던 란돌프 님은 우리 드워프들의 자랑이네. 당연히 그분의 역할을 다른 인간에게 맡길 수는 없지 않은가? 그래서 내가 찾아온 것이네."

"그러니까 연기를 하려고 찾아오셨다는 거네요."

"자네 말대로야."

란돌프의 말에 세온은 잠시 남작에게 시선을 돌렸다. 권력과 인맥에 의한 청탁으로 생각했던 자신이 부끄러웠다. 남작도 세온의 영화를 위해 도움을 준 셈이 아닌가. 세온이 웃으며 란돌프에게 손을 내밀었다.

"반갑습니다. 영화 룬드그란 전기의 란돌프 역할을 맡아주시겠습니까?"

"하하하, 물론이네. 그러기 위해 찾아왔으니까. 그럼 나에게도 시나리오인가를 줄 수 있겠군."

"당연히 드려야죠. 지금은 여유분이 없으니까 숙소로 돌아가면 드리겠습니다."

"그래, 그렇게 하지."

"그리고 란돌프 님은 너무 일찍부터 연기를 시작할 필요가 없을 것 같습니다."

"어째서 그런가? 혹시 그 연기라는 걸 가르치려고 그러는 건가?"

"그게 아니라 촬영일정을 정해 버렸거든요. 나중에 일정표를 따로 드리겠지만, 한번 미리 보시죠."

세온이 란돌프에게 자신이 가지고 있던 일정표를 란돌프에게 건네주었다.

처음 촬영 일정을 짤 때는 우선 란돌프가 등장하지 않는 장면부터 해결할 생각이었다. 당연히 란돌프가 출연하는 장면들은 모두 뒤로 밀려 있었다.

"내가 연기를 하려면 최소한 3개월은 걸리겠군."

"촬영이 순조롭게 진행된다면 그 정도 걸릴 겁니다."

"순조롭지 못한다면 더 늦어질 수도 있다는 건가?"

"뭐, 그렇죠. 아무래도 불가항력이라는 게 있으니까요."

"알았네. 아참, 중간에 이건 뭔가? 설마 영화 한 편 때문에 하루스를 부술 생각인가?"

세온의 일정표에는 루스펠의 침공으로 도시가 파괴되는 장면이 표시되어 있었다. 정말로 도시 하나를 부술 리 없으니 무슨 속셈인지 궁금했다.

'미니어처에 대한 걸 말해도 괜찮을까?'

미니어처에 대한 것은 영화 제작 과정 중에서도 극비였다. 세온은 잠시 고민하다 란돌프와 눈이 마주쳤다.

'그래, 지금 내 앞에 있는 건 드워프야!'

세온은 란돌프에게 미니어처에 관한 이야기를 했다. 란돌프의 눈이 반짝거렸다.

"그거 재미있겠군. 그러니까 모형으로 도시 하나를 새롭게 재현하겠다는 말이지?"

"그렇습니다. 그리고 중간에 메이킹 영상을 담으려고 해요."

"메이킹 영상?"

"그러니까 일종의 서비스라고 생각하시면 됩니다. 영화를 제작하는 과정을 영상으로 담는 거죠. 영화 때문에 도시를 부쉈다고 생각하는 사람이 있을지 모르잖아요."

세온이 농담을 하며 웃었다. 그러나 란돌프는 진지하게 고개를 끄덕였다.

"하긴 그렇게 생각하는 사람이 있을 수도 있겠군. 모형이 얼마나 실감나는가에 따라 정말로 도시 하나가 무너지는 거라고 생각할 수 있겠지. 그 모형은 누가 맡은 건가?"

"그게…… 아직은 찾는 중입니다."

세온이 자신 없다는 듯 대답했다. 그 말에 란돌프가 고개를 끄덕였다.

"혹시 괜찮다면 그 일을 내가 맡아도 괜찮겠나?"

"란돌프 님이요?"

"그렇네. 내 생각에 모형도시를 만드는 데는 드워프가 가장 적당할 것 같네. 자네의 생각대로 모형도시를 만들려면 상당히 많은 일을 할 수 있어야 할 것이네. 건축에 관해서도 알아야 하고, 조각도 할 줄 알아야 하고, 다른 공예품도 만들 수 있어야 해. 간혹 인간들 중에서 드워프보다 뛰어난 장인들이 나오긴 하지. 그러나 다방면에 걸쳐 골고루 조예가 깊은 건 드워프뿐이야."

"그건 그렇지만……."

"사실 나도 흥미가 생기는 일일세. 역사상 어느 누구도 혼자서 도시 하나를 완성한 자는 없었네."

"아무리 대단한 장인이라도 불가능한 일이죠."

"그러나 자네 말대로 모형으로 만든 도시라면 혼자 만드는 것도 가능하겠지. 역사상 처음으로 혼자서 도시 하나를 완성한 주인공이 되고 싶네. 허락해 주겠나?"

세온의 두뇌가 맹렬히 회전했다. 란돌프의 말대로 모형도시를 만드는 일에 드워프보다 뛰어난 자는 없을 것 같았다. 오히려 세온이 먼저 나서서 부탁해야 할 입장이다. 기회를 놓치면 그게 바보라는 생각이 들었다.

"알겠습니다. 그럼 부탁드릴게요."

"고맙네. 내가 책임지고 최고의 도시를 만들어 주지."

"기대하겠습니다."

세온이 란돌프와 손을 맞잡았다. 그렇게 세온은 이 세계 최초의 미니어처 담당자를 섭외하게 되었다.

란돌프의 합류로 영화 촬영은 활기를 띠었다. 주요 배역들 대부분은 연극에서 같은 배역을 맡은 경험이 있었다. 그것은 좀 더 나은 연기로 나타났다.

연극무대에서 연기력을 갈고 닦은 배우들의 연기는 촬영을 순조롭게 했다.

검술대회를 통해 발굴한 큐란의 연기가 조금 어설펐지만, 세온의 지시는 잘 따랐다. 금발을 휘날리며 검을 휘두르는 모습은 황홀한 영상을 만들었다.

마법사들이 검의 궤적을 따라 빛의 잔영이 남도록 해 주었다. 그것은 큐란의 검을 더욱 화려하게 보이도록 만들었다.

연기는 조금 부족했지만 화려한 영상을 만들어내는 것만으로 큐란의 역할은 충분했다.

일정에 따라 촬영이 진행되는 동안 란돌프의 미니어처도 멋지게 완성되었다. 란돌프의 미니어처 제작 과정은 고스란히 메이킹 영상에 담겼다.

평야처럼 보이게 하려고 연녹색의 넓은 판을 마련하고 그 위에 모형이 세워졌다. 그 과정이 빈 터에 건물이 들어서는 듯 보였다.

룬드그란의 동료들이 모두 모이고 다 함께 모험을 시작하는 장면들이 진행되었다.

란돌프의 연기는 외모와 달리 상당히 괜찮았다. 세온은 연기를 시키며 드워프들의 감정이 풍부하다는 것을 확인할 수 있었다.

자주 오버액션을 하는 바람에 감정을 절제시키는 연습을 시켰다. 그러자 의외로 괜찮은 연기력을 보여 주었다.

엘루하 역할을 맡은 스칼라와의 호흡은 환상적이었다. 이미 연극에서 수없이 호흡을 맞춘 덕분에 연기에 흠 잡을 구석이 없었다. 연극과 영화의 연기 방식이 다른데도 쉽게 적응했다.

엘루하가 정령을 다루는 부분은 세온이 힘을 썼다.

본래는 정령과 친화력이 없는 사람은 정령을 볼 수 없지만, 영상으로는 모두가 볼 수 있는 편이 좋았다.

세온은 이매술을 이용하여 4대 정령 모두를 실체화시켰다.

그뿐이 아니었다. 스칼라의 손짓을 따라 정령들이 움직이도록 연기를 시켰다.

 "이거 그럭저럭 괜찮은 영상이 나오는데."

 엘루하가 손짓으로 정령을 다루는 장면은 세온이 보기에 상당히 만족스러웠다. 그 장면은 두 번 찍을 필요도 없이 한 번에 OK 사인을 보낼 정도였다.

 대규모의 인원이 동원되는 장면에서는 운성, 아니, 클라우드의 도움을 받았다.

 클라우드는 벨루프와 달리 레이아웃을 가난하지만 희망이 있는 곳으로 만들려 했다. 그런 찰나에 세온이 대량의 단역배우를 요구했다.

 하루 벌어서 하루 먹고살기 바쁜 이들에게 세온이 내건 조건은 꽤 괜찮았다. 5실버의 일당에 식사 제공을 조건으로 내세우자 너도나도 몰려들었다.

 숫자만 동원하면 되는 장면들에 들어가는 터라 특별한 연기력이 요구되지도 않았다.

 레이아웃의 빈민들을 동원해서 일반인이 쓰러지고 다치는 장면들을 연출했다. 며칠 밤낮을 보냈지만 단역배우들 중 불만을 보이는 이는 아무도 없었다.

 세온이 모든 식사 제공은 물론 시간초과에 대한 수당도 어김없이 계산해 줬기 때문이다.

 사람들이 도망가고 쓰러지고 죽는 장면들을 연출한 뒤에 찍은 것이 도시파괴의 장면이다. 그 부분에서 에그리앙이 상당한 도움을 줬다.

세온의 살라만다보다는 에그리앙의 샐리온이 좀 더 가늘고 세밀한 불꽃을 뿌릴 수 있었다. 특히 순서에 따라 필요한 부분부터 망가뜨려야 했기 때문에 섬세한 컨트롤이 필요했다.

샐리온이 미세한 화우(火雨)를 내릴 때 영상 수정구가 최대한 줌인을 하여 촬영했다. 촬영이 끝난 뒤 미니어처의 화재 장면을 확인하자 상당히 멋진 장면이 나왔다.

당시 세온을 비롯한 주요 배우들과 관계자들 모두가 감탄을 거듭했다. 정말로 마왕이 나타나 대도시를 파괴하는 것 같았기 때문이다.

마법사들은 도시가 파괴되는 장면과 사람들의 도주 장면을 적당히 합성했다. 영상을 확인한 결과 합성한 흔적이 보이긴 했지만, 용납할 수준은 되었다.

그 다음 촬영한 것이 대규모의 병사들이 싸우는 모습이었다. 이 장면 역시 에그리앙의 도움을 얻었다. 프로슬란 자작가에게 도움을 요청했던 것이다.

세온은 프로슬란 영지군의 출정 장면을 영상에 담아 활용하고 싶어 했다. 그러나 프로슬란 자작이 허락할 리 없었다. 자칫하면 대륙 전체에 영지의 무력을 공개하는 꼴이 될 수 있기 때문이다.

프로슬란 자작을 설득한 것은 에그리앙이었다. 영화에 필요한 것은 일개 영지군 규모의 병력이 아니라 수십만이 넘는 대규모의 군사였다.

세온의 말대로 촬영에 협조를 하면 오히려 과대포장이 될 거라고 했다.

프로슬란 자작은 세온에게 마법사의 이름으로 약속을 받고서야 촬영을 허락해 주었다. 물론 그 과정에서 상당한 보상금이 소모되었지만, 손해는 아니었다.

자작가의 영지군이 움직이는 장면은 여러 개의 수정구를 동원하여 촬영했다.

그것을 한꺼번에 겹치고 합성해서 다시 촬영을 했다. 그렇게 몇 번을 반복한 후에 프로슬란 자작에게 영상을 보여 줬다. 그의 눈에 보이는 것은 도무지 수를 헤아릴 수 없는 병사였다.

"대…… 대단하군! 이만한 규모는 마치 대륙 전체의 병사를 다 모은 것 같네."

"좋게 봐 주셔서 감사합니다."

그렇게 큰 고비들을 넘긴 세온은 촬영 막바지를 향해 박차를 가했다. 그렇게 룬드그란 전기라는 블록버스터 영화는 9개월 만에 완성할 수 있었다.

영화가 완성되던 날 세온과 모든 단원들은 성대한 파티를 열었다. 그로부터 일주일 뒤 하루스에서 룬드그란 전기의 상영이 시작되었다.

제8화
대륙의 변화

룬드그란 전기의 상영을 시작하자 이미 연극으로 관람했던 이들의 반응은 각자 다르게 나타났다.

"들었어? 룬드그란 전기가 영화로 나왔다던데."

"그거 벌써 연극으로 다 봤는데 영화라고 해서 별 차이 있겠어?"

"하긴 그것도 그렇네."

"꼭 그렇게 생각할 건 아니지. 저번에 봤잖아. 그거 영화로 만든다고 수백 명이나 되는 사람들이 동원되는 거 말이야."

"영화랑 연극이 다르긴 다르니까."

"조금 다르다는 건 알지만 얼마나 큰 차이가 있겠어."

사람들이 봤던 영화들은 겨우 2편이었다. 그나마도 등장인물이 적고 특별한 장치가 필요 없는 공연이었다.

아무래도 블록버스터와 저예산 영화의 차이를 모를 수밖에 없었다. 그렇다 하더라도 풍문으로 들었던 룬드그란 전기의 제작 과정은 흥미로운 것이었다.

이미 연극으로 룬드그란 전기를 봤던 사람 중 몇몇이 호기심 때문에 영화를 관람했다. 연극이 영화와 다른 것이 무엇인지 궁금했기 때문이다.

"이…… 이건 기적이야."

"과연 아트 메이지군."

영화를 본 이들이 너나 할 것 없이 감탄사를 터뜨렸다. 돈이 많고 부유한 이들은 영상 수정구를 소장하고 싶어 했다. 영화를 보고 감탄한 이들을 통한 입소문이 여기저기로 퍼져 나갔다. 연극과 영화는 차원이 다르다는 이야기가 입에서 입으로 전해졌다.

사람들은 얼마나 대단한가 싶어 영화를 보러 갔다. 그리고 영화를 본 이들은 단 한순간도 영상에서 눈을 떼지 못했다.

영화가 시작되며 대마법사 룬드그란과 그의 동료들이 하나둘 모이는 장면이 나왔다. 그러던 어느 순간 마왕 루스펠과 그의 종들이 세상에 나오는 장면도 등장했다.

연극에서는 배우들의 대사로 도시의 파괴를 알렸다. 그런데 영화는 아예 직접 도시의 파괴 장면을 보여 줬다. 화려하고 아름다운 도시에 무지막지한 화염의 비가 쏟아졌다.

웅장한 신전이 무너지고 사람들의 터전에 불이 붙었다. 극장 전체를 쩌렁쩌렁 울리는 파괴음이 더욱 실감나는 장면을 연출했다.

사람들이 이리저리 도망 다니고 숨었지만 소용없었다. 헤아릴 수 없는 살육이 일어나고 여기저기 시체들이 널리는 장면은 비참함을 안겨 주었다. 사람들이 도저히 상상할 수 없었던 영상이 화려하게 펼쳐졌다.

그 다음 장면은 대규모의 군대가 출정하는 모습이었다. 병사들의 물결로 지평선을 대신할 정도의 병력이 움직였다.

땅을 울리는 발소리가 사람들에게 희망을 주었다. 그러나 루스펠은 인간의 힘으로 어찌할 수 있는 존재가 아니었다.

병사들의 숫자도 헤아릴 수 없이 많았지만 루스펠의 군대도 만만치 않았다. 인간보다 월등한 힘과 체력을 지닌 몬스터군단이었다.

무시무시한 살육자와 중간계를 지키려는 이들의 전투가 벌어졌다. 압도적인 신체 능력을 앞세운 몬스터들이 병사들을 공격했다.

이에 맞서 병사들의 창검이 휘둘러졌다. 쓰러지는 몬스터도 많았지만, 목숨을 잃는 병사는 더 많았다.

처절한 전투가 계속되는 동안 룬드그란과 그의 동료들은 마왕 루스펠과 최후의 일전을 벌였다. 여기서도 세온과 마법사들이 영상에 들인 공은 상당한 것이었다.

검성 류스하임의 황홀한 검무가 펼쳐졌다. 검이 움직일 때마다 그 궤적을 따라 빛의 흔적이 남았다. 그 화려한 빛은 치명적인 살육의 힘을 담아 루스펠에게 향했다.

엘루하의 손짓에 정령들이 모습을 나타냈다. 정령들이 루스펠의 주변을 돌며 이리저리 날아다녔다.

물론 정령이 모습을 드러낸 것은 세온의 이매술이 발휘된 덕분이었다. 그러나 영화 속 장면에서는 그런 건 상관없었다.

드워프 란돌프의 도끼질도 멋진 장면을 더했다. 작지만 빠르고 강한 도끼질이 화면을 어지럽게 만들었다. 특히나 란돌프가 직접 보여 준 드워프의 도끼술은 또 다른 볼거리를 제공했다.

칸나의 신성력도 화려하게 표현했다. 칸나의 몸에서 뿜어지는 황금빛 광채가 사방을 메웠다.

그녀의 손짓에 광구(光球)가 날아 루스펠을 때렸다. 사악함을 물리치는 신성력이 폭발하며 불꽃놀이 같은 화려함을 보여 줬다.

그러나 안타깝게도 그들 모두가 루스펠에게 처절하게 죽임을 당하고 말았다.

가장 먼저 희생된 이는 칸나였다. 신성력이 마왕의 심기를 거슬렸기 때문이다. 그 다음은 드워프 전사인 란돌프였다.

마지막까지 드워프 전사의 명예와 긍지를 지키며 최후를 맞았다. 엘루하는 루스펠의 손짓에 정령들이 역소환-이매술이 풀리며 정령의 모습이 다시 보이지 않게 되었을 뿐이다-되며 타격을 입었다. 그리곤 연인을 대신하여 목숨을 버렸다.

검성 류스하임은 룬드그란에게 마지막 기회를 주기 위해 스스로의 생명을 포기했다. 인류를 지키기 위한 위대한 검성의 선택에 검을 다루는 이들이 주먹을 불끈 쥐었다.

마지막으로 마왕 루스펠을 물리치는 룬드그란 최후의 마법이 작렬했다. 화려한 빛이 번쩍이며 루스펠을 때리고 몬스터들이 쓸려나갔다.

마계의 마물들이 먼지가 되어 흩어졌다. 그리고 마침내 마왕 루스펠을 물리쳤다.

수많은 이들이 마왕을 물리치고 마계의 문을 닫은 것에 환호했다. 마왕과의 전쟁에서 승리하여 스스로 지켜낸 생명을 자신들 스스로도 대견스러워했다.

정작 세상을 구한 영웅은 잃어버린 친구와 연인으로 인해 통곡하고 슬퍼했다. 쓰러진 연인을 부둥켜안고 눈물을 흘렸다. 쓰러진 친구의 손을 잡고 울부짖었다.

그 비장함과 새로운 시작을 준비하는 사람들의 희망을 교차시키며 엔딩을 맞았다.

영화가 끝나고 이번엔 영화의 제작 과정 일부가 공개되었다. 영화가 끝난 뒤 상영되는 메이킹 장면은 사람들을 흥분시켰다.

루스펠이 파괴하던 건물들이 사실은 손바닥에 올려놓을 수 있는 모형이었다니.

영화를 감상한 이들은 흥분을 가라앉히지 못하고 극장을 빠져 나왔다. 그중엔 연극과 영화가 무슨 차이가 있겠냐고 여겼던 이들도 많았다.

룬드그란 전기를 영화로 감상한 사람들이 여기저기 소문을 퍼뜨렸다. 개중 여유가 있는 이들은 영상 수정구와 마나집적기를 구입했다.

하루스에서는 어쩌다 하나씩 판매되던 마나집적기가 날개 돋친 듯 팔려 나갔다. 영상 수정구의 판매량도 전에 만들었던 영화와는 비교되지 않았다. 이미 영화를 봤던 이들이 두 번 세 번 되풀이하여 영화를 감상했다.

연극과는 차원이 다르다는 말에 크게 기대하지 않던 이들도 영화를 관람했다. 그들 역시 먼저 영화를 봤던 이들과 비슷한 경험을 했다.

하루스에서의 폭발적인 인기는 곧 주변으로 퍼져 나갔다. 상행 때문에 하루스에 들렀던 이들이 너나 할 것 없이 소문을 퍼뜨렸다.

그 중엔 영상 수정구와 마나집적기를 구입한 이들도 있었다. 그들이 친구들에게 영화를 보여 주었다. 그 친구들은 주변의 상영관들을 찾았다.

마나집적기를 통해 보는 것보다 상영관에서 보는 것이 더 좋았기 때문이다.

폴카스 왕국 여기저기에서 룬드그란 전기가 상영되었다. 지금까지 아무도 본 적이 없는 블록버스터 영화의 상영은 사람들을 흥분하게 만들었다. 이미 하루스를 방문해 영화를 본 사람들도 다시 상영관을 찾았다.

룬드그란 전기의 흥행은 다른 나라의 상단들을 흥분하게 만들었다. 각 상단들이 달려들어 영화 상영권을 두고 경쟁을 벌였다.

경쟁이 과열되며 자연히 상영권의 가격이 올라갔다. 마침내 자국의 영화 상영권을 얻은 이들이 룬드그란 전기를 수입했다.

영화 상영에 관한 것만으로도 큰 돈이 벌리는데 영상 수정구의 판매량이 눈에 띄게 급증했다. 그와 더불어 마나집적기의 판매량이 폭발적으로 늘어났다.

하루스에서 벌어졌던 일이 대륙 전체에서 재현되었다. 마탑에서의 공급이 수요를 따르지 못했다. 마나집적기의 가격이 각 나라마다 서로 다르게 거래되기도 했다. 자칫 문제가 생길 것이 염려될 정도였다.

켈타이어 상단은 큰 결정을 내리게 되었다. 마나집적기의 제조법을 공개하기로 한 것이다.

그냥 공짜로 공개한 것은 아니었다. 10년간은 켈타이어 상단에 일정 수수료를 주고 마나집적기를 제조, 판매하는 조건이었다. 상단 스스로 로얄티 제도를 도입한 셈이었다.

마나집적기 제조법의 공개로 손해를 본 것은 인근의 치난 왕국이었다.

치난 왕국은 룬드그란 전기가 인기를 끌자 또다시 불법복제 수정구를 만들었다. 역시 본래의 영상 수정구에 비하면 화질이 많이 떨어지지만 싼 맛에 구입하는 이들이 많았다.

치난 왕국은 불법복제 수정구를 만드는 데 그치지 않고 마나집적기도 만들려 했다.

그 준비 과정으로 마법진을 연구하고 분석하기 위해 상당량의 마나집적기를 구입했다. 바로 그 즈음에 켈타이어 상단이 제조법을 공개한 것이었다.

이 때문에 적지 않은 손해를 본 치난 왕국이 켈타이어 상단에 항의를 했다. 상단으로서는 황당하기 짝이 없었다.

오히려 상단이 항의하고 손해배상을 청구해야 할 입장이었기 때문이다. 상식을 벗어난 치난 왕국의 행동은 대륙 전체의 비웃음을 샀다.

켈타이어 상단은 이번엔 그냥 넘어가지 않겠다며 강력하게 항의를 했다. 룬드그란 전기의 불법복제 수정구로 인한 경제 손실액의 추정치가 무려 일만 골드를 넘었기 때문이다.

치난 왕국 전체에 퍼진 불법복제 수정구의 보급량은 대략 이천 개가 넘어갔다. 만일 그만큼의 정품 수정구가 팔렸다면 상단의 수익은 일만 골드가 넘어선다.

치난 왕국의 파렴치한 짓은 그것에 그치지 않았다. 불법복제 수정구를 제작한 것으로도 모자라 조악한 시설의 극장을 만들어 상영하기까지 했다.

 물론 제대로 된 극장에서 상영하는 것보다는 여러 가지로 부족할 수밖에 없었다.

 켈타이어 상단은 이러한 통계 자료들을 확보한 뒤 강력하게 항의를 했다. 물론 치난 왕국이 그 말을 들을 리 없었다. 아니 오히려 큰소리를 쳤다.

 "불법복제 수정구 덕분에 정품 수정구가 얼마나 우수한지 사람들이 알게 됐지 않은가? 켈타이어 상단은 오히려 우리에게 감사의 선물을 줘야 한다."

 치난 왕국의 최고 지식인이라 자처하는 마법사들의 항변은 어이가 없을 지경이었다.

 결국 이번에도 켈타이어 상단은 치난 왕국과는 상종하지 않는 편이 좋다고 판단했다. 이미 불법복제 수정구를 너무 당연하게 생각하는 곳이라 어쩔 수 없었다.

 다행히 다른 나라에서는 정품 수정구를 이용했다. 그로 인해 켈타이어 상단은 상당한 수입을 올렸다.

 룬드그란 전기는 많은 인기인을 탄생시켰다.

주인공을 맡은 세온의 인기는 새삼 말할 필요도 없었다. 세온이 움직일 때마다 수많은 여인들이 뒤를 따를 정도였다. 그 정도면 세온이 한류스타로서 대한민국에 있을 때보다 덜하지 않았다.

엘루하 역을 맡은 스칼라도 많은 남성들의 선망의 대상이었다. 그녀에게는 연일 얼굴도 모르는 남성들의 선물과 편지가 도착했다. 그 중엔 데우스 왕국의 3왕자도 포함되어 있었다.

잘 생긴 외모와 화려한 검술로 인기를 얻을 것이라 예상했던 큐란의 인기도 상당했다.

물론 모두가 좋아하는 건 아니었다. 큐란의 검술을 두고 보여 주기 위한 광대놀음이라 폄하하는 이들도 있었다. 큐란은 발끈하며 화를 냈지만, 세온은 인기 때문에 겪는 일이라며 상대하지 말라고 충고했다.

역시 대한민국이나 뮤우 대륙이나 인기인에게 안티가 따라다니는 건 마찬가지인 모양이다.

세 사람의 인기는 처음부터 정해진 것이나 다름없었다. 이제까지 어느 누구도 엄두를 낼 수 없었던 블록버스터 영화의 주요 캐릭터가 아닌가. 더구나 모두 하나같이 상당한 매력의 캐릭터였다.

의외였던 건 칸나의 역할을 맡은 메를린의 인기가 그리 신통치 않다는 점이었다.

오히려 마왕 루스펠의 역을 맡았던 배우가 묘하게도 상당한 추종자를 얻었다.

　세온이 나름대로 분석하기로 도덕과 윤리에 철저한 칸나에게 답답함을 느끼기 때문이 아닐까 싶었다. 그와 반대로 루스펠은 강대한 힘을 바탕으로 한 오만함이 사람들의 마음을 흔든 셈이다.

　그런 이유로 룬드그란 전기는 상당히 많은 사람들에게 인기를 끌었다.

　켈타이어 상단은 그저 영상 수정구와 마나집적기를 판매하고 영화 상영으로 돈을 벌었다. 단지 그뿐이니 세온이 보기엔 답답하기만 했다.

　한국이라면 그 정도 인기와 센세이션을 일으키면 돈이 저절로 굴러 들어오지 않던가.

　결국 어쩔 수 없이 세온이 먼저 남작을 만나 새로운 사업을 제안했다. 이른바 캐릭터 산업이었다.

　"자네가 뭘 말하는지 이해할 수 없군. 그걸로 돈을 벌 수 있겠나?"

　"물론이죠. 룬드그란 전기의 인기는 이미 실감하고 계시지 않나요?"

　"실감하다 뿐인가? 룬드그란 전기가 상영되며 마나집적기와 영상 수정구의 판매수익이 엄청나네. 이대로 잘 된다면 켈타이어 상단의 규모가 훨씬 커질 게야."

　"축하할 일이네요. 그럼 배우들의 인기라던가 영화 속 소품에 대한 건 어떤가요?"

"영화 속 소품?"

"예, 의외로 그게 돈이 될 수 있습니다. 영화를 본 사람들은 자신과 주인공을 동일시하고 싶어 해요. 예를 들면 큐란이 영화에서 사용하던 것과 똑같이 생긴 검을 만들어 판매하는 겁니다. 검의 이름은 류스하임의 검입니다. 아니면 영화상에서 스칼라가 착용하던 목걸이를 똑같이 만들어 파는 겁니다. 엘루하의 목걸이라 그러면 상당히 팔릴 걸요."

"그렇군. 영화를 재미있게 본 사람이라면 하나쯤 가지고 싶을 게야."

"그런 거죠. 남작님께서도 영화에서 룬드그란이 엘루하에게 반지를 선물하던 장면 기억하시죠? 그것과 똑같이 생긴 반지를 만들어서 상영관 앞에서 팔도록 해 보세요. 아마 연인과 함께 온 여자들이 애인에게 반지를 사 달라고 조를 겁니다."

"하하하, 자네 대단하군. 어떻게 그런 생각을 다 했나. 나보다 사업 수완이 더 좋은 것 같네. 혹시 연기 그만두고 나와 함께 상단을 이끌 생각 없나?"

남작이 웃으며 농담을 했다. 세온의 생각은 남작이 듣기에도 정말 그럴 듯했다.

영화 속 소품을 재현해서 장사를 한다는 건 상상도 못했던 것이다.

'나한테 상단을 이끌라고? 나처럼 금전감각이 떨어지는 인간에게 그런 걸 맡기면 말아먹기 딱 좋지. 에그리앙이 맡으면 혹시 모르겠군. 대한민국에서 캐릭터 산업이 돈이 되는 건 상식인데 여기선 획기적인 게 되네.'

세온은 다른 생각을 하면서도 겉으로는 남작을 위해 힘들게 떠올린 생각이라 말했다. 그러면서 한편으로 캐릭터 사업에 대한 로얄티에 관한 협상을 했다.

남작은 사업 아이디어를 준 것은 고맙지만 돈은 줄 수 없다고 말했다. 결국 두 사람은 한참 동안 의견을 조율했고, 서로가 만족하는 결론을 낼 수 있었다.

상단은 세온의 조언대로 영화상의 소품을 판매했다. 판매 상품은 세온이 생각한 것만 있는 것이 아니었다. 세온이 생각하지 못한 상품도 개발했다.

배우들의 특징을 본 떠 만든 인형을 팔았다. 특히 룬드그란과 엘루하가 손을 잡고 있는 인형이 가장 인기였다. 그 다음으로 많이 팔린 것은 루스펠의 카리스마 넘치는 모습이었다.

인형도 인기였지만 작게 만든 미니어처 제작 세트의 판매량도 상당했다. 영화 상영이 끝나고 공개된 미니어처로 만든 도시는 상당한 이슈가 되었다.

단지 모형일 뿐임에도 영화에서 압도적인 스케일의 도시로 활용된 것은 충격이었다.

그러니 호기심에 미니어처 세트를 구입하는 이들이 늘었다. 일부는 아예 직접 미니어처 제작을 하기도 했다. 책상 위에 나만의 궁전을 만들 수 있다는 것은 큰 매력이었다.

　미니어처의 제작은 다른 부분으로도 활용이 됐다. 건축업자들이 새로운 건축 양식의 시도로써 모형을 먼저 만들기 시작한 것이다.

　건물을 세울 때 혹시 발생할 수 있는 상황을 미리 체험했다. 대륙에 새로운 예술 형태가 탄생하는 계기가 된 셈이었다.

　룬드그란 전기가 영화로써 상당한 인기를 끌고 있을 때 체린의 새 책이 나왔다.

　룬드그란 전기의 시나리오를 책으로 출간한 것이다. 책은 영화에 사용된 시나리오뿐 아니라 중간 중간 영화의 한 장면을 넣기도 했다. 판매량은 두말할 필요도 없었다.

　영화가 흥행하고 연관된 각종 상품들이 쏟아지며 대륙 곳곳에 새로운 열풍이 불었다. 폴카스 어를 공부하려는 이들이 생긴 것이다.

　전에 다른 영화가 상영될 때도 폴카스 어를 배우려는 이들이 많았었다. 그때는 극히 일부의 귀족층에 국한되던 열풍이 이제 대륙 전체로 퍼졌다.

　각 나라의 상류층에선 폴카스 어로 간단한 인사말 정도는 할 줄 아는 것을 당연히 생각했다.

　폴카스 어를 얼마나 많이 아는가로 교양의 수준을 가늠하는 풍토까지 생겼다. 그것은 영화의 제작 모두가 폴카스 어로 이뤄졌기 때문이었다.

❖    ❖    ❖

　룬드그란 전기가 가져온 경제적 파급효과는 상상을 뛰어넘었다. 그 때문에 몇몇 나라의 정치인들이 다급히 모여들게 만들었다.

　"하찮은 연극 따위가 이런 큰일을 할 줄은 미처 몰랐습니다."

　"이 정도면 유랑극단들을 무시할 수 없겠군요. 아니, 지금은 그들을 잡아야 합니다."

　"그럴 필요가 있을까요?"

　30여 명의 귀족이 모여 회의를 하는 벨케른 제국의 회의장도 마찬가지였다.

　일부는 룬드그란 전기가 보여 준 경제효과로 놀랐고, 또 일부는 뭐가 중요하냐는 투였다.

　"천한 것들이 보여 주는 광대놀음은 순간에 불과합니다. 우리가 거기에 흔들릴 필요는 없지 않을까요?"

　다부진 체격에 전형적인 무장(武將)으로 보이는 노인이 말했다. 그 말에 지금까지 소파에 상체를 묻고 있던 사내가 몸을 일으켰다.

　"룬드그란 전기로 일어난 경제효과가 얼마나 되는지 알고 하시는 말씀입니까?"

　"그…… 그건……."

"트라이어드 상단이 무기 판매로 거둔 수익의 25%에 육박합니다. 지금도 상승세를 타고 있으니 규모가 점점 더 커지겠군요. 그런데도 무시할 수 있다는 말입니까?"

"그 정도입니까?"

트라이어드 상단은 대륙 제일의 상단이다. 그중 무기 판매는 상단의 주력 산업 중 하나다.

물론 무기뿐 아니라 다방면에 여러 사업을 하고 있으니 전체 규모와는 비교할 수 없다. 그렇더라도 역시 어마어마한 규모임은 확실했다.

"그렇군요. 트라이어드 공작님께서 직접 말씀하신 것이니 정보를 의심할 수 없겠죠."

"이해해 주니 고맙소."

트라이어드 공작은 좌중을 둘러보며 말했다.

"우리가 생각해야 할 점이 또 있소. 제국의 젊은이들이 영화를 통해 폴카스 왕국에 대한 환상을 가지게 됐다는 거요. 지금 당장은 문제가 없겠지. 그러나 폴카스 왕국에 환상을 가진 젊은이들이 제국을 이끈다고 생각해 보시오. 어떤 일이 벌어지겠소?

당장 제국의 군대를 생각해 보시오. 제국의 병사 중 상당수가 룬드그란 전기를 감상했소. 그들은 무의식중에 폴카스 왕국은 대륙을 위기에서 구한 영웅의 나라로 생각할 거요. 그런 상황에서 만일 우리가 그들과 전쟁이라도 벌인다면 어떤 일이 벌어지겠소? 마땅히 싸워야 할 이유를 잃어버린 채 대륙을 구한 영웅의 나라를 친다고 생각할 거요. 그것은 곧 군대의 사기를 떨어뜨리는 결과로 나오겠지."

귀족들은 아무 말도 못했다. 영화를 단순히 오락거리라 여겼는데 공작의 말을 듣고 보니 단지 오락으로만 생각할 수 없는 문제 아닌가.

공작의 말이 이어졌다.

"영화 상영을 막을 명분도 없소. 아니, 상영을 막아도 곤란하지. 룬드그란 전기 덕분에 제국에도 상당수의 일자리가 만들어지고 있으니까."

"공작님의 말씀을 듣고 보니 우리가 너무 쉽게 생각한 것 같습니다. 창검과 군대가 동원되지 않았지만, 이 또한 폴카스 왕국의 침략이군요. 영토를 짓밟는 전쟁이 아니라 젊은이들의 정신과 문화를 침범하는 전쟁입니다."

"지금 말씀하신 그대로요. 이미 제국뿐 아니라 대륙 전체에 폴카스 왕국의 전쟁이 시작된 것이오. 이건 막을 수도 없고 비난할 수도 없소. 폴카스 왕국의 무기는 창검이 아닌 문화 예술이기 때문이오. 여기에 맞서기 위해 어떻게 해야 할 것 같소?"

트라이어드 공작의 질문에 귀족들이 서로의 눈치를 살폈다. 한참 동안 아무도 말이 없는데 창백하고 유약해 보이는 인상의 귀족이 손을 들었다. 공작이 턱짓으로 어서 말을 해 보라고 종용했다.

"우리 역시 같은 방법으로 맞설 수밖에 없습니다. 그러려면 폴카스 왕국의 연극 영화에 대한 기법을 익혀야 합니다. 또한 우리 벨케른 제국의 마탑 역시 이 일에 협조를 해야 합니다."

"좋은 의견이요. 나 역시 비슷한 생각을 하고 있었소. 적이라도 마땅히 배울 건 배워야지. 이번 일로 느낀 것이 있소. 대륙을 통일하고 점령하는 것에 반드시 창검이 필요한 것은 아니라는 거요. 문화와 경제로도 세계 정복이 얼마든지 가능하오. 귀공들도 알고 있을 게요. 위대한 벨케른 제국민들이 하찮은 폴카스의 언어를 배우고 싶어 한다는 것을 말이오. 룬드그란 전기라는 한 편의 영화가 그렇게 만든 것이오. 이것이야말로 폴카스의 문화로써 우리 벨케른 제국의 정신을 정복하는 과정이 아니겠소? 당연히 맞서 싸워야 할 것이오."

벨케른 제국이 먼저 국가적인 차원에서 영화산업을 키운다는 발표를 했다. 몇몇 의식 있는 나라들도 뒤늦게 영화산업의 중요성을 인식하기 시작했다.

벨케른 제국처럼 정신문화의 수호 차원에서 뛰어드는 곳도 있었고, 경제효과를 보고 달려드는 나라도 있었다.

여러 나라들이 동시 다발적으로 영화산업의 육성과 개발을 선언했다. 이로써 대륙은 군대와 창검을 동원하지 않는 문화 전쟁의 시대를 맞게 되었다.

❖　　　❖　　　❖

 뮤우 대륙의 중앙에 위치한 아트라스 산맥은 인간이 정복하지 못한 미지의 땅이었다.
 산맥 외곽에 얼마나 되는지 헤아릴 수 없는 숫자의 고블린과 오크들만 해도 상당한 위협이 되었다. 평범한 사람은 물론 상당한 실력의 검사라도 위험한 곳이었다.
 외곽만 해도 그런데 좀 더 깊숙한 곳으로 들어가면 트롤이나 오우거들이 돌아다녔다. 사람들에게 몬스터의 제왕으로 알려진 오우거지만, 더 깊은 곳에는 오우거도 두려워하는 몬스터가 많았다.
 그 위험한 산맥 한가운데에 금발의 미남자가 거닐고 있었다. 얼핏 봐도 무방비 상태로 뭔가를 고민하는 얼굴이었다. 그럼에도 불구하고 아트라스 산맥의 몬스터들은 모두 그를 피하기에 바빴다.
 "300년간 잠을 자는 동안 또 다른 일족이 희생되었군. 갈수록 일족의 개체수가 적어지고 있으니, 우리 일족은 이대로 사라질 운명인가?"
 고민에 빠진 미남자가 알 수 없는 말을 뱉었다. 그의 입에서 나오는 말은 평범한 인간의 머리로는 도저히 이해할 수 없는 것이었다. 어찌 인간이 300년이나 잠이 들 수 있겠는가?
 인간에게 불가능하지만 그 정도의 잠을 자는 생물이 있다.

드래곤이다.

아트라스 산맥의 중심에는 드래곤 중의 드래곤인 드래곤 로드의 거처가 있다. 지금 일족의 미래를 고민하는 이가 바로 드래곤 로드 아르셀로였다.

드래곤 로드는 다른 드래곤에게 없는 능력이 있다. 그것은 다른 드래곤의 존재감을 알아보는 것이었다.

인간은 상상할 수 없는 능력을 가진 드래곤이라 할지라도 전능한 존재는 아니다.

특히 비슷한 능력을 가진 드래곤끼리는 작정하고 스스로를 숨기면 찾아낼 도리가 없다. 그러나 드래곤 로드는 어떤 드래곤이 어떤 형태로 모습을 숨기고 있어도 알아볼 수 있다.

물론 그에 따른 약간의 부작용도 있었다. 그것은 싫어도 다른 일족의 존재감과 상태를 아는 일이었다. 그 때문에 다른 일족이 죽을 때도 비슷한 느낌을 받고는 한다. 물론 자연적인 죽음은 아니다.

드래곤 로드는 일족 중 가장 나이 많은 연장자가 맡는다. 그러니 세월의 흐름을 이기지 못해 마나의 품으로 돌아가는 것이라면 로드가 먼저다.

로드보다 먼저 죽는 것은 다른 존재에게 강제로 목숨을 잃었다는 뜻이었다. 위기를 알았다고 도우러 갈 수도 없다. 일족의 율법상 먼저 도움을 청하기 전엔 도움을 줄 수 없기 때문이다.

물론 드래곤은 강하다. 다른 어떤 존재보다도 강하다. 아트라스 산맥의 어떤 몬스터도 감히 드래곤에게 덤비지는 않는다. 그만큼 드래곤의 존재감은 무시무시한 것이다.

대륙에 살아가는 대부분의 존재들은 드래곤을 두려워는 해도 감히 적대하지 못한다. 오직 인간만이 드래곤 슬레이어를 꿈꾸며 도전할 뿐이다.

물론 평범한 인간의 힘으로는 드래곤을 이길 수 없다.

단단한 비늘은 오러 블레이드가 아니면 흔적조차 남길 수 없다. 어지간한 마법은 모두 튕겨낼 정도의 항마력을 지녔다.

거대한 몸은 단지 걸음을 내딛는 것만으로도 사람을 짓밟아 으깨 버릴 수 있다. 꼬리로 땅을 훑어내면 수백 명을 날려 버린다. 어쩌다 날개라도 펼치면 말을 타고 달려드는 기사단을 바람만으로 날릴 수 있다.

단지 육체의 힘만으로도 그만한 힘을 발휘하는 것이 드래곤이다. 그 정도로도 드래곤은 모든 생명체 중 최강자라 할 수 있다. 그러나 드래곤의 진정한 힘은 강대한 마력이 아닌가.

드래곤 하트는 무한한 마나를 제공한다. 의지와 함께 일어나는 용언 마법은 인간의 마법과는 비교할 수 없이 강력하고 빠르다.

그러나 강력한 마법과 육체를 지닌 드래곤이라지만 세상의 법칙을 벗어날 수 없었다. 아무리 드래곤이라도 쪽수에는 못 당한다.

"깨어난 김에 인간 세상이 얼마나 변했는지 둘러봐야겠군."

아르셀로의 의지가 발현되자 곧 주변의 풍광이 변했다. 순식간에 이름 모를 왕국의 도시로 이동한 것이다.

인간이 사는 도시 이곳저곳을 둘러보던 아르셀로의 눈에 묘한 광경이 보였다. 특이한 형태의 건물에 한 떼의 인간들이 우르르 나오고, 다른 이들이 몰려 들어가는 모습이었다.

"무슨 일이지? 확인해 봐야겠군."

아르셀로도 다른 이들과 함께 사람들이 몰려 들어가는 건물로 향했다.

슬쩍 눈여겨보니 사람들이 돈을 지불하며 입장했다. 그것이 입장료라는 것을 깨닫는 데는 그리 오래 걸리지 않았다. 곧 아르셀로가 입장료를 낼 차례가 되었다. 하지만 지금 사용되는 화폐가 있을 리 없었다. 별수 없이 300년 전에 사용하던 금화를 꺼냈다.

"미안하지만 가진 것이 이것밖에 없다."

"아이고, 금화로군요. 관람료는 1실버밖에 하지 않는데······."

"남는 것이 있다면 그대가 가져도 좋다."

"감사합니다, 나으리."

입장료를 받던 사내가 입장을 시켜 주며 손에 뭔가를 쥐어 줬다. 숫자가 적힌 종이였다. 다른 이들도 같은 것을 받는 것을 봤기 때문에 별 의심 없이 안으로 들어갔다.

아르셀로는 뭘 하는 건지 이해할 수 없었지만, 사람들의 행동에 따라 자신의 자리를 찾아 앉았다. 자리에 앉은 지 얼마 되지 않아 실내의 불빛이 사라졌다.

'무슨 일이지?'

아르셀로가 의아하게 생각할 즈음이었다. 그의 눈앞에 하나의 영상이 나타나고 있었다. 아르셀로가 찾은 곳은 룬드그란 전기를 상영 중인 극장이었던 것이다.

계획에 없이 영화를 감상한 아르셀로는 신선한 충격을 받았다. 그저 사람들의 연기와 여러 효과를 통해 과거의 영웅을 다시 보는 것 같았다.

"대단하군."

영화를 보고 난 아르셀로가 저도 모르게 중얼거렸다. 곁에 앉았던 다른 사람이 그 말을 받았다.

"영화를 처음 보시는 모양이네요. 저도 처음 룬드그란 전기를 보고 얼마나 놀랐는지 모릅니다."

"저게 영화라는 건가?"

친절한 사내의 말에 아르셀로가 질문했다. 자연스러운 하대였지만 사내는 크게 신경 쓰지 않았다.

드래곤 로드로서 갖추고 있는 위엄과 기품을 보고 대단한 귀족으로 생각한 것이다.

"정말 영화를 처음 보시는 모양이네요. 예, 그렇습니다. 저게 바로 영화라는 거죠. 정말 대단하지 않습니까? 저도 저 영화라는 걸 보고 정말 놀랐었죠."

"대단하군."

아르셀로가 인간의 창의성에 순순히 감탄하는데 사내의 말이 이어졌다.

"아트 메이지라 불리는 무비 남작이 만든 작품이죠. 저 영화 때문에 폴카스 어를 배우는 사람이 많아졌더군요. 저도 나이만 젊으면 폴카스 어를 배우고 싶지만, 머리가 굳어서 힘들 것 같습니다."

"영화 때문에 폴카스 어를 배운다고?"

"모르셨군요. 저 영화가 만들어진 곳은 폴카스 왕국의 하루스입니다. 예술의 도시답게 처음으로 영화가 탄생한 곳이죠. 지금까지 나온 모든 영화는 하루스에서 만들어졌죠."

"그렇군."

사내의 말에 아르셀로는 뭔가를 깨달은 듯 중얼거렸다. 그의 머릿속에 새로운 생각이 울리는 듯했다.

'영화라는 것 때문에 사람들이 폴카스 왕국에 대하여 좋은 감정을 품게 되었군. 영화를 통해 왕국의 이미지를 다르게 할 수 있다면, 드래곤 역시 마찬가지 아닐까? 사람들이 드래곤 슬레이어가 되고 싶어 하는 것은 드래곤의 이미지 때문이다. 대부분의 사람들이 드래곤을 흉악한 몬스터 정도로 생각하고 있지. 만일 드래곤이 인간의 친구라는 이미지를 심어줄 수 있다면……'

생각을 끝낸 아르셀로가 사내에게 말했다.

"고맙다. 덕분에 좋은 것을 알게 되었다. 너의 일생에 좋은 일이 생기라는 축복을 내려주마."

"무슨 일인지 모르지만 도움이 되셨다니 다행이군요."

아르셀로의 말에 사내는 그저 인사치레로 받아들였다. 그러나 그는 평생 모를 것이다. 그저 한순간의 친절로 드래곤 로드의 축복이라는 행운을 얻었음을.

아르셀로가 얼른 그 자리에서 마법을 사용했다. 의지와 함께 발현되는 용언 마법에 의해 순식간에 하루스로 이동했다. 하루스에 도착한 아르셀로는 곧 세온의 행방을 알아봤다.

세온을 찾기는 어렵지 않았다. 워낙 유명인이었기 때문이다.

노리터의 사무실에선 세온과 에그리앙이 뭔가를 의논하는 중이었다.

"지금 연기자들을 위한 아카데미를 세우겠다는 거야?"

"엄밀히 말해서 배우 지망생들을 위한 교육기관이지. 연기뿐 아니라 연극 영화 전반에 걸친 교육을 시키려고 해. 언제까지 내가 연극, 영화의 연출, 감독을 도맡을 수는 없잖아. 나는 연기자지 연출가나 감독이 아니라고."

"……혹시 그 말, 별로 설득력 없다는 거 알아?"

에그리앙의 말에 세온이 강력하게 부정했다.

"무슨 소리야. 난 연기자일 뿐이야."

"연기자를 겸하고 있는 연출가나 감독이 아니고?"

"아니라니까!"

세온이 버럭 소리를 질렀다. 그러거나 말거나 에그리앙은 놀리기에 여념이 없었다. 그때 조용히 노리터의 사무실 문이 열리며 낯선 방문객이 들어왔다.

에그리앙은 누군가 싶어 고개를 돌렸다. 문을 막던 아가씨가 어쩔 줄 몰라 하며 변명을 했다.

"죄, 죄송합니다. 제가 안 된다고 했는데 막무가내로 들어오시는 바람에……."

그녀의 말에 에그리앙이 괜찮다며 위로해 주었다. 따지고 보면 무례한 사내의 행동이 문제가 있는 것이니 말이다. 그러나 세온은 아무 말도 못하고 불청객을 바라봤다.

불청객의 모습은 여자보다 더 아름다웠지만, 신목안이 열린 세온의 눈에는 인간과 다르게 보였다. 직접 보는 것은 처음이지만 책을 통해 그 존재를 알고 있었다.

"드……드래곤?"

〈4권에서 계속〉

# 흑마법사 무림에 가다

박정수 판타지 장편 소설

FUSION FANTASY STORY & ADVENTURE

『마법사 무림에 가다』의 박정수!
이번에는 흑마법으로 무림을 평정한다.
마교에서 부활한 대흑마법사 마헌의 무림종횡기!

무림인들은 자기 실력의 3할은 숨겨 둔다고?
그렇다면 내가 숨겨 둔 비장의 3할은 바로 흑마법이다!

dream books
드림북스

젊은 작가들의 '3인 3색'
퓨전 판타지 출간 기념 이벤트!

제 1탄!
『미토스』, 『하이로드』의 베스트 작가!
기발한 상상력의 극치를 보여주는
아티스트 기천검.

2008년, 뮤우 대륙에 문화
대혁명을 선포한다!

아트 메이지

제2탄, 박정수 작가의 『흑마법사 무림에 가다』 (6월 24일 출간)
제3탄, 박성호 작가의 『이지스』 (7월 4일 출간)

## 250만원 상당의 사은품 증정!!

**LG, R10.AXE811**
- 인텔 코어2듀오 E8200
- RAM:2GB/500GB
- LCD 22인치 Wide

**LG, R200-TP83K**
- 인텔 코어2듀오 T8300
- RAM:2048MB/200GB
- LCD 12.1인치

**캐논, EOS40DFULL**
- 1010만화소 (1.05" CMOS)
- LCD/DSLR/1:1.6 (35mm기준)
- 셔터 (1/8000)/연사 (초당 6.5장)

컴퓨터 or 노트북 or 디지털 카메라 중 택 1

## EVENT ONE

이벤트를 진행하는 3종의 책을 '모두 구입하신 분들 중' 추첨을 통해 사은품을 드립니다.

[사은품]
1명 : 〈최신형 컴퓨터 or 노트북 or 디지털 카메라〉 중 택 1 + 3종의 3권(작가 친필사인)
('EVENT ONE에 참여하신 분들 중 30명'에게 작가 친필사인이 들어 있는 3종 3권을 드립니다.)

[응모요령]
1,2권 띠지에 부착된 응모권 6개를 오려 드림북스로 보내주세요.

## EVENT TWO

이벤트를 진행하는 3종의 책을 '개별적으로 구입하신 분들 중' 추첨을 통해 사은품을 드립니다.

[사은품]
3명 : 백화점 상품권(10만원) + 구입한 도서의 3권(작가 친필사인)
(『아트 메이지』(1명), 『흑마법사 무림에 가다』(1명), 『이지스』(1명))

[응모요령]
1,2권 띠지에 부착된 응모권 2개를 오려 드림북스로 보내주세요.

## EVENT THREE

책을 읽고 감상평을 올리시는 분들 중 11명을 추첨하여 사은품을 드립니다.

[사은품]
서평 으뜸상(1명) : 전자사전 + 서평을 쓴 도서의 3권(작가 친필사인)
서평 우수상(10명) : 문화상품권(1만원)
       + 서평을 쓴 도서의 3권(작가 친필사인)

[응모요령]
이벤트 진행 도서들 중 하나를 읽고 인터넷 서점(YES24) 리뷰란에 감상평을 올려주시고,
그 내용을 복사하여(이메일, 아이디 기재) 한 번 더 '드림북스 홈페이지 감상란'에 올려주세요.

[보내주실 곳] (우)142-815 서울시 강북구 미아8동 322-10
       (주)삼양출판사 2층 드림북스 이벤트 담당자 앞

[이벤트 기간] 2008년 6월 13일~2008년 7월 30일

[당첨자 발표] 2008년 8월 13일(당사 홈페이지 및 장르문학 전문 사이트에 발표합니다.)

     드림북스 홈페이지 http://www.sydreambooks.com
     드림북스 블로그 http://www.blog.naver.com/dream_books
     문피아 사이트 http://www.munpia.com/출판사 소식/드림북스
     조아라 사이트 http://www.joara.com/출판사 소식

※ 응모권을 보내주실 때는 '이름, 연락처, 주소'를 정확히 기입해 주세요.
※ 사은품은 이벤트 진행도서 3종 3권의 책이 모두 출간된 직후 일괄 배송합니다.
※ 사은품은 상기 이미지와 다를 수 있습니다.